A VIDA É DIVERTIDA

A VIDA É DIVERTIDA

HISTÓRIAS QUE A VIDA CONTA

J. LOPES

EDITORA
Labrador

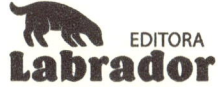

Copyright © 2022 de J. Lopes
Todos os direitos desta edição reservados à Editora Labrador.

Coordenação editorial
Pamela Oliveira

Assistência editorial
Larissa Robbi Ribeiro

Projeto gráfico e diagramação
Amanda Chagas
Karen Alvares

Capa
Henrique Morais

Imagens e ilustrações
Huza Studio

Preparação de texto
Karen Alvares
Laila Guilherme

Revisão
Lívia Lisbôa

Imagens de capa
Huza Studio

Dados Internacionais de Catalogação na Publicação (CIP)
Jéssica de Oliveira Molinari - CRB-8/9852

Lopes, Juarez A vida é divertida : histórias que a vida conta/ Juarez Lopes. — São Paulo : Labrador, 2022.
  320 p.

ISBN 978-65-5625-231-5

1. Crônicas brasileiras 2. Contos brasileiros I. Título

22-1411   CDD B869.3

Índice para catálogo sistemático:
1. Crônicas brasileiras

Editora Labrador
Diretor editorial: Daniel Pinsky
Rua Dr. José Elias, 520 — Alto da Lapa
São Paulo/SP — 05083-030
Telefone: +55 (11) 3641-7446
contato@editoralabrador.com.br
www.editoralabrador.com.br
facebook.com/editoralabrador
instagram.com/editoralabrador

A reprodução de qualquer parte desta obra é ilegal e configura uma apropriação indevida dos direitos intelectuais e patrimoniais do autor. A editora não é responsável pelo conteúdo deste livro. Esta é uma obra de ficção. Qualquer semelhança com nomes, pessoas, fatos ou situações da vida real será mera coincidência.

SUMÁRIO

11 Prólogo
21 Carnaval
33 Abdução
41 Ídolos
55 Talismã
67 Mistério no Expresso do Oriente
79 O pôquer gourmet
91 Insônia
103 Verdades inconvenientes
111 Ícone ou ilusão?
123 O fim do mundo
131 O incidente
141 Dias radicais
151 O Conselheiro
163 Spa de alta intensidade
175 O cão dos Batuíras
191 Não é perigoso?
199 O banho do turco
209 Escola de pais
223 Machu Picchu zen
235 Vodu
239 O maremoto
253 História de pescador
267 Bicho de estimação
273 O tênis da transformação
285 No Japão
295 Reforma
309 O monge, o executivo e os gatos

Para meus familiares, amigos e conhecidos:
os personagens deste livro.

Obrigado por me permitirem contar nossas histórias divertidas
com certo grau de fantasia e, quem sabe,
alguma liberdade literária.

*"Penso que cumprir a vida seja
simplesmente compreender
a marcha e ir tocando em frente."*

Almir Sater e Renato Teixeira

*"A vida vem em ondas como um mar
num indo e vindo infinito."*

Lulu Santos

*"Somos nós que fazemos a vida.
Como der, ou puder,
ou quiser."*

Gonzaguinha

PRÓLOGO
Nasce um escritor

Existe algo mais importante na vida do que nossos sonhos? Pois bem, eu retomei meu sonho de escrever um livro.

Tudo que faço trato como um projeto, sendo que a primeira fase é sempre pesquisar o material sobre o tema. Comprei muita coisa no mercado e li detalhadamente os segredos dos best-sellers, as dicas de grandes escritores e até a essência na arte de contar histórias, bem explicada no livro *A jornada do escritor*.

É de fato um mundo novo e complexo. Nossa visão de leitores romantiza os escritores. A gente sempre imagina que eles escrevem dentro de casas enormes em praias desertas, onde suas ideias fluem magicamente e se convertem em romances espetaculares. Na verdade, além do talento, escrever é um trabalho pesado e, como tudo na vida, não pode ser realizado sem muito esforço.

Entre os vários livros que li sobre o tema, um me chamou muito a atenção: o autor mencionava que você deve criar seu próprio estilo baseado na leitura dos seus livros preferidos. Não se trata de plagiar os autores, mas sim entender a arte de contar uma história através da escrita. Após muito trabalho, você conseguirá definir seu próprio estilo de escrever, que será quase como uma impressão digital: algo especial e único.

Bom, temos um começo. E agora, quais meus autores preferidos? Bem, após alguma reflexão, os nomes surgem naturalmente.

Agatha Christie é a primeira a ser selecionada. Ela com certeza foi a escritora que mais li na adolescência e até hoje releio seus livros; na verdade, acho que li todos. Seu primeiro romance de sucesso, *O misterioso caso de Styles*, foi desenvolvido em função de um desafio da irmã. Gosto de desafios. Além disso, a Rainha do Crime ainda é uma das escritoras mais lidas no mundo.

Depois pensei em livros que adorava já na fase adulta e leio até hoje. Aqui certamente entra Ken Follett, um mestre na aventura e na narrativa. Seu estilo sempre me impressionou e com certeza seria um bom ponto de partida na minha escalada no mundo da escrita. Ele também, de forma generosa, em conjunto com seu editor, produziu um livro de ajuda aos novos escritores com os esboços de alguns dos seus livros que se tornaram best-sellers.

Para finalizar, meu escritor favorito no momento: Stephen King. Gosto de suspense, e ele, o Mestre do Terror, é também um dos escritores mais vendidos no mundo hoje e um dos mais prolíferos.

Bom, mas como utilizar esses ícones da escrita? Não bastava ler os seus livros e dicas, eu precisava interagir com eles. De que forma?

Assistindo à sensacional série *Sherlock*, na Netflix, me atraiu a atenção o que Holmes chama de "palácio mental", um lugar que ele visita e onde interage com suspeitos e outros personagens para desvendar todos aqueles intrincados mistérios. Um tipo de meditação, no qual ele se abstrai do que está ao seu redor e consegue se concentrar na solução dos problemas.

Não vou entrar em detalhes aqui, já que tudo é permitido ao escritor, mas a verdade é que consegui criar meu palácio mental. E, incrível, ele funcionou igualzinho ao do Sherlock! De repente estava sentado em uma mesa redonda com Agatha, Ken e Stephen (me perdoem aqui a informalidade, mas eles são íntimos após tantas leituras que fiz de suas obras). Não precisei explicar nada. Eles já conheciam meus planos ambiciosos a respeito da escrita. No palácio mental é assim: tudo acontece automaticamente e sem muita explicação.

Nós, fãs de Agatha Christie, sabemos que ela sempre foi uma pessoa reclusa e avessa a entrevistas sobre os seus livros. Aliás, pelo que me lembro, ela fez uma única em toda a carreira. Mas, na mágica do meu palácio mental, foi ela quem começou a falar:

— Para que um livro chame a atenção do leitor, você deve sempre começar pela descrição dos locais de forma bem detalhada e incluir os personagens aos poucos. A possível vítima deve ser alguém que todos amem... ou odeiem! Depois, é preciso criar uma gama variada de personagens que sempre tenham algum segredo. A morte da vítima precisa ter algo de inusitado, de preferência algum veneno, e sempre deve existir a possibilidade de que o assassino seja qualquer pessoa, homem ou mulher. O mais importante é que fique bem difícil para o leitor, ou quase impossível, descobrir quem foi o assassino! Este é um dos segredos dos meus livros. Claro que tudo isso tem que ser integrado na figura de um herói, alguém inteligente que, no final, seja capaz de desvendar o mistério.

— Então tem que ser o Poirot? — pergunto, já reverenciando o maior detetive de todos os tempos (me perdoem os fãs do Sherlock).

— Alguém nesse sentido, sim. Mas o Poirot você não vai poder usar, já que no último livro eu matei meu detetive justamente para evitar usos inadequados. — Ela me lança um olhar perscrutador. — Escritores são pessoas possessivas, você sabe.

— Madame Agatha, você também sabe que eu sou seu maior fã! Minha filha ganhou o nome em sua homenagem, li todos os seus livros. Pra começar como escritor, preciso deste herói!

Ela pensa profundamente. Abre um sorriso e fala:

— Hum... Talvez eu possa abrir uma exceção no seu caso, por ser um grande fã. Você pode utilizar meu detetive, mas uma vez só e como uma metáfora! Não vá pensando que ele é seu, viu?

Que início espetacular! Com Poirot no meu time, meu livro seria imbatível. Nesse momento, olho para Ken, que contempla Agatha com admiração. Certamente tem, como todos, algum conhecimento sobre a obra da autora. Ele pensa um pouco e diz:

— Que bom começo. Com as dicas da Rainha do Crime e seu herói, suas chances melhoraram muito. Eu adicionaria dois elementos importantes: o primeiro é o fato de todo livro de sucesso ter a necessidade de reviravoltas ao longo do enredo. Mrs. Christie consegue manter o leitor atento até o final, mas, hoje em dia, num mundo tão conectado, é importante que essas reviravoltas também ocorram ao longo de todo o livro, assim o leitor sempre vai ficar motivado para continuar a leitura. O segundo tema muito importante é ter um grande vilão. Sem ele, o herói não sobrevive.

No primeiro livro de Ken Follett, *O buraco da agulha*, o vilão era um espião nazista com o apelido de "Agulha" porque usava um estilete para matar as pessoas que atrapalhavam sua missão, o vilão perfeito para qualquer romance. Antevejo uma segunda grande oportunidade:

— Ken, e que tal eu usar o seu vilão Agulha no meu livro? Seria muita pretensão?

— Se Mrs. Christie, por algum milagre que não entendo, deixou que você usasse o Poirot, pode, sim, usar o Agulha. Talvez ele seja menos famoso, mas ainda é um belo vilão.

Fico eufórico com essas duas doações tão generosas e olho para Stephen. O que será que ele vai dizer?

Ele também parece estar pensando bastante e, da mesma forma bem direta que usa nos seus livros, me pergunta:

— Qual é o seu esporte preferido?

— Tênis — respondo.

— Então, pense nisto aqui: escrever um romance que chame a atenção do leitor e tenha algum sucesso, para um escritor amador, é como entrar numa quadra contra o Roger Federer e ganhar um game.

— Eu sei — respondo com convicção. — Li bastante sobre isso, inclusive no seu livro, *Sobre a escrita*. Mesmo assim, você pode me ajudar?

— Bom... se você quer mesmo tentar... Depois da ajuda dos nossos dois amigos aqui, o que fica faltando é um local para todos esses personagens, o cenário onde tudo acontece. Um lugar que prepare o leitor para que o inusitado e, de preferência, aterrorizante, aconteça. Quem sabe um hotel isolado? O mais importante é que seja um lugar onde as forças do bem e do mal possam agir. No meu livro, coloquei lá um escritor fracassado... relaxe, não é uma indireta pra você — ele completa, ao ver minha expressão de espanto e medo, algo a que deve estar acostumado, sendo um escritor de horror —, uma esposa muito vulnerável e um garoto iluminado. Acho que seria um bom cenário para utilizar o herói e o vilão que você já tem.

Que incrível! Além das dicas, agora tenho o herói de Agatha, o vilão de Ken e o ambiente apavorante de um dos meus livros favoritos do Stephen. Como não ter sucesso?

(É claro que sei que todos esses livros possuem direitos autorais pertencentes aos escritores ou, pior, às famílias deles, agências e produtoras de cinema, mas é o *meu* palácio mental, então isso é só um detalhe.)

Como todo projeto, agora com a ideia principal bem desenhada, precisamos definir um prazo.

— Um mês para ter uma boa ideia — diz Agatha.

— Para um roteiro — propõe Ken.

— Para escrever um livro! — desafia Stephen.

— Para ter algo pra discutir? — amenizo eu.

Depois de tudo combinado, deixo meu palácio mental, eufórico com as perspectivas.

Separo um dia inteiro para dar início a este projeto importante na minha vida. Sento em frente ao computador e decido iniciar o romance com um diálogo — gosto de livros com muitos diálogos. Procuro no teclado e não encontro o travessão. Incrível, ele não existe! Ligo rapidamente para o especialista em TI que presta serviços na minha empresa.

— Interessante — ele fala. — Nunca ninguém me perguntou isso. O que é travessão?

Explico com paciência que todo diálogo começa com um travessão. Ele pede um tempo e depois de duas horas retorna com a resposta. Não existe no teclado e deve ser feita uma predefinição no Word para isso. Minha nossa, já perdi duas horas só no travessão! Este projeto vai dar trabalho.

Consigo fazer a frase de abertura impactante, mas logo noto que contar uma história é muito mais fácil do que escrevê-la. As ideias escritas ficam confusas e se perde toda a inflexão vocal que ajuda muito ao contar uma história. Começo a descrever o ambiente do livro do Stephen e avanço muito lentamente. Resolvo parar e vou ler de novo o início do romance *O iluminado* para ver o que posso usar. Constato sem nenhuma surpresa que ele é o mestre e o máximo que posso fazer é copiar o texto. Por este caminho não vai funcionar!

Quando esbarro num problema que não se resolve, por mais que eu tente, adoto a máxima de que é melhor parar e retomar mais tarde. Decido então ir para a praia com minha esposa e filha; aqui perto mesmo, na Praia de Pernambuco, no Guarujá. Tento não pensar no livro e, acompanhado da minha filha, vou curtir as delícias da praia vazia, que na pandemia é uma ótima para quebrar a rotina.

Minha filha é sempre bastante cautelosa em diversos assuntos e fica muito preocupada com as várias advertências espalhadas pela praia. Para mim, não parece nada muito relevante — só as placas de sempre, alertando sobre determinadas áreas que não são seguras para banho.

— Quando eu tinha sua idade costumávamos ir à Praia Grande. Lá era mesmo uma aventura! — falo, tentando mostrar que, em comparação, não existe nenhum risco real ali no Guarujá.

— E como era o passeio? — pergunta ela.

Adoro contar essas histórias. Sentamos na praia e descrevo em detalhes as épicas aventuras dos funcionários da firma onde eu trabalhava como office boy. Nós nos encontrávamos no Largo do Paissandu e embarcávamos corajosamente no ônibus velho do Cerdeira. O ônibus, por si só, era uma aventura: sempre era preciso esquentar o motor antes da partida; ele soltava muita fumaça, e várias vezes tínhamos problemas com a fiscalização. Na viagem, bebíamos as famosas batidas de limão, coco e maracujá; apesar das frutas estampadas nas garrafas, todas tinham o mesmo sabor, já que os ingredientes utilizados no preparo eram desconhecidos: um teste para qualquer fígado. Após a viagem emocionante pelas curvas da estrada de Santos, chegávamos às cabines onde todos usavam um bronzeador vermelho fabricado por um funcionário da firma. Ele não protegia do sol, mas garantia um aspecto avermelhado no final do dia. Após muitas batidas e quase roxos de tanto bronzeador, nadávamos o dia inteiro, com (provavelmente) nosso anjo da guarda nos salvando de vários perigos.

— É perigoso mesmo isso aí, pai. Mas é bem engraçado! — Ela parece entusiasmada. — Como você contou bem essa história, parece até que eu tava lá. Você devia escrever as coisas que conta pra gente!

De repente veio um estalo na minha mente. Aquela era a solução! Tenho muitas histórias para contar, e várias delas são bem engraçadas. Meus amigos sempre me pedem que eu conte esses causos. Enfim tenho a resposta: meu primeiro texto precisa ser um conto. Melhor, um livro de contos. E só depois um romance de ficção, quando tiver mais dessa "musculatura de escritor".

Volto regenerado e ansioso para São Paulo, sento ao computador e começo a escrever o primeiro conto com minhas peripécias na Praia Grande. As ideias fluem livremente. Ganho velocidade na escrita e termino em um dia um texto de cinco páginas. Agora vem o maior desafio: a revisão. Constato que tenho grandes dificuldades no conhecimento da língua, o que é algo essencial para um escritor. A gramática me ataca de forma impiedosa. Como usar vírgulas, encerrar períodos? O que é um adjetivo, um advérbio? Qual tempo de verbo escolher? Voz passiva ou ativa? Pretérito perfeito ou imperfeito? Tudo aquilo que aprendi na escola e desenvolvi na linguagem empresarial parece agora muito pouco para escrever um livro de contos. Falta vigor gramatical, falta experiência, e o meu texto, apesar de engraçado, "não para em pé".

Preciso buscar ajuda. Não pode ser ninguém que eu conheça, já que todos vão estranhar muito estar dedicando tempo para isso em meio ao competitivo mundo empresarial. Começo a procurar especialistas e descubro que o que preciso se chama revisão e leitura crítica. Tento alguns contatos, mas muitos dos profissionais dessa área são acostumados a revisar livros inteiros, e um conto não é economicamente viável. E agora, o que fazer?

De repente, a solução mágica acontece. Encontro enfim a Santa Karen! Ela aceita revisar meu primeiro conto. Ajustamos tudo, e, com grande expectativa e ansiedade, remeto-lhe meu primeiro trabalho. Recebo o relatório depois de um período razoável de tempo. Fico assustado com o número de correções gramaticais identificadas. Além disso, recebo comentários objetivos sobre partes confusas, falta de um início que atraia o leitor e também um final impactante. Na essência, tenho que responder por que escrevi este conto e por que alguém vai lê-lo, e são perguntas bem difíceis.

Começo a entender o conceito. Reviso tudo de novo. Constato que de fato tenho que reaprender a escrever. Remeto novamente. Com muita paciência, ela retorna com novas correções. Diz honestamente que não está satisfeita, mas me motiva. Olho para o conto. Não está tão bom, mas ao menos "está parando em pé".

Faço um segundo conto, e desse ela gosta mais. Ainda há dezenas de correções de português, mas uma santa sempre tem paciência! Decido escrever e publicar vinte e oito contos. Mando alguns para os amigos; eles adoram, principalmente porque alguns deles são personagens nas histórias, mas observam que acham que tenho algum estilo. Sigo em frente. Conseguirei?

Paro e analiso minha evolução na escrita até agora. Os contos pelo menos estão bem melhores. E ainda tenho muitas histórias para contar. Além disso, tenho a Santa Karen e, nas emergências, sempre posso voltar ao palácio mental para pedir conselhos. Tomo uma decisão: vou seguir em frente!

Se você está lendo este texto agora, tenha duas certezas: eu consegui fazer e publicar os contos e você está lendo um deles! Além disso, em algum momento, voltarei ao palácio mental e, com a ajuda dos meus escritores preferidos e da paciência da Karen, vou publicar uma boa obra de ficção — ou quase; afinal, todas essas histórias têm um fundo de verdade!

Boa leitura!

CARNAVAL

— *Welcome*, John! *Bienvenido*, Charles! — cumprimenta Júlio, entusiasmado.

Estão no saguão de um hotel famoso em Copacabana, no Rio de Janeiro. São executivos da mesma empresa global, e também amigos. Charles é argentino, líder das operações na América do Sul, enquanto John é americano e tem funções globais; Júlio, por sua vez, é o responsável no Brasil. O convite para o passeio foi feito em uma das reuniões da empresa em algum lugar do mundo. Nenhum estrangeiro resiste ao encanto de assistir ao maior espetáculo popular da terra: o Carnaval. Apesar de sempre receosos com os perigos em nosso país, se têm apoio de alguém da terra, certamente topam a aventura.

Os amigos confraternizam no saguão. Estão presentes também as esposas, que não podiam perder uma chance daquelas. Júlio está tranquilo em relação ao programa turístico que planejou para a semana, afinal sempre o utiliza para estrangeiros na sua primeira vez no Brasil. Aquele roteiro era sucesso na certa:

Corcovado, Pão de Açúcar, Jardim Botânico e as praias espetaculares. Difícil algum lugar (no mundo!) competir com o Rio de Janeiro nessa área. A combinação montanha e mar é perfeita e imbatível.

Segundo o planejamento, a parte gastronômica (muito importante em qualquer viagem) será iniciada no restaurante Cipriani, no interior do Copacabana Palace (é sempre bom mostrar que temos restaurantes italianos Michelin no Rio), e depois a comida típica carioca, disponível em toda a orla marítima e também em bairros como o de Santa Teresa, onde se localiza o Aprazível, restaurante favorito do Júlio. E no final, quando os gringos já estiverem deslumbrados pela beleza e pela magia da cidade, o golpe mortal de arrebatamento: o desfile das escolas de samba na Sapucaí.

Neste ano, porém, um problema surgiu: o guia que Júlio sempre contratava para acompanhar o público tão seleto tinha ficado doente e não poderia acompanhá-los. A ausência era um pouco preocupante, já que o profissional irradiava alegria e os turistas o adoravam, mas Júlio conhece muito bem o Rio e, com um bom motorista contratado, sabe que dará conta do recado. Nesse primeiro dia do encontro, no entanto, não teriam a van disponível, nem o motorista, em função de problemas de logística. Nada grave! Poderiam usar dois táxis por um dia, mesmo com o grupo grande.

John está eufórico com a energia da cidade: tudo emana a alegria e a magia do Carnaval! Ele, como bom americano, já pesquisou tudo sobre o Rio antes de vir. No seu manual (americanos têm manual até para viagens ao Brasil!) há uma orientação específica para o turista, recomendando que sempre tente se misturar à população local, evitando chamar atenção. Acha melhor consultar o amigo:

— Júlio, você acha que essa roupa pode chamar atenção? Quer dizer, que ela realmente me identifica como americano? Aqui no manual fala para não exagerar, você sabe, para evitar assaltos...

Júlio mede o amigo com os olhos. Ele está usando uma bermuda comprida, abaixo da linha do joelho, uma camisa florida, óculos escuros bem grandes e impressionantes tênis branquíssimos com altas plataformas, de onde saem meias brancas quase tocando o joelho. Para completar o visual, um chapéu vermelho com "USA" estampado. Ainda por cima, sobre o peito repousa uma máquina fotográfica com uma lente grande-angular. Júlio sempre teve a percepção de que, no Carnaval, os riscos geralmente são mais baixos no Rio, quase como um acordo dos meliantes para não atacarem turistas naquela época, afinal é preciso preservar a imagem para que os "clientes" estrangeiros retornem. De qualquer forma, não resiste à piada:

— Com este visual, pode deixar que eu mesmo vou te assaltar!

John sorri, retorna para o quarto e volta com uma roupa igualmente ostensiva, mas agora sem a máquina fotográfica.

— Bem melhor. Parece até um carioca — fala Júlio, desistindo de contribuir para a indumentária do amigo. De qualquer forma, acredita que tudo estará em paz no Carnaval do Rio.

Deixam o hotel em dois táxis. O casal brasileiro divide a tarefa da hospitalidade: a esposa cuidará das gringas e Júlio, dos amigos. Quando entram no táxi, inicia-se também o choque cultural. O taxista tem a mão esquerda amputada, na qual usa uma luva, mas surpreendentemente prefere utilizá-la para conduzir o volante, enquanto a outra mão gesticula ao conversar, o que faz o tempo todo, falando pretensamente uma mistura de espanhol e inglês que só ele mesmo entende. John, sentado à frente, tenta compreender alguma coisa, mas também está desesperado com as curvas que o taxista faz apenas com a ponta do braço.

— *No hand?* — pergunta John, se virando e perguntando baixinho ao amigo.

— *No problem* — acalma Júlio, mas ele também está preocupado com as curvas agressivas.

Ele mora em São Paulo e nem sempre entende os cariocas, principalmente os taxistas.

— Para em algum *lugarrr*, meu chapa, pra comprarmos as camisas da Mangueira! — fala Júlio, tentando emular o seu "carioquês" e caprichando no chiado da voz.

— Beleza, *dotô*. Logo saquei que os três eram da Estação Primeira da Mangueira! Lá é que tem samba bom. Vou levar num amigo que vai dar uma moral nessas camisas da Mangueira!

Além de espanhol, inglês e português, agora também estão falando em carioquês. O motorista obedece a Júlio de maneira literal: de repente, estaca o carro no meio da rua, deixa-o ligado e sai. Vários motoristas buzinam, mas rapidamente (e estranhamente) ultrapassam o táxi, dando sequência ao fluxo de trânsito. Só mais um dia normal no Rio, parece. John se vira para o amigo, tentando entender o que aconteceu. Júlio mostra o sinal universal de positivo, mas no fundo também não entendeu, e ele próprio se sente num país estrangeiro, apesar de nascido e criado no Brasil. O motorista volta com um amigo, que carrega um varal móvel com dezenas de camisas da Mangueira. O homem começa a desfilar as verde e rosa pela janela. John não entende e continua assustado. Charles também demonstra surpresa agora. Júlio analisa detidamente as camisas, mas não gosta da qualidade:

— Ô, meu... quer dizer, *mermão* — (melhor usar sempre o carioquês) —, essas camisas aí não são originais. Eu sou mangueirense, já desfilei na passarela! Quero as originais da escola!

O vendedor e o taxista apenas sorriem e concordam. No Rio, ninguém se estressa no Carnaval.

— Entendi, *dotô*. Se os *maluco* topa, então vou levar *ceis* lá na fonte. Na quadra!

Júlio sabe que a escola fica no morro, mas confia que nada de ruim vá acontecer, sobretudo se estiverem comprando camisas. Voltam a rodar no trânsito caótico da cidade; ele olha para trás e nota que o outro táxi, o das esposas, os segue normalmente e elas conversam, animadas, apesar de alguns olhares mais receosos da americana. Rumam para a quadra da escola, e ao chegarem Charles comenta com o amigo:

— Muita segurança aqui... hein, Júlio?! Olha como o pessoal está bem armado com estes fuzis grandes! Deve ser a polícia infiltrada, já que não estão usando uniforme.

— Muito seguro mesmo — fala Júlio, evitando entrar em mais explicações sobre as milícias que protegem o local.

São recebidos como reis. Tiram fotografias com as passistas e absorvem a energia da quadra de uma das mais tradicionais escolas de samba do Rio. Compram as camisas (lindas!) e, no final, tiram uma foto de todo o grupo com as passistas e dois seguranças armados. Os gringos estão muito animados, já se esqueceram dos perigos da viagem mencionados nos manuais assustadores sobre o Brasil e agora, mesmo em uma favela, se sentem seguros. A simpatia da comunidade mangueirense os desarmara. Quando poderiam imaginar um passeio como aquele? Vão ter histórias para contar. À noite, no jantar no Cipriano, em um ambiente sofisticado do Copacabana Palace, dão boas risadas das peripécias do dia.

Na manhã seguinte, o passeio é com a van. A experiência do dia anterior tinha sido boa, mas não poderiam perder líderes globais pelo caminho, pensava Júlio. De manhã, às oito em ponto, o motorista da van, Azarias, está esperando por eles na recepção. Seguirão o roteiro famoso de Júlio e ele será o guia. Todos cumprimentam o motorista, que, para surpresa de Júlio, tem boas noções de inglês e fala um bom portunhol, como quase todo brasileiro. Ele interage muito bem com todos em suas línguas: ponto para o Azarias!

Após a visita ao Pão de Açúcar, chegam à famosa Escadaria Selarón. Charles está maravilhado com a obra de arte popular de mais de duzentos degraus, pintados e decorados ao longo da vida pelo artista chileno radicado no Brasil Jorge Selarón:

— Que artista! Que espetáculo! Que lição de vida! A comunidade deveria fazer uma estátua em sua homenagem.

— Na verdade, ele foi morto por alguém — fala Azarias, colocando água fria na fervura. — Não se sabe como, mas ele amanheceu morto na escada com o corpo queimado.

Não era bem um assunto agradável a ser abordado em um passeio de férias, parecia meio pesado, na opinião de Júlio. Na volta, chegando a Ipanema, se depararam com o famoso bloco de Carnaval do bairro. Os gringos foram todos para as janelas, para fotografar (depois da experiência da Mangueira, John tinha voltado a usar sua máquina).

— Vejam! Tem vários estrangeiros no meio do bloco — fala John, apontando as meias na linha do joelho de muitos deles.

Azarias intervém novamente, anunciando um perigo iminente:

— Acho que eles não foram informados que muitas vezes acontece arrastão por aqui e todo mundo vai pra cima dos gringos. Essa sua máquina, por exemplo, seria um troféu. Eu não entraria nesse bloco nunca.

Devidamente advertidos, ficam de fora do bloco. Júlio já começa a achar um tanto exagerados os comentários.

Na noite maravilhosa de Copacabana, vão até uma churrascaria famosa, com Azarias no volante, sempre ligado em novos perigos que possam acontecer. Ele para exatamente na porta e escolta todos para dentro do lugar.

Noite quente, chope gelado, comida espetacular. Na saída, Charles propõe voltar andando para o hotel, liberando assim o motorista. Afinal, são apenas três quilômetros de distância.

— Todo portenho tem o sonho de caminhar pelo menos uma vez em Copacabana, a praia mais famosa do mundo! — fala, embevecido.

Azarias imediatamente destrói o sonho:

— Na praia tem muito assalto à noite, caminhar é perigoso.

Júlio sabe que o comentário é alarmante em demasia, mas agora Azarias já tinha jogado o feitiço em cima dos gringos, e principalmente os americanos concordam que é melhor não arriscar. Por sorte estavam a um dia do desfile das escolas de samba, e o Azarias não estaria na passarela da Sapucaí para azucrinar — pelo menos é o que Júlio considera, com ares de vingança.

Na véspera, fazem uma reunião/ensaio na sacada grande do hotel. Júlio é mangueirense mesmo, de ir à escola ensaiar e depois desfilar com as cores gloriosas, de verde e rosa. Todos estão já vestidos com as camisetas que compraram na quadra no primeiro dia. Júlio sugere ensaiar o canto do grupo:

— Quando a Mangueira entrar na avenida, vamos estar em lugares reservados em frente e no mesmo nível da passarela, todos uniformizados cantando o samba-enredo da escola. Assim, demostraremos nosso amor à escola e aos passistas, que com certeza, ao verem o nosso grupo com as cores da escola, cantando ainda por cima, vão parar bem na nossa frente!

O grupo é competitivo, afinal foi treinado para concorrer no mundo corporativo. As mulheres também embarcam nessa missão, porém atender ao pedido de Júlio é um tanto complicado.

— Mas como eu e o John vamos cantar o samba-enredo? Não falamos português! — reclama Charles, realista.

— Na verdade o que vocês têm que cantar é o refrão. O resto vocês enrolam, mas o refrão tem que cantar! E cantar bem! Olha que fácil: *"O apito a tocar, preste atenção! Mistérios e lendas da assombração... Segui com coragem, mostrei meu valor... Eu sou Mangueira a todo vapor!"*.

Desafios são estimulantes para executivos; eles recebem a letra do samba com o refrão grifado e começam a trabalhar no projeto. O dia transcorre com calma e poucas atividades, já que estarão à noite no desfile.

Nove da noite, todos na porta do hotel devidamente vestidos como passistas da Mangueira. Roupas cem por cento Brasil, com destaque para John, que trocara o boné com o "USA" por um chapéu da Mangueira, verde com uma bandeirinha do Brasil.

Júlio já está na van, discutindo os detalhes de logística com Azarias e também se prevenindo de algum míssil de más notícias que ele possa lançar antes do desfile.

— Mas o senhor sabe, né, seu Júlio... A minha missão, além de dirigir, é proteger o pessoal. Vocês são importantes, e eu tenho que cumprir meu serviço — diz Azarias na defensiva.

A primeira coisa que Júlio entende é que ele fala igual a um executivo paulistano, nada de carioquês. Deveria estar em outra profissão. De qualquer forma, Júlio reconhece que Azarias tem responsabilidades na função.

— Eu sei e concordo com você. Só que você é carioca, talvez com uma alma mais paulista, e não vamos estragar o passeio com tanta segurança. No Carnaval nada acontece, o perigo fica mais pro resto do ano. Promete que você vai ficar mais quietinho a partir de agora? Me ajuda aqui...

Ele concorda com relutância, mas parece fora do seu elemento natural. Entusiasmado, o grupo embarca na van. Júlio senta ao lado do motorista para garantir que ele efetivamente não tenha uma recaída comentando possíveis tragédias. Charles menciona que um dos principais destaques da Mangueira é uma artista famosa da Argentina que sua esposa adora.

— Agora é que vocês vão ter que cantar o samba bonitinho, já que a artista argentina vai estar bem ensaiada. Quem canta tango, canta tudo! — resume Júlio.

Ao longo do trajeto, milhares de pessoas caminham pelas ruas, algumas fantasiadas. São integrantes das várias escolas que vão desfilar naquela noite. A esposa de Charles, que, como todos, já está no clima de Carnaval, devidamente energizada e com muitas cervejas contribuindo, solta:

— Eu preferia ir a pé, no meio do povo. Na próxima vez quero desfilar também!

Azarias fica vermelho e se prepara para mencionar algo catastrófico que acontecera a um turista, mas se cala ao notar o gesto de cortar garganta de Júlio a seu lado. Engole a advertência e continua dirigindo, agora ainda mais inquieto.

Chegam à Marquês de Sapucaí, e alguns desembarcam já dançando mais para tango e rock 'n' roll do que samba. Não dão tempo para os alertas de Azarias, que continua mastigando sua revolta por não poder precavê-los.

Todos se dirigem às frisas, que ficam no mesmo nível da passarela: é ali que todo o espetáculo acontece. Chegam exatamente trinta minutos antes do desfile da Mangueira, com uma escola já terminando seu desfile, e com orgulho mostram suas cores. John é abraçado por vários torcedores da Mangueira e usa sua frase decorada em português:

— Vai dar Mangueira!

Todos repetem o chavão, e ele está feliz. Converteu-se em outro fanático da escola. A Mangueira vai entrar, e o silêncio toma conta dos milhares de pessoas na audiência. Camarotes, frisas, arquibancadas, todos estão em pausa; de repente, na área do esquenta, onde as escolas se concentram, é dado o grito de guerra e a Mangueira inicia o desfile.

O clima é inebriante. Júlio e a esposa já foram várias vezes, mas sempre se emocionam. Quem vai pela primeira vez fica fascinado quando o espetáculo de luzes e dança irrompe de forma alucinante na avenida. O samba começa a tocar, e a comissão de frente abre o desfile. O espetáculo é também sonoro, com a fusão de centenas de pandeiros, cuícas gemendo e tamborins metralhando. A avenida inteira está cantando, tremendo. O carro abre-alas com o símbolo da escola antecipa a grandiosidade do que vai acontecer, a bateria faz o tradicional recuo e os passistas invadem com alegria a passarela. No meio de toda a harmonia caótica vêm se aproximando o mestre-sala e a porta-bandeira. Ela agita o estandarte da Mangueira, e a bandeira samba com ela. Os gringos estão literalmente boquiabertos. É muita luz e cor ao mesmo tempo. As passistas, sorridentes, se aproximam da frisa onde o grupo de Júlio canta com devoção o samba-enredo. Ele observa os gringos: estão transformados. Os braços levantados, cantam o refrão bem alto, e cantam bem! A energia contagia a todos, e os passistas, como previsto por Júlio, param em frente à frisa. Quando a bateria passa, a artista argentina, madrinha, desfila, soberba. Ela é bastante branca, contrastando com a cor predominante das belas mulheres que a acompanham. A argentina também se dirige até a frisa de Júlio, cantando o samba-enredo, e se aproxima do grupo, que continua firme no refrão. A esposa de Charles fala algo em castelhano, e a madrinha dá um beijo nela. Agora é que a emoção extravasa mesmo!

Tudo acontece em uma hora, que parece durar apenas alguns minutos. Assistem ao desfile de outra escola somente para constatar que nada poderia superar a Mangueira nessa noite. Poderiam ficar mais, mas Azarias os aguarda. Júlio já tinha recebido várias mensagens e perguntas frequentes, querendo saber se estava tudo bem. Ele responde que sim, tudo ótimo, o que só pode ter deixado o motorista bem frustrado.

Deixam a Sapucaí às três da manhã, ainda sambando e cantando o refrão, eufóricos. A esposa do John está convencida de que devem voltar a pé para o hotel e se misturar com a massa de pessoas felizes.

— Também não dá pra exagerar — replica Júlio.

Retornam então para a van. Quando chegam, Azarias já está fora do carro, tentando antever alguma ameaça mortal, à espreita na escuridão. Todos entram devagar, quase como uma forma de vingança. A americana expressa novamente sua preferência por voltar a pé. Ela já pegou o clima carioca de gozação e vai para cima do motorista. A van começa a deixar o sambódromo, e Júlio nota que Azarias está muito inquieto. Tem algo iminente para contar, mas está respeitando o que combinaram na saída. *"Bad News"* significa morte. Ele não resiste, para o carro, se vira para Charles e pergunta de forma contundente:

— Você viu o que aconteceu com o papa?

O argentino já espera pelo pior e pergunta:

— Ele morreu?

— Não, o novo papa é argentino! Olha que coisa boa! — fala agora diretamente para Júlio, como a querer assegurar que também pode passar boas notícias.

— Ótimo, mas você notou que durante toda a viagem semeou tragédias em potencial que nunca vão acontecer? Você precisa relaxar um pouco. Depois deste espetáculo, nada de ruim pode acontecer com a gente! — fala John, com a tradicional assertividade americana.

— É, mas eu tinha que prevenir vocês. Vai que acontece...

— Entendi e acho importante, mas você, na sua vida, precisa mudar. Ser mais positivo! Cantar mais. Não ver só assombração. Temos uma música ensaiada pra te agradecer pelo seu ótimo trabalho. Ela também vai ajudar na sua vida — fala John.

Ele olha para os amigos na van. Todos entendem e, como um coral e com um ótimo português, cantam com força:

"O apito a tocar, preste atenção! Mistérios e lendas da assombração... ***Segui com coragem, mostrei meu valor... Eu sou Mangueira a todo vapor!"***.

ABDUÇÃO

Nada como viajar para Portugal. Terra linda, de um povo maravilhoso, que trata muito bem os turistas brasileiros. Passamos duas semanas viajando, dois casais com as filhas. Não podia imaginar na época os estranhos fenômenos que enfrentaríamos e as dificuldades de comunicação, mesmo falando o mesmo idioma.

Importante saber que, apesar da gentileza, os *portugas* têm algumas características muito típicas que nós, *brasucas*, nem sempre entendemos.

Uma grande diferença deles é sua objetividade. Em Portugal, aja como os nativos e, se for perguntar algo, seja claro. E por favor: não repita toda a informação recebida (um dos nossos velhos costumes).

Um dia, em um táxi em Lisboa, me dirigindo para uma famosa e antiga livraria, perguntei ao motorista:

— Será que vamos pegar uma fila grande de turistas nessa visitação?

O motorista, muito simpático, respondeu:

— Não sei lhe dizer.

— O senhor conhece bem essa livraria?

— Claro — respondeu de forma ofendida. — Trabalho há quarenta anos no táxi e conheço toda a Lisboa. Este é um dos principais pontos turísticos.

— Mas então como não sabe se vai ter fila?

— Não sei porque cá estou. Se estivesse lá, saberia.

Analisei profundamente sua expressão e concluí que não era uma gozação, o que seria normal no Brasil. A pergunta só fora mal formulada. Sempre gostei de desafios, por isso elaborei um novo questionamento:

— Com a sua experiência de quarenta anos no táxi, considerando que hoje é uma quinta-feira de verão em Lisboa e já é quase meio-dia, você acredita que quando chegarmos lá haverá fila pra entrar?

— Certamente, senhor, uma bicha bem grande.

Vibrei com minha comunicação, mas fiquei um pouco chateado. Odeio filas.

Paramos em frente ao local, e ela estava grande mesmo.

Caprichei na pergunta mais uma vez:

— Tem algum restaurante próximo pra almoçarmos até a fila diminuir?

— Tem um ótimo virando aquela esquina, atrás da banca de jornal.

— Entendi. Então é só virar a esquina e atrás da banca de jornal vou achar o restaurante?

— Mas é claro, pá. Se não fosse assim, eu não teria dito ao senhor.

Lembrei-me de novo da comunicação. Por que sempre repetimos tudo, no Brasil?

No outro dia, partimos os seis para Évora, lugar fascinante e com muita história. Estávamos eu, esposa e filha, além de

Shibata, também com a família. Apesar de ser um grande amigo, Shibata tem o péssimo hábito de ficar sempre na internet. Não importa se a história estiver passando à sua frente, ele sempre estará conectado. Nunca sei fazendo o quê exatamente.

Foi quando aconteceu algo inusitado e surpreendente. Depois de uma visita à Capela dos Ossos, quando todos saíram minimamente impressionados ou aterrorizados, percebemos que um dos viajantes tinha desaparecido.

— Alguém viu o Shibata? — perguntou Dule, a esposa preocupada.

Ninguém tinha visto. Então me dirigi a uma freira e indaguei:

— Por acaso viu um turista na capela?

— Todo dia vejo muitos.

— Este especificamente é um homem japonês, que está sempre digitando no celular e esteve na capela quarenta minutos atrás com a gente.

— Ah, este não vi. Atrás do altar existe uma escada que leva até as masmorras e sempre perdemos turistas lá. Tás a ver?

— Entendi. Então devo ir atrás do altar e descer as escadas?

— Claro, pá, senão não teria dito.

Nossa procura foi infrutífera; nada do Shibata em lugar nenhum. Na volta, encontrei-me de novo com a freira:

— Acho que teremos que falar com mais alguém. — Nesse momento, cometi uma heresia e fiz uma brincadeira: — Vai que ele foi abduzido?

A freira me olhou com uma expressão de espanto e nos deixou, voltando logo em seguida com o padre responsável pela Capela dos Ossos.

— Este senhor presenciou outra abdução na capela, padre! Ora, pois!

O padre, assustado, disse muito rápido algo que não entendi bem. Na verdade, o português de Portugal, quando falado bem depressa, é ininteligível para nós, brasileiros.

— Tivemos um caso há dez anos com o desaparecimento de um turista na Capela dos Ossos, e naquele dia surgiu uma espaçonave nesta área — explicou a freira.

— O senhor viu uma espaçonave? — perguntou em seguida o padre, preocupado.

— Não, não vi, mas também não falei que meu amigo...

— Eu vi! — bradou uma voz ao fundo da capela. Era um segurança. — A história está se repetindo, como dez anos atrás. Vi algo hoje no céu, e lembrava um pires.

O padre o atropelou nesse momento e, virando-se para mim, perguntou:

— Esta descrição da espaçonave confere com a que o senhor viu?

— Eu não vi nenhuma espaçonave. Meu amigo desapareceu, e eu não sei do que vocês estão falando.

— Então é como dez anos atrás! Ele foi abduzido pela espaçonave que estava no céu. Por isso o senhor não a viu.

Outros seguranças chegaram à sala.

— Não encontramos o chinês em nenhum lugar. Ele foi mesmo abduzido.

Minha cabeça começou a latejar.

— Mas o meu amigo que sumiu é japonês!

— Então sumiram dois! O chinês e o japonês — atropelou novamente o padre.

Todos falavam ao mesmo tempo. Resolvi não fazer mais correções, inclusive a respeito de etnias asiáticas.

— Abram caminho para a imprensa! — Um rapaz de bermuda que estava na Capela dos Ossos pareceu identificar um furo de reportagem; era um turista também e um famoso repórter. — Padre, qual a sua declaração?

— Eu não sei, senhor repórter. Aquele senhor ali que tem todos os detalhes, inclusive da espaçonave e do japonês e do chinês que sumiram.

Todos se viraram para mim.

Percebi que a situação estava fora de controle. O repórter começou a nos fotografar e a falar pelo telefone:

— Sim, notícia: "Chinês e japonês abduzidos em Évora por espaçonave. Repetem-se os fatos de dez anos atrás. Polícia Federal se dirige a Évora para apurações complementares. Organizações internacionais alertadas". Depois passo os detalhes, mas já pode publicar as fotos da família.

Dule começou a ficar agitada. Estávamos em uma cidade minúscula, com uma grande concentração de pessoas em frente à Capela dos Ossos, um repórter presente, a televisão chegando e até então não tínhamos encontrado o Shibata. Ela comentou comigo, como se não fosse nada demais:

— Minha nossa, será que este homem foi mesmo abduzido?

Este foi o gatilho para despertar a sanha de toda a imprensa presente. Todos se dirigiram a ela, liderados pela equipe da televisão.

— A senhora notou algum comportamento estranho no seu marido hoje? — perguntou o repórter.

— Na verdade, não. Talvez hoje ele estivesse um pouco mais concentrado no celular e tenha se perdido por aí.

— A senhora não teria uma foto para ajudar nas buscas? — questionou o segurança.

— Não tenho, meu marido não gosta de tirar fotos. Por incrível que pareça, ele não gosta mesmo, não sai em nenhuma!

Nesse momento o repórter se dirigiu à câmera de televisão e falou diretamente para a emissora em Portugal:

— De facto, caros telespectadores, temos o inusitado acontecendo aqui em Évora. Um turista brasileiro visita Portugal, o berço da história, mas fica no celular e não tira fotografias na nossa capela, a maior atração turística da região. É um comportamento muito estranho. Algo do além está atuando por aqui.

— Ou algo do espaço, senhor repórter — corrigiu o padre.

Olhei para o nosso grupo, acuado por todos os lados, e dei um grito desesperado:

— Achem o Shibata! Ele só pode estar perdido em algum lugar. Também, fica sempre se comunicando naquele celular.

Toda a turba se concentrou em mim. De novo, eles levaram meu pedido ao pé da letra, e por alguma razão pensaram que eu tinha alguma informação privilegiada. O padre, que aparentemente era o líder da força-tarefa de busca ao abduzido, colocou a mão no meu ombro e aconselhou, num tom apaziguador:

— Se acalme, senhor. O problema é grave, mas se tiver alguma informação de como seria esta comunicação do desaparecido, pode nos ajudar no resgate. Tás a ver?

Tentei colocar um pouco de sanidade na situação.

— Mas o senhor é que não tá entendendo. O meu amigo que desapareceu, quando tá no celular, fica no mundo da lua, e eu...

O padre me interrompeu mais uma vez:

— Então, estamos todos feitos ao bife! — Só depois descobri que aquilo significava "estamos fritos". — O senhor está dizendo que ele já não está mais no planeta. Vai ser difícil acharmos o patrício...

— Mas o nome dele não é Patrício, é Shibata!

Nesse momento, Berenice, que já conhecia bem o pai, me chamou no meio do tumulto, falando bem baixinho no meu ouvido:

— Ele tá na rua de baixo.

Saí correndo, já pensando na luta que travaríamos com os alienígenas para resgatar meu amigo. Encontrei-o sentado, com o celular na mão e a fisionomia de profunda paz, ignorando todo o tumulto a alguns metros do local. Pensei por um instante se todos não teriam razão e ele estaria sendo abduzido naquele exato momento.

— Como você tá? Tudo bem?

Ele me olhou calmamente, voltando à realidade:

— Acabou a visita? Podemos ir embora? Tava jogando paciência.

ÍDOLOS

O garoto está parado ao lado do campo de futebol. Tem mais ou menos sete anos, pele branca e cabelos longos e cacheados, despejados no alto da cabeça, como se usava nos anos 1960. Veste roupas bem simples: camiseta branca (que está mais para amarela após muitas lavagens), bermuda azul desbotada e conga nos pés. Os olhos castanhos esverdeados estão fixos na direção da entrada do campo.

— Ô, Juca. Fica um pouco mais pra trás, senão você atrapalha a entrada do time! — avisa Beto.

Beto é o treinador. Está usando o seu paletó azul tradicional que, segundo ele, confere maior importância à função de técnico.

O garoto atende à solicitação, mas permanece com o olhar fixo na entrada. Aquele é o momento especial da semana, quando vai ver o seu ídolo do futebol: Marcel. Ele é o centroavante do seu time favorito e um dos melhores e mais reconhecidos jogadores da cidade. Além disso, Marcel é também o seu irmão.

Os times entram em campo. A torcida vibra. Rojões são disparados, bandeiras tremulam; o clima é de festa e ansiedade, aguardando a decisão do campeonato. O time da casa está confiante, e Marcel, como sempre, lidera a fila de jogadores. Aos dezessete anos, já é capitão. Tem pouca idade, mas joga muito e merece a distinção. Juca não se cansa de admirá-lo no campo e na vida. Com passos firmes, a chuteira bem preta contrastando com a meia verde, calção branco, vestindo a gloriosa camisa verde e amarela em frisos, o capitão caminha com o olhar calmo e indolente dos craques. A predominância verde da camisa combina com os olhos da mesma cor. Nas costas, um grande nove assegura que ali existe um centroavante goleador.

No imaginário de Juca, é como se ele estivesse em um grande estádio de futebol assistindo à seleção brasileira jogar. A verdade é que se trata de um estádio de várzea. O gramado não é tão bem cuidado e há falhas, principalmente no centro do campo e nos gols. Não é necessário pagar nada para assistir. As bebidas e as comidas são vendidas ao lado do campo, em barraquinhas ou caixotes, montados a cada jogo. Antes que se inicie a peleja, os técnicos conversam com os jogadores para as instruções finais, como é normal nos jogos de várzea. Juca já está no meio do grupo. Ele, de certa forma, foi adotado como mascote do time, já que, além de irmão do craque, é também o mais fanático torcedor do famoso Vila Malvina, campeão várias vezes.

— Hoje é a decisão, pessoal! Precisamos estar bem concentrados — Beto inicia a preleção. — Os Piratas, vocês sabem… eles têm um time muito bom! Mas nós já encaramos e ganhamos deles. Tava de olho na chegada… colocaram boleiros novos, tem até gente profissional.

— E isso pode, professor? — pergunta Dio, o melhor jogador do time depois do Marcel. Ele é responsável por coordenar o meio de campo, número dez do time.

— Poder, não pode, né? Mas o patrocinador deles botou uma rede nova no campo e bancou sozinho o troféu da decisão. Nessas horas, o dinheiro vale muito. Nosso presidente topou.

— Tudo bem que eles coloquem outros jogadores, mas precisavam pegar o Catimba? Acabei de ver ele com a camisa três – reclama Nato, o central do time.

— O Catimba tá aí? — pergunta Marcel, surpreso. — Será que ele não esqueceu ainda aquele jogo?

Na época, no "Desafio ao Galo", famoso torneio de várzea que era até televisionado, Marcel como sempre jogou muito, marcando três gols, todos em cima do Catimba, que na época jurou vingança, já que sua carreira na várzea, segundo ele, tinha terminado naquele jogo. Ninguém levou muito a sério as ameaças: ele era um ex-jogador profissional famoso, como ia se importar com um garoto? Era só um jogo de futebol.

— Não sei — fala Beto, com experiência. — Ele pediu pra jogar essa decisão quando soube que a gente se classificou pra final. Toma cuidado, garoto. Fica sempre dentro da pequena área que lá ele não vai te pegar, aí é pênalti. Quando eles estiverem com a bola, quero ver você antes do nosso meio de campo, longe dele. Esse cara é osso duro de roer!

Os times se posicionam para iniciar o jogo. Juca volta para a beira do campo. Está mais ansioso que o normal, procurando o tal do Catimba que pode machucar o irmão. Logo o identifica entre os Piratas, com o símbolo vermelho da caveira no uniforme. Ele é um homem bem alto e forte, barba malfeita e músculos bem pronunciados, bastante visíveis, apesar da camisa escura. Nas costas, o número três está bem esticado por conta do tamanho avantajado do central. Olha direto para Marcel. Sorri de forma assustadora, mostrando o seu dente de prata na boca. Juca fica preocupado, sabe das histórias bíblicas da mãe sobre o gigante Golias. Ele visualiza o Golias na sua frente, já que está sentado exatamente na parte do campo onde o zagueiro atuará.

O jogo começa. O time do Vila Malvina é bom; mesmo enfrentando ex-jogadores profissionais, a partida é equilibrada. Marcel está obedecendo religiosamente ao técnico e se coloca sempre dentro da área, apesar dos olhares assassinos do Catimba. Quando o time dos Piratas ataca, ele volta para o meio de campo, evitando ficar perto do central adversário. Juca está contente com esse distanciamento. "Vai ver a mãe contou pra ele também a história do Golias", pensa o garoto.

Quando o time dos Piratas ataca, Catimba sempre se posiciona mais à esquerda do campo, o que permite uma visita rápida a uma das barracas que ficam ao lado. Sobre um caixote há quatro copinhos de vidro que cercam uma garrafa de Cachaça 51. É uma venda bem prática da bebida, e os copos não são lavados após o uso. Coisas da várzea. Como o time dos Piratas ataca mais e Marcel não passa do meio-campo, as visitas à barraca de pinga se tornam frequentes para o central. Na última delas, já com os olhos bem vermelhos, Catimba fala com convicção para o dono da barraca:

— Antes de terminar o jogo eu *quebro* o Cigano.

O vendedor de 51 não entende nada, mas Juca está atento e fica apavorado. Cigano é o apelido que os adversários deram para o irmão pelo fato de ele nunca parar no campo, de estar sempre se movimentando. Coisas da várzea. Juca precisa avisar o irmão!

O jogo já está próximo do fim, e o placar ainda é zero a zero. Catimba parece decidido e se aproxima do meio de campo. Juca se mostra estarrecido, já que é ali que o irmão está, porém Marcel não percebe os seus gritos e sinais desesperados. Quando Juca já está sem fôlego de tanto pular e acenar, finalmente o craque entende o irmão e recua para antes do círculo central, como instruído pelo treinador. Catimba se aproxima, decidido. Parece não haver escapatória. Ele se esqueceu do jogo e só tem como objetivo se vingar. Nesse momento, Dio pega a bola na defesa e vê a oportunidade, já que o zagueiro central adversário está no círculo central do campo. Faz um lançamento espetacular nas costas de Catimba, que, em sua sanha de vingança, tinha se adiantado muito.

Marcel esquece as instruções de Beto e parte em velocidade para o ataque. Catimba tenta acertá-lo, mas ele é rápido demais. Domina a bola como poucos sabem fazer. O goleiro, desesperado, sai tentando agarrar a bola ou o centroavante, não importa, mas é driblado com facilidade. Marcel chuta e estufa as redes! Delírio total da torcida e dos jogadores. O jogo termina, e o Vila Malvina é campeão outra vez. Marcel é levado nos ombros pela torcida. Juca está emocionado. Ele corre para o irmão, que o abraça. Nesse momento, o pior acontece: Catimba, totalmente descontrolado e com um olhar enfurecido, se aproxima do herói do jogo. Alguns jogadores dos Piratas, irritados com a derrota para um time amador, parecem querer briga também. Na confusão, Catimba fica frente a frente com Marcel.

A comparação entre os dois contendores é absurda. Juca novamente pensa em Golias. Ninguém consegue segurar Catimba, e os dois se defrontam no meio do campo. Marcel vai recuando aos poucos. Ele já tirou as chuteiras e as carrega nas mãos, o que prejudica qualquer escapada. Como fugir usando meias pesadas de jogador? Juca corre em direção ao irmão, mas não consegue penetrar na muralha formada pelos jogadores do Piratas. O irmão, então, segura as chuteiras pelo barbante e começa a girá-las acima da cabeça. O gigante se aproxima, sorrindo. Marcel acelera o movimento de rotação das chuteiras e, quando Catimba ataca, solta as duas. Elas acertam em cheio a cabeça do gigante, que fica grogue e cai. São chuteiras mortais, tanto para fazer gols quanto para acertar o Golias. Com o inesperado desmaio de um dos rivais, a turba se dissipa. A briga acabou. Vila Malvina é campeão, e Juca está nos braços do irmão. Ele é seu ídolo. Além de decidir o jogo, derrubou Golias com uma funda. Ele é como Davi na Bíblia, só que usando chuteiras.

Juca cresce e aos dez anos, inspirando-se no irmão, é o orgulhoso integrante da equipe de futebol do Foguinho, que joga no campeonato Dente de Leite, sucesso da televisão dessa época. Muitos jogadores do torneio tornaram-se profissionais quando cresceram, e todos que lá jogam têm muito prestígio. No Foguinho, ele tem a oportunidade de jogar em campos bem melhores do que na várzea, com times famosos, sendo que na época o melhor deles era o São Paulo F.C. Juca não tem a habilidade do irmão para marcar gols, mas é um bom meia e se destaca no torneio.

O grande jogador desse campeonato é o Coleti, centroavante do São Paulo. Na TV, além de assistir aos jogos de que participa, Juca não perde uma partida do time do Morumbi para ver o Coleti. Ele tem o mesmo estilo do Marcel: decisivo na maioria dos jogos e com uma maneira particular de comemorar os gols, com os braços levantados como se fosse um avião. Sempre recebe todos os prêmios de melhor em campo. Com apenas dez anos, já se predizia que seria um craque profissional do time principal do São Paulo.

A admiração de Juca por Coleti não é apenas pelo craque em campo, mas também pelo comportamento do garoto fora dele. Mesmo quando ganha prêmios, Coleti sempre elogia o adversário e os companheiros de time nas entrevistas. Não é o que se chama no futebol de "mascarado"; joga num time de ponta, ganha todas, mas permanece com uma característica pouco comum entre os boleiros: escutar atentamente, com humildade, e responder de forma gentil a todo mundo.

Apesar de não ser um time tão famoso, o Foguinho é difícil de ser batido, e pela primeira vez chega à decisão — e é contra o São Paulo.

Juca se prepara como nunca para a partida. A melhor forma de homenagear um craque como Coleti é jogar muito e ser campeão. Se ganharem, vão escrever seu nome na história e certamente terão oportunidades em equipes maiores.

Chega finalmente o grande dia da decisão, e toda a garotada do Foguinho está em ebulição. Para prestigiar os dois times, e pela sua importância, o jogo será realizado no Estádio do Pacaembu. Juca está impressionado; lembra com carinho do campo do Vila Malvina, de tantas histórias, e de como agora chegou ao templo do futebol paulista.

É uma partida quase profissional, com direito a transmissão na TV, juízes, bandeirinhas oficiais e torcidas organizadas (claro que a do São Paulo é bem maior).

A partida começa disputada, e Juca, nervoso a princípio, passa a jogar muito bem. Ele consegue um lançamento perfeito que o centroavante Marcão não perdoa: Foguinho um a zero. O São Paulo tenta reagir, mas o primeiro tempo encerra com a vantagem no placar.

Na saída para os vestiários, ele quase tromba com o Coleti. O garoto, apesar de estar perdendo, lhe dá um sorriso e faz um sinal de positivo, de certa forma elogiando o lançamento magistral que Juca havia feito.

No segundo tempo, Coleti volta a fazer a diferença: ele marca dois gols e vira o placar. De novo, todos assistem ao aviãozinho planando no Pacaembu no gesto de comemoração do artilheiro. O jogo termina, e o São Paulo é campeão novamente. O time do Foguinho lutou bastante, mas Coleti desequilibrou mais uma vez. De certa forma, os jogadores estão contentes, já que o jogo foi muito disputado. O Foguinho vendeu caro a derrota, e isso já é motivo para celebrar.

Com certa frustração Juca começa a deixar o estádio e procura Coleti para cumprimentá-lo. Não pode perder a chance de falar pessoalmente com ele, mesmo na derrota.

— Garoto, espera aí — fala o repórter da TV. — Você vai ser entrevistado. Ganhou o prêmio como o melhor em campo junto com o Coleti.

Juca não acredita: perdeu o jogo, mas vai ser premiado junto com o craque?!

Os dois são entrevistados no meio de campo e recebem seus prêmios. Juca não pode perder aquela oportunidade e fala com franqueza:

— Coleti, você joga muito! Perdemos o jogo, tô chateado, claro. Se você tivesse no nosso time, a gente ganhava! Assisto a todos os seus jogos! Lembro do meu irmão, que joga parecido com você. Ele também é centroavante goleador.

Coleti, além de craque, é um garoto simpático. Ele escuta atentamente como sempre e fala com simplicidade:

— Legal que pareço seu irmão! O time de vocês é bom, foi duro ganhar. Você joga bem! E aquele lançamento, hein? Eu queria um meia que mandasse essas bolas pra mim. Aí fica fácil fazer gol!

— Pena que a gente joga em times diferentes, né?

— Mas um dia a gente pode jogar junto! Quem sabe?

Interessante como os sonhos e as prioridades mudam ao longo do tempo. Juca jogou em vários times, mas uma contusão no joelho o aposentou precocemente do futebol. Continuou ainda amando o esporte, mas teve que se contentar com os bate-

-bolas com os amigos. Hoje, aos quarenta anos, está realizado profissionalmente, mas ainda guarda frustrações no mundo do futebol. Nos réveillons, muitas vezes vai com a esposa e os filhos para hotéis-fazenda que possuam bons campos de futebol. A esposa não gosta muito dessa obstinação, pois, ao final desses eventos, Juca em geral volta machucado. Sabe como é, o joelho reclama. Ele sempre diz a ela que algum dia vai se ajoelhar no meio do campo, olhar para os quatro lados e, como Pelé, se despedir do futebol. Alguns amigos chatos lhe dizem que seria uma boa, já que o seu joelho se despediu há muito tempo. Para que insistir tanto? Ele também não sabe, mas continua jogando.

Dessa vez, chegando ao hotel-fazenda onde passariam mais um réveillon, Juca como sempre foi olhar o campo de futebol. Um tapete, ótimo! Tudo novo, como um hotel-fazenda cinco estrelas tem que ser. Na recepção, vê as placas convidando os hóspedes para o sensacional campeonato de futebol do hotel. Se inscreve na hora, sob os olhares inconformados da esposa.

— Calma, prometo que este vai ser o último torneio. Você sabe que meu joelho não está bom.

A esposa suspira; o que ela sabe é que essa promessa não será cumprida. Mas como convencer um garoto de quarenta anos a desistir do seu sonho?

O torneio começa no dia seguinte. São formados seis times, por escolha aleatória dos hóspedes do hotel. No primeiro jogo, Juca constata que não é só ele que está machucado e pouco condicionado fisicamente. Além disso, tem a clara sensação de que os piores jogadores caíram no seu time. Jamais gostou desse tipo de seleção aleatória. Ah, Foguinho, ah, Vila Malvina, que saudades! Pensa com carinho nos craques seletos que jogavam naqueles times.

Mesmo assim, não se sabe como, vão ganhando uma partida atrás da outra e chegam à final. O time, no entanto, está destroçado. Joelhos e outras partes do corpo dos atletas não colaboram, e muitos pretensos jogadores não têm condição de ir para a partida decisiva. Juca reclama com os coordenadores do hotel:

— Vocês têm que ajudar. Nós não temos onze jogadores para a decisão. E o nosso adversário está em perfeito estado. É tudo garoto novo! Essa seleção aleatória que fizeram é péssima.

A política do hotel é de sempre tentar ajudar os hóspedes, principalmente alguém competitivo como Juca. Juntos tentam encontrar uma solução, já que seria um desperdício explicar que é impossível para eles descobrir como balancear os times e abandonar a forma aleatória de seleção.

— Pelas regras, os que jogaram em outros times não podem participar da decisão. Vamos procurar outros para completar o seu time. Sempre aparece alguém, e se o senhor achar uma pessoa, pode chamar, desde que ainda não tenha jogado.

Juca não lembra de ninguém conhecido que esteja no hotel e possa pelo menos "fazer número", como se fala na gíria do futebol. No entanto, não desiste e sai à caça de hóspedes que possam se converter em jogadores. Na sauna, encontra um asiático, que não fala tão bem o português mas aceita o convite, apesar de nunca ter jogado na vida.

— Sei jogar tênis. Não futebol — fala ele de forma simpática.

— Tênis está bom, já que suas pernas devem ser fortes. No futebol, ter perna forte já ajuda.

— Braço é forte. Jogo tênis de mesa — explica o homem.

Juca avalia se deveria colocá-lo no gol. No tênis de mesa, um fundamento importante é a defesa. Fica contente com a primeira contratação. Outra oportunidade chega quando se lembra de um rapaz forte, que está sempre na academia. Como é possível alguém gostar tanto de academia? Mesmo assim é um atleta, e por isso Juca faz o convite:

— Nunca joguei na vida, mas se eu for a única opção, vou lá colaborar — fala ele de forma surpreendente. — Meu negócio é halterofilismo.

"Melhor que nada", pensa Juca. Pelo menos o cara pode assustar alguém com aquele físico. Fala de novo com os coordenadores, que dizem ter conseguido mais dois, que também não gostam de futebol. Um é surfista e o outro, paraquedista. O último parece interessante, já que "vai cair de paraquedas" no meio de um jogo de futebol. Juca ri consigo mesmo daquele pensamento; é o que lhe resta naquela situação. Ele se lembra das suas outras finais, e esta não é diferente. A dificuldade é grande, mas time que entra em campo tem que ser para ganhar! Pensa no Vila Malvina, o time da várzea que ganhou de jogadores profissionais. Tudo bem que eles tinham o Marcel...

Para desestressar um pouco da busca frenética por jogadores, vai para o bar do hotel à noite. São onze horas e não tem ninguém interessante por lá, só um cara meio gordinho e baixinho tomando um conhaque e fumando seu charuto. "Este não dá nem pra pensar em convidar", pensa Juca. Felizmente, ele é bom de papo. Conversam sobre vários assuntos. Juca também gosta de charutos. Como todo brasileiro, falam sobre futebol. Ele gosta, mas não pratica por problemas no joelho. Juca não aguenta mais — outro com problema de joelho! Ele sabe que vai passar a noite toda com gelo no danado para ver se consegue jogar o tempo todo. Muda de assunto e conta suas aventuras no Vila Malvina e no Foguinho, fala dos seus ídolos. Marcos, o novo amigo, é um bom ouvinte. Ele vibra com as histórias, em alguns momentos até se emociona. Juca fica encafifado, pensando se já não se conheceram no passado. Quando se despedem, resolve fazer o convite, por gentileza:

— Marcos, amanhã temos uma decisão, e como você gosta de futebol, vai lá assistir e quem sabe seu joelho colabora e você joga um pouco?

Para surpresa de Juca, ele aceita.

Vai dormir e acorda cedo, ansioso pela decisão. O jogo acontece às dez da manhã, e todos do hotel estão lá. Nota-se que muitos da torcida, jogadores dos times desclassificados, apresentam as marcas dos jogos anteriores. Juca olha para o seu time. Tem certinho os onze jogadores e mais o tenista de mesa na reserva. Marcos também chega para assistir.

Juca reúne seu time no meio do campo. Todos parecem um pouco assustados olhando para os adversários, bem mais jovens, em pleno aquecimento. Juca distribui as camisas, tentando definir uma tática mais defensiva para garantir pelo menos o empate. Quando chega a vez da camisa nove, o surfista seria o candidato natural a recebê-la. Juca para a distribuição e pensa no irmão. Olha para o surfista, que está de óculos escuros e uma camiseta cheia de ondas e pranchas de surfe desenhadas. A camisa nove tem *glamour*, tem mística. Melhor não passar para o surfista. Entrega a número treze para ele. Quem sabe dá sorte? Juca não vai se entregar fácil. Lembra de Beto e, olhando para o time, fala com convicção:

— Decisão é decisão, e vamos entrar pra ganhar!

O jogo se inicia, e o ambiente se transforma. Agora é para valer, não interessa se é um campinho de hotel ou o Maracanã. O jogo vai pegar! O time de Juca resiste bem ao adversário, e a disputa fica equilibrada. O surfista consegue imprimir velocidade ao jogo e impõe receio na defesa adversária, o que torna o time mais competitivo. O halterofilista coloca respeito na defesa e não perde uma no jogo de corpo. Juca comanda o meio de campo, e o joelho resiste bem após uma noite no gelo. A primeira contusão acontece, o meia sofre uma falta e dá um mau jeito no tornozelo; Juca coloca o tenista no gol e o antigo goleiro mais à frente, estão sem ninguém na reserva agora. No entanto, a substituição melhora o time! O tenista pega tudo no gol, e o goleiro tem habilidades para atuar com Juca no meio de campo.

Quando faltam cinco minutos para terminar a partida, acontece a tragédia: o surfista se machuca. O time vai ter que continuar com dez. Juca olha para o banco, desanimado, mas fica impressionado quando vê Marcos vestindo a camisa. Uau! Ele vai encarar, mesmo com o joelho ruim! Ele ingressa rapidamente no campo e se posiciona na entrada da grande área. Juca pensa que seria bom Marcos ficar lá na frente, atrapalhando a saída do adversário. Faltam dois minutos para o encerramento, Juca utiliza seu último fôlego. Ele ainda tem a habilidade conquistada em muitos anos e consegue, num esforço, roubar uma bola próxima ao meio de campo, driblando os dois meias do time adversário em seguida. Nesse momento, visualiza Marcos levantando a mão, pedindo a bola. Juca observa que ele, com inteligência, sai da posição de impedimento e se coloca entre os dois zagueiros do time adversário. Juca capricha e faz um lindo lançamento entre os zagueiros. A bola mágica descreve uma curva e aterriza no peito de Marcos, que se posiciona de forma perfeita. Ele mata no peito, como poucos craques sabem fazer, driblando no mesmo movimento o primeiro zagueiro. O central também é driblado com facilidade, e, quando o goleiro sai do gol, desesperado, Marcos coloca a bola entre as suas pernas e estufa a rede. Corre para a torcida com os braços no formato de avião, vibrando. Nas costas da camisa, Juca vê o número nove. Volta rapidamente no tempo, tem dez anos de novo e agora se lembra de onde conhece Marcos. As emoções afloram. Eles correm, se encontram, se abraçam, comemoram.

— Lindo lançamento, Juca do Foguinho! Eu falei que você ainda ia me fazer um lançamento desses! Não falei que a gente ainda ia jogar junto? Você não me reconheceu, afinal mais de trinta anos se passaram! Foi incrível você me contando nossa história no bar sem saber quem eu era!

— Lindo gol, Marcos Coleti! Você é o meu ídolo!

Juca realizou o sonho de jogar com o seu ídolo. Sente o coração (e até o joelho) em paz. Enfim é chegada a hora de se ajoelhar no meio do campo, olhar para os quatro lados e se despedir do futebol.

TALISMÃ

Uma tarde quente e aborrecida. O relógio acaba de marcar 13 horas. Encostado ao balcão da venda, Valmir analisa os resultados dos empreendimentos que ele e o irmão têm na pequena cidade. Tudo começou trinta anos atrás, quando chegaram à região. No início, os irmãos vendiam roupas de porta em porta; depois, descobriram que era melhor que os clientes batessem à porta e abriram a loja de armarinhos, hoje a principal da cidade; por fim, foi estabelecida a venda, onde ele está agora. "Venda", no interior de São Paulo, é um minimercado, restaurante e bar, os três no mesmo lugar. Tudo o que a comunidade precisa, desde que pague um preço um pouquinho maior do que na cidade grande, Altino, a cinquenta quilômetros dali.

Os negócios têm prosperado, e agora estão próximos de inaugurar mais uma empresa, consolidando o Grupo Dois Irmãos na cidade. Já têm cinquenta por cento do capital necessário para o negócio em caixa, e no ritmo atual logo vão materializar a construção do posto de gasolina. Caminham, céleres no plano de comandar a cidade, fornecendo comida, bebida, roupas e combustíveis, e depois o sonho maior: a prefeitura. O irmão, Valdir, que hoje toma conta do armarinho, já é vereador, e o caminho está aberto para a nova empreitada. "Prefeito Valmir — o homem que faz sorrir"; o bordão da campanha já está pronto, só faltam os passos finais, e o posto é o mais importante deles.

Nas tardes, quando o movimento é baixo na venda, Valmir prepara as análises e os planos para o futuro. Fica matutando os novos negócios e quanto de dinheiro ainda falta para que sejam viabilizados.

As contas são interrompidas pela chegada de um estranho; em cidade pequena, logo se identifica quem é de fora. O homem não tem mais de trinta anos: roupas surradas, parecendo extenuado e faminto. Os sapatos entregam que andou muito antes de chegar ali. No ombro esquerdo, traz uma sacola velha com alguns pertences e, no direito, estranhamente, uma caixa de madeira trabalhada com ricos detalhes, que carrega com cuidado. É o retrato do que se se chama no interior de "andante": alguém sem pousada fixa. Mas Valmir fica curioso mesmo é com a caixa de madeira que destoa do dono.

— Boa tarde, moço — diz o estranho. — Meu nome é José, tô procurando a Fazenda Esperança, me falaram que fica perto daqui. O senhor conhece?

Valmir conhece bem a fazenda e também esses tipos que aparecem; normalmente não daria muita atenção, mas continua interessado em saber o conteúdo da caixa. Resolve ser amistoso:

— Você está a mais ou menos dez quilômetros da fazenda. É uma boa puxada a pé. Mas como chegou na cidade? O ônibus já passou faz duas horas.

— Na carona de um cidadão de bem que me ajudou. Tem gente boa ainda no mundo...

— E o que o amigo vai fazer na fazenda? Conhece alguém lá?

— Procurando emprego. Moro em Altino, mas as coisas tão complicadas por lá, e me falaram que tem emprego na Fazenda Esperança. Além disso, sonhei que ia ser empregado lá. Eu acredito nos meus sonhos. E esse nome, Esperança... ajuda. Já trouxe até minhas roupas neste saco. Pobre tem pouca coisa, sabe?

Valmir já começa a desconfiar que o tipo não bate bem. Imagine, sonhar e ir até ali sem pesquisar nada do emprego! A curiosidade, no entanto, é maior, e ele precisa descobrir o que há naquela caixa de madeira.

— José, melhor comer alguma coisa. Nós servimos almoço aqui. Pra você, hoje é por conta da casa.

— Eu também sonhei isso, que alguém ia me ajudar! Tanto que saí sem nenhum dinheiro, ganhei uma carona e agora o senhor me oferece o almoço. Aceito, sim! Tô esfomeado!

Antes de se sentar à mesa, José cuidadosamente coloca a caixa de madeira sobre o balcão grande. Devora a refeição e pega mais dicas de como chegar à fazenda. Vai ser uma longa caminhada.

Após a refeição, os dois já são camaradas. Valmir aponta a caixa de madeira e pergunta de maneira despretensiosa:

— Notei que o amigo, além da sacola, anda com essa caixa. Parece ser difícil pra transportar. O que tem nela?

— Ah! Aqui tem a coisa mais importante da minha vida! A herança que recebi do meu pai que nunca conheci. Sempre carrego comigo, já que na pensão onde moro não dá pra deixar. O violãozinho é bem velho, mas tem valor sentimental.

Valmir fica mais curioso ainda. A caixa é muito pequena para um violão.

— Mas me conta essa história, homem! Como você recebeu essa herança?

— Foi minha mãe que me contou. Quando ela conheceu meu pai, ele tava se apresentando aqui no Brasil. Ele era um maestro italiano famoso, mas voltou pro país dele e nunca mais ela viu meu pai. Não sei como, mas ele descobriu que tinha um filho aqui, e antes de morrer mandou o violãozinho pra minha mãe. Com a caixa tinha uma carta dizendo que meu futuro estaria garantido se o violão ficasse sempre comigo. Não aprendi a tocar, mas também não descolo dele. Ele é meu talismã da sorte!

Valmir coça a cabeça. Não parece que o instrumento tenha trazido tanta sorte ao infeliz, mas aquela caixa luxuosa pode ter algo de muito valor, talvez até uma oportunidade de um bom negócio. E ele tem olho bom para isso. Não à toa, ele e o irmão construíram o patrimônio atual.

José começa a arrumar suas tralhas.

— Muito obrigado pelo almoço e por escutar minha história. Bom, já tá tarde e eu tenho que pegar a estrada. Parece que vem chuva braba por aí! — José começa a pendurar a caixa, preparando-se para sair.

Valmir pensa rápido; não vai deixar um potencial bom negócio escorregar pelos dedos.

— Amigo, não seria melhor deixar suas coisas aqui? Eu tomo conta direitinho. O caminho é longo, é melhor andar sem todas essas tralhas. Além disso, como você mesmo disse, vem chuva forte aí.

— É complicado… Eu não sei andar sem o violãozinho. Sem meu talismã, não arrumo emprego.

Valmir sabe que precisa manter o tal do violãozinho na venda de qualquer jeito, do contrário, como poderá avaliar se existe negócio ou não? Apela para as crendices de José.

— Mas você não sonhou que tinha arrumado o emprego? Até agora os seus sonhos funcionaram! Pode ficar tranquilo, vai ficar aqui na prateleira e vamos até tirar da caixa, pra ele respirar um pouco. O sol tá queimando hoje!

José, com alguma relutância, concorda, pois de fato está quente, e a chuva já se prenuncia. Com cerimônia, abre a caixa e tira um violino bem velho de dentro. Passa a mão carinhosamente sobre ele. Por um instante, parece que o apego vai vencer e ele vai acabar desistindo de ir para a fazenda sem o tal talismã. Rende-se, no entanto, à necessidade do emprego e, com lágrimas nos olhos, fala:

— Fica com o moço que ele vai cuidar de você, violãozinho. — E se vira para Valmir. — Agradeço a bondade, viu? É a coisa mais importante na minha vida. Lá pelas seis passo aqui pra buscar e trocar mais um dedo de prosa com o senhor.

Depois disso, ele pega a estrada com vontade. Caminha devagar, mas com firmeza, na direção da fazenda. Valmir acena da porta. Voltando ao balcão, já não vai só, leva consigo a ideia do que fazer com aquele violino. Liga para o irmão: como sempre, ele está todo atarefado. Na loja de armarinho, o movimento é grande no momento.

— Fala logo, Valmir, que tem muito cliente aqui.

— Não para de vender, mas escuta: apareceu um andante por aqui e deixou um violino que herdou do pai como herança. Não entendo nada de instrumentos musicais, mas parece que é bem antigo e pode ter muito valor. A sorte pode estar acelerando a aquisição do nosso posto. Vai que por uma barganha eu consigo comprar dele e na venda ganhamos muito dinheiro?

— Eu também não entendo nada de violino. Não dá pra comprar sem saber quanto vale. A única pessoa que eu conheço que é mais experimentada de música na cidade é o padre. Teria que mostrar pra ele.

— O padre não dá, já que ele vai contar pro dono e aí complica o negócio. Ele tem um valor sentimental pro homem. Se souber que vale mais, sobe muito o preço... Aí não dá negócio.

— Talvez a dona Zica, que toca piano, possa dar alguma dica — lembra o irmão.

— Também não dá, ela é casada com o Manoel, que enxerga fácil negócio bom e vai furar nossa proposta. Tem que ser alguém que não queira comprar. Vai pensando por aí, já que à tardinha ele volta, e aí fazemos uma proposta. Já temos cinquenta mil, tudo em dinheiro vivo, o que sempre facilita o negócio.

Desliga o telefone e fica ruminando. Na sua cabeça, acha que não estaria enganando o José, mas certamente oferecendo um valor que o ajudaria, e então ele, Valmir, revenderia depois por um preço melhor. Se convence depressa de que não se trata de uma tramoia, mas apenas de intermediar a venda do instrumento musical. Nos negócios, ganha-se o dinheiro na hora da compra. De novo, examina com exatidão o violino. Parece antigo e talvez possa ser vendido para algum museu. Não entende bem o porquê, mas sabe que coisa velha é muito valorizada. O problema é o tempo para pesquisar se o que tem em mãos tem mesmo algum valor.

Suas elucubrações são interrompidas pela chegada de um carro sofisticado à porta da venda. Valmir não se lembra de ter visto nada parecido na pequena cidade. Do automóvel, desce um homem de aproximadamente quarenta anos, com roupas de grife, com certeza vindo da capital.

— Que calor faz aqui na sua cidade! — Ele adentra a venda com a confiança de alguém acostumado a ser obedecido. — Você tem água mineral?

Recebe a água, olha a marca, faz uma careta como se não o agradasse, rejeita o copo e, após limpar bem a boca da garrafa, toma direto no gargalo.

— Onde fica a Fazenda Esperança? — pergunta o homem.

— Puxa, é o segundo que me pergunta isso hoje! Dez quilômetros daqui. Com o seu carro, fica perto. O senhor está a passeio por aqui?

O homem olha com desdém para Valmir.

— Não seria o lugar adequado para passear com este calor. Estou aqui a negócios. Nosso grupo vai comprar a Fazenda Esperança.

"Comprar a fazenda é impossível", pensa Valmir. Ela é a maior da região e muito lucrativa, com gado leiteiro e plantações a perder de vista. Nunca soube que estivesse à venda, apesar de os donos morarem na capital e raramente passarem pela cidade. Nos planos de expansão do Grupo Dois Irmãos, a fazenda nunca foi um objetivo; Valmir conhece suas limitações, e a fazenda é um negócio para milionários. Por outro lado, visualiza uma oportunidade na fala do homem. Ele já ganhara dinheiro em corretagens intermediando venda de terras. Resolve arriscar:

— Eu moro aqui há mais de trinta anos e tenho todos os contatos na prefeitura para resolver as burocracias. Também posso facilitar a compra. Como vocês não são da região, vão precisar de ajuda.

O potencial comprador continua com a expressão de desdém e fala de forma direta e objetiva:

— Não precisamos! Todas as pesquisas já foram feitas, e nossos advogados já cuidaram do contrato. Estou com a proposta final e certamente vamos fechar logo o negócio. Mudando de assunto, queria comer alguma coisa, mas não estou vendo nada interessante na sua prateleira... Nossa, o que é aquilo?

O homem olha admirado para o violino de José. Aproxima-se devagar e parece não acreditar no que seus olhos veem. Valmir, como se sabe, não entende nada de violinos, mas conhece quando alguém tem um desejo imenso de comprar algo. Este já mordeu a isca. A premonição de Valdir de que o violino deveria valer algo é confirmada pelo estranho.

— Este violino é um enfeite que deixamos aqui na venda. Está na nossa família há gerações e nos traz muita sorte — mente de forma descarada.

O homem pede o instrumento e então o examina em pormenores: olha o interior, procura detalhes, mostra que é entendido no assunto.

— Eu não vou enganar o senhor, sou um colecionador de arte. É um dos meus hobbies. Mas não sou especialista em instrumentos musicais. De qualquer forma, parece ser um Stradivarius, o violino mais famoso do mundo. Precisaria avaliar com especialistas, inclusive fora do Brasil, e principalmente na Itália, onde foram fabricados. Pode ser que seja verdadeiro ou uma cópia muito bem--feita. Como lhe disse, sou rápido para decidir, e neste caso compro mesmo na dúvida. Já sei que está há gerações na família, mas será que toda essa história e sentimentos não podem ser comprados por duzentos mil reais? Você tem cara de bom negociante. O que acha? Posso garantir que ele ficará bem mais bonito na minha coleção. Vamos fechar e já levo agora mesmo.

Valmir começa a suar. Sempre se considerou um grande negociador, mas não está acostumado com o estilo agressivo do visitante. De qualquer forma não pode fechar, já que precisa ainda negociar com José, o que não será nada fácil. Apela por mais tempo.

— Como é um objeto da família, preciso falar com meu irmão. O senhor vai até a fazenda, e no seu retorno fazemos o negócio. Se eu tiver aprovação da família... quem sabe.

— Combinado, mas temos que fazer o negócio ainda hoje. Minhas compras são no estalo. Amanhã não vou querer nem pensar no assunto. Vai que é uma cópia?

Ele vai embora após admirar de novo o instrumento. Valmir começa a desejar que José retorne logo. Liga para o irmão e pede para ele trazer todo o dinheiro disponível imediatamente. Os dois se encontram na venda e rezam para que José retorne.

Ele aparece por volta das cinco horas, com a mesma expressão de exaustão, mas agora também um pouco depressivo.

— Não consegui nada... O capataz ainda me disse que parece que a fazenda vai ser vendida — fala, desmoronando no banco. — Quando eu tava lá, chegou um carrão, parece que era do comprador.

— Que tristeza — diz Valmir, em um gesto de apoio. — Mas hoje é o seu dia de sorte! Eu e meu irmão vamos lhe ajudar.

Ele apresenta o irmão, que já está com a sacola de dinheiro na mão.

— Já amolei demais — fala José, cansado. — Você me deu o almoço e guardou o violãozinho. Agora é voltar pra casa e ver o que se pode fazer. Já estou com a pensão atrasada...

— Mas então! — intervém Valmir, com entusiasmo. — Nós decidimos comprar o instrumento para decorar a venda. Ficou bonito na prateleira e vai nos dar sorte. E vamos ser generosos e fazer uma boa proposta. Que tal dez mil reais em dinheiro?

— Ah... mas o violãozinho eu não vendo. Minha mãe falou que todo o meu futuro tá com ele, eu já até sonhei... Vi o violãozinho me trazendo uma casa própria!

Valmir já está ficando nervoso com esses sonhos de José, mas a oportunidade é grande.

— E quanto custa essa casa dos sonhos que você trocaria pelo violãozinho?

— Eu até já vi a casa! Custava oitenta mil, mas eu nunca conseguiria comprar. Não é uma questão de preço, mas de sonho. Só posso me separar do violãozinho se o sonho se realizar. Como minha mãe falou...

— Fechado! Tenho cinquenta mil em dinheiro aqui, e os outros trinta você leva em cheque!

— Eu não tenho conta bancária. O senhor não pode descontar?

Valmir pensa rápido. Vão ter que recorrer ao intrometido do Manuel, que é o único que tem dinheiro vivo em casa. Vão somente trocar o cheque, já que ele pode furar o negócio se souber do potencial. Ele sabe que poderá aumentar muito a pedida para o comprador de fazendas. Se ele ofereceu duzentos mil, decerto vai chegar a quinhentos, ou eles mesmos pesquisam e vendem a um museu. Além disso, alguém capaz de comprar a Fazenda Esperança tem muito dinheiro.

— Certo, meu irmão leva você até o meu amigo pra pegar o resto do dinheiro, e eu já fico com o violãozinho.

José se abraça ao violino em uma longa despedida:

— Adeus, violãozinho, fico triste em me despedir de você, mas, como a mãe falou, esse é o meu destino...

Eles saem, de certa forma atropelados por Valmir, que sabe que a qualquer momento o comprador de fazendas vai chegar e atrapalhar o negócio.

Mais tarde, o carro luxuoso atravessa veloz a estrada, e o comprador de fazendas ao volante abre um largo sorriso. Foi realmente um grande negócio. Não a fazenda, o violino. A seu lado, José também está feliz. Já não usa as roupas surradas, agora armazenadas no bagageiro junto a outros violinos semelhantes ao primeiro. Ele dá um sorriso matreiro para o motorista e pergunta:

— Qual a próxima cidade com menos de trinta mil moradores?

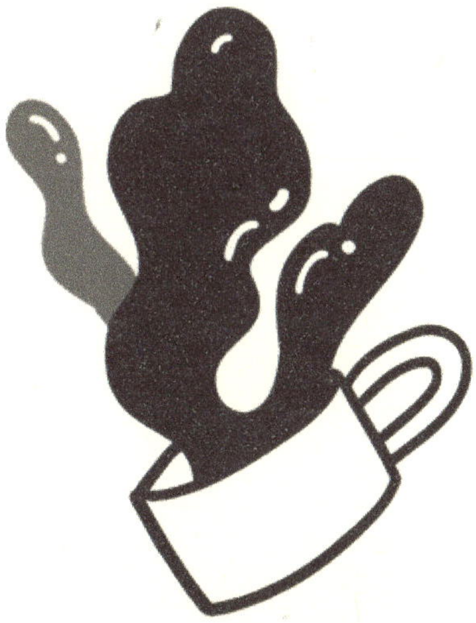

MISTÉRIO NO EXPRESSO DO ORIENTE

Quem gosta de ler sabe que, com raras exceções, um livro pode ser fielmente reproduzido em um filme. Que diretor seria capaz de competir com a imaginação de um leitor?

O mesmo acontece com viagens. Em geral criamos na mente uma visão tão deslumbrante que, por mais espetacular que seja o local visitado, frustrações são inevitáveis. Nada pode competir com o imaginário do viajante. Além disso, é fundamental uma boa pesquisa, sobretudo se o destino for o que se chama na indústria turística de "roteiro de luxo".

Porém, isso era bem difícil antigamente, quando a internet não era tão acessível e nem tudo estava ao alcance de uma busca no Google. Quando minha filha completou nove anos, no início dos anos 2000, ela, minha esposa Luana e eu fizemos a viagem que eu havia planejado logo no seu primeiro ano de vida. Na minha visão, aquela seria a idade na qual ela poderia entender melhor o que estava acontecendo. Como fã de Agatha Christie, meu destino seria o palco de um dos seus melhores livros: o Expresso do Oriente. No trem, Poirot, o detetive mais famoso da escritora, desvendou um dos seus maiores mistérios.

A viagem no Expresso do Oriente é considerada um dos roteiros de maior luxo do mundo, o que nem sempre é meu perfil de turista, já que muitas vezes o cerimonial desses lugares pode ser um pouco exagerado. No entanto, foi lá que tudo aconteceu no romance famoso, e eu não poderia perder esse passeio por exageros de glamour que ele pudesse ter. Na época, não tínhamos todas as informações de hoje, mas confesso que não me preparei adequadamente para essa viagem como sempre faço. O sonho era estar no trem, e detalhes pareciam irrelevantes.

Selecionei o que julguei ser o melhor trecho para viagem: Veneza-Paris. A chegada à Sereníssima, a cidade flutuante, por si só já impressiona. No aeroporto é necessário pegar um barco-táxi que navega pelos canais deslumbrantes até chegar ao hotel. Após alguns dias na linda cidade, enfim chegou a hora de viajarmos no Expresso do Oriente. O destino que sempre povoou a minha imaginação era o motivo principal da excursão, afinal.

Chegamos às onze da manhã, uma hora antes da partida. Que imagem espetacular! O Expresso do Oriente — ou "Trem Azul", como é também chamado — já estava na plataforma. Os vagões restaurados tinham o mesmo estilo de 1883, quando fizeram sua primeira viagem. Na porta, fomos recebidos pelo simpático e sorridente Rupert, nosso camareiro. Ele olhou com alguma surpresa para minha filha.

— Sejam bem-vindos ao Trem Azul. Assim que chegar a outra passageira que viajará com vocês, darei início às informações e os conduzirei até sua cabine.

— Que outra passageira, Rupert? Somos só nós três, e estamos prontos.

— A mocinha também vai viajar? — perguntou, sem esconder a surpresa.

— Deixa eu ver a sua lista de passageiros — falei, tentando descobrir se havia algum erro. — Perfeito! Nossos nomes estão aí, tudo certo.

Ele conferiu os registros, pensou por um momento e, olhando para minha filha, disse com um sorriso:

— Agora entendi. Ela é a terceira passageira e está viajando porque é uma fã da Agatha Christie. Muito bem. Então vamos todos agora para a cabine de vocês, e vou explicando no caminho a história e a logística do trem, e também os vários eventos que vão acontecer ao longo da nossa viagem para Paris.

Achei bem estranho esse comportamento. Qual o problema com minha filha? Que restrição existia no trem em relação a ela? Por que Rupert estava tão surpreso? Seria esse mais um dos mistérios do Expresso do Oriente? Teríamos que chamar Hercule Poirot?

Ele nos levou até a nossa cabine. No trem, existiam cabines individuais com banheiro, um para cada família de adultos, conforme Rupert mais uma vez enfatizou.

— Agora vocês podem almoçar, e mais tarde voltarei para arrumar o quarto.

Nós nos dirigimos ao vagão-restaurante. Era um ambiente extremamente refinado, com poltronas de veludo, vitrais coloridos, garçons muito bem-vestidos e guardanapos com a grife do trem. Um silêncio de catedral tomava conta do lugar, e notei alguns dos passageiros olhando curiosos para minha filha.

Quando li o cardápio, constatei que ele não previa crianças no trem. A entrada sugerida era *foie gras* com salmão defumado; o prato principal, pato com laranja. Conforme explicado no menu, os patos eram controlados desde o nascimento e pré-numerados. Sobremesas sofisticadíssimas que não compreendi do que eram feitas completavam o jantar.

Minha filha sempre foi difícil para novas experiências na alimentação, e realmente no cardápio não havia nada que ela pudesse comer. Nesse momento, chegou à nossa mesa o sommelier. Ele tinha um tipo de colher pendurada no smoking preto, que utilizava para provar os vinhos antes de servi-los. Após ouvir uma ampla explicação sobre os vários tipos da bebida disponíveis, perguntei:

— Pierre — (incrível o que tinha de Pierre na região!) —, o vinho está ótimo, mas o cardápio não tem nada que minha filha consiga comer.

— Eu também acredito que não. Este é um cardápio concebido especificamente para o trem, e, ao elaborá-lo, nosso chef não previa encontrar crianças a bordo. Vou conversar com o maître responsável pelo restaurante, e ele vai resolver o assunto — disse ele, confiante, mas ao mesmo tempo delimitando bem suas responsabilidades.

Alguns minutos depois apareceu o maître, também usando um smoking preto impecável, mas com alguns galões, lembrando um militar. Ele se mostrou muito preocupado.

— Realmente é um problema, já que não me lembro de nenhuma criança no nosso restaurante. Ela não gosta de nada do nosso menu?

— Nada — respondi objetivamente.

— Temos algumas alternativas fora do menu, como o carneiro com hortelã, *Boeuf Bourguignon* ou a porção de escargot.

— Ela odeia os três — respondi, convicto.

Fazia sentido que no turismo de luxo as comidas fossem sofisticadas, mas as crianças não deveriam ser ignoradas. Por que minha filha não poderia viajar no trem dos meus sonhos? Ao mesmo tempo, fiquei bravo comigo mesmo: por que não havia pesquisado o cardápio?

Naquele momento, o veículo apitou e triunfalmente deixou a estação. Todos acenaram pela janela, brindaram. Uma festa. Eu me concentrei no fato de que agora não tínhamos mais a alternativa de alguma lanchonete na estação. Após degustarmos as entradas espetaculares e minha filha ter comido pão com manteiga — muito elogiado por ela, diga-se de passagem —, chegou à nossa mesa o chef, acompanhado do maître. Todos os demais passageiros estavam curiosos com a agitação que nos cercou. O que estava acontecendo? Será que estávamos reclamando da comida? Seria um sacrilégio a bordo do Trem Azul!

Ele parecia mesmo o que era: um chef francês. Estava vestido com seu dólmã extremamente branco com botões dourados e um avental também branco, todo trabalhado; usava ainda aquele chapéu esquisito, típico dos chefs, e tinha um ar de grande preocupação na face. Falou em francês, com tradução quase simultânea pelo maître:

— Poderíamos oferecer um suflê de carne? Temos disponível.

— Suflê ela não come de jeito nenhum. Talvez um pão com algum pedaço de carne? Tipo um sanduíche.

Ele traduziu, e o chef ficou horrorizado. Sua face, extremamente vermelha, contrastava fortemente com a roupa branca. Falou várias frases que não entendemos e colocou a mão no peito, como uma forma de juramento.

— Ele está dizendo que se recusa a servir sanduíche, mas certamente vai preparar algo que ela goste. Este prato será um grande desafio, mas ninguém come mal no Expresso do Oriente — disse o maître, agitado.

O chef saiu, resoluto, em direção à cozinha. Os passageiros voltaram a discutir entre si. Viramos o centro das atenções. Eu não gostei nada daquela situação, mas o problema não era meu. O mistério do Trem Azul fora revelado: eles não estavam preparados para crianças. Na verdade, segundo Rupert me disse depois, ele nunca tinha visto uma criança a bordo.

Minha filha continuava com seu ar decidido de que não comeria nenhuma daquelas coisas estranhas. O pato numerado não foi servido na nossa mesa, já que, na cultura francesa, todos os pratos devem ser oferecidos ao mesmo tempo. Em meia hora, chegaram três pratos cobertos por tampas que não permitiam identificar o que se escondia em seu interior. Com eles vieram dois garçons, o maître e o chef, que participariam do cerimonial de abertura. O chef ficou em frente à minha filha e deu o comando aos garçons:

— *Voilà!*

Os dois garçons abriram ao mesmo tempo as *cloches* e revelaram os dois patos numerados e uma carne escura com arroz para minha filha. Agradeci, e o chef e o maître se retiraram, permanecendo somente os garçons. Minha filha começou a franzir o nariz de novo. Ai, menina difícil de comer! Fiz um sinal discreto para ela tentar, pelo menos. Os garçons nos vigiavam com recato, o correto no serviço à francesa.

Ela selecionou um dos muitos talheres disponíveis na mesa, olhando sem esperança para a massa escura no prato, e, com relutância e sob a pressão do pai, levou um pedaço à boca. Incrível! Ela gostou e "matou" o prato com presteza. Nós também adoramos o pato numerado. Na sobremesa, comemos o *crêpe Suzette* e ela o *crème brûlée*, do qual também gostou muito. Mais uma vez o chef se apresentou; estava menos vermelho agora, mas o dólmã continuava impecavelmente branco. Orgulhoso do prato limpo em frente à minha filha, levou de novo a mão ao peito, com a certeza de ter superado seu maior desafio. Todos celebraram, e aceitei mais champanhe. Almoço perfeito, como só os franceses sabem fazer!

O trem continuou sua marcha lenta, agora pelos Alpes italianos. Uma visão deslumbrante. Minha esposa retornou ao quarto com nossa filha, e eu resolvi ir até o bar.

Outro cenário sofisticado me esperava. Bartenders tradicionais atuavam por ali; lembravam muito os mordomos ingleses, sempre atentos, oferecendo várias alternativas de drinques. Havia um local para fumar charutos. De vez em quando, eu até gosto de um charuto. Eles me ofereceram um cubano, caríssimo. Depois de um almoço tão requintado, por que não?

O bartender solicitou minha autorização para acendê-lo, e aceitei de imediato. Ele o manuseou com delicadeza, cortando a ponta com uma lâmina afiada. Riscou um fósforo sob uma acha grande de madeira e lentamente começou a acender. O processo todo demorou cerca de dez minutos, até que houvesse uma brasa perfeita em volta da ponta do charuto. Ele me perguntou se estava bom, e obviamente respondi que sim.

— Um bom conhaque para acompanhar? — perguntou, solícito.

Conhaque nunca foi uma das minhas bebidas preferidas, mas me lembrei que tinha em casa um conhaque muito bom que um amigo me presenteara e que era VSOP, o que significava que tinha mais de cinco anos de armazenamento. Em um ambiente tão sofisticado, era melhor entrar no clima.

— Se você tiver um VSOP, aceito de bom grado.

Ele ficou um pouco surpreso no padrão de um mordomo inglês daqueles dos filmes — ou seja, tremeu levemente a face — e respondeu:

— Estes não temos, mas o senhor gostaria de outra bebida?

Fiquei frustrado. No templo da ostentação, um bar refinado daqueles, e ele não tinha o VSOP?

— Que pena que não tenham. Mas você pode me sugerir outro, mesmo que inferior?

Novamente a postura de mordomo inglês sem emoções:

— Posso oferecer um conhaque XO. No Expresso do Oriente, só servimos conhaques acima de dez anos.

Constrangimento real, mas ele fingiu não perceber. Precisava atualizar meu conhecimento sobre conhaques. Bebi e fumei, admirando os alpes . Impossível não apreciar o turismo de luxo.

Voltei para o quarto, onde as duas já estavam se preparando para o jantar. Luana e minha filha estavam com roupas sofisticadas e maquiadas.

— Capricharam, hein? Onde é o casamento?

— Você viu como estavam vestidos no almoço? — perguntou minha esposa sabiamente. — Aqui tem que caprichar, senão você vira diferente. Já basta a agitação do almoço, quando nos tornamos o foco das atenções. Se eu fosse você, colocaria o paletó e a gravata.

Normalmente viajava com esses acessórios, já que em certos ambientes são requeridos, mas não imaginava que em um trem fossem necessários. Como Luana nesse tema sempre tinha razão, vesti um terno sob protestos e me preparei para ser o esquisito com uma roupa muito social. Quando saímos da nossa cabine, notei que realmente estava diferente dos demais: todos os homens usavam smoking e meu paletó com gravata chamou atenção, mas não como esperado. O restaurante agora estava repaginado com toalhas mais suntuosas e luzes mais vibrantes, criando um ambiente ainda mais sofisticado e de alto luxo.

Logo na entrada, encontrei o chef e o maître, que nos dedicaram especial atenção, mas do tipo "chegou o grupo diferente que vai exigir muita criatividade para atender!". Desta vez, porém, o chef estava sorridente e falou diretamente com minha filha, em francês:

— O chef está dizendo que agora entende o paladar da menina e criou um menu específico para ela — traduziu o maître.

Fiquei pensando que no Brasil era o que chamávamos de "menu kids", mas melhor não mencionar. Tudo transcorreu muito bem. Nossos pratos foram novamente muito sofisticados, mas minha filha se sentiu ainda mais especial por ter um menu só para ela, do qual, por incrível que pudesse parecer, gostou muito. Na saída, o chef e o maître acenaram alegremente: conseguiram manter a tradição de todos adorarem a comida do Trem Azul.

Seguimos então para o nosso quarto, que sofrera uma grande transformação. Rupert era o mágico que nos propiciou camas muito confortáveis, já preparadas para nos deitarmos, banheiro com flores e uma mesa onde nos aguardava um chá de ótima fragrância. Lembrei-me na hora do livro *O assassinato no Expresso do Oriente*. Realmente o trem tinha essa magia, e parecia que estávamos dentro da história. Mas claro que eu não gostaria de um assassinato real naquela noite.

Após um banho quente tomado no nosso quarto (que também dispunha dessa comodidade), todos nos deitamos e de repente algo começou a me incomodar. Travesseiros de pluma de ganso, colchões ortopédicos americanos de alta densidade, quarto bem escuro, do jeito que eu gostava; o que poderia estar atrapalhando meu sono? Rapidamente constatei que era o barulho. O trem, apesar do charme e do ambiente extremamente refinado, era bem velho e, portanto, barulhento.

As duas já estavam dormindo. Sempre as invejei por não terem, como eu, problemas de insônia, e certamente o ruído era muito alto. Virei e revirei na cama, tentando me convencer de que estava em um ambiente tranquilo e deslumbrante. O barulho, porém, venceu. Depois de sessenta minutos de tentativa, me rendi. O desejo de dormir e sonhar no trem, eu não conseguiria realizar… Me lembrei do bar e fui até lá. Por incrível que parecesse, à uma da madrugada ainda existiam clientes, e o mordomo inglês continuava lá, impassível, servindo as bebidas.

Sentei-me em uma mesa e discutimos sobre conhaques. Dessa vez, pedi um XO. Ele deu um sorrisinho, satisfeito. Criamos alguma informalidade no trato, mas rapidamente ele voltou à sua pose tradicional.

Chegamos a Paris ao meio-dia. Eu estava muito contente, porque havia realizado um sonho de nove anos. Também aprendi muito sobre ambientes de alto luxo e como valorizar aqueles momentos na vida, porém em doses homeopáticas. No hotel, igualmente luxuoso, havia uma reserva para um restaurante chamado La Tour D'Argent, que um amigo me indicara. Perguntei a respeito ao recepcionista, e ele informou que era o mais sofisticado de Paris; quando comentei sobre o jantar no Expresso do Oriente, ele disse que o ambiente do trem era muito menos sofisticado do que o do restaurante da reserva. O homem olhou para minha filha e falou que talvez eles não tivessem nada no cardápio para ela.

— E onde podemos comer um sanduíche hoje à noite?

— Eu não recomendaria, mas existe uma rede com uma loja ali na frente chamada Hippopotamus. Vai ser um contraste gastronômico muito grande.

— Ótimo, transfira para amanhã o La Tour.

— É muito complicado, as reservas são feitas meses antes.

— Eu sei que você vai conseguir. Hoje vamos no Hippopotamus.

Minha paciência para tanto luxo tinha acabado, pelo menos naquele dia.

O PÔQUER GOURMET

— *All-in*! — fala Júlio, empurrando suas fichas para o centro da mesa.

A atmosfera de imediato se torna densa na sala de pôquer. Na mesa verde, esculpida em madeira nobre, que só os melhores cassinos do mundo oferecem, os sete jogadores refletem sobre o que fazer. Na frente de cada um, os depósitos de fichas milimetricamente encravados na própria mesa são recontados várias vezes antes da decisão — uma das manias de jogadores de pôquer quando estão pensando. Como não poderia ser diferente, copos estão dispostos em áreas protegidas da mesa, e todos bebem alguma coisa nesse processo de reflexão. Mulheres também estão por perto, completando o típico ambiente de uma partida. Felizmente, não há o ingrediente mais nocivo: os famosos charutos adorados pelos jogadores. Mas todo o resto está lá: baralho, bebidas, dinheiro, mulheres e tensão. Muita tensão.

Jogam na modalidade *Texas hold'em*, a mais famosa no mundo. No pôquer, o controle mental é tudo, e emoções só atrapalham. Quanto melhor um jogador puder prever e ler as cartas e expressões de seus oponentes, maiores as chances de ganhar. Júlio já *leu* os oponentes e os *batizou* com nomes que o fazem associá-los com mais facilidade aos seus estilos de jogar: a seu lado direito está Ásia, que não mexe um único músculo do rosto; os olhos, no entanto, procuram e se fixam nos adversários. Tem um estilo de jogar agressivo e, se possui alguma carta em que acredita, sempre topa. Ele empurra o seu bloco de fichas para o meio da mesa e, mais uma vez na noite, utiliza seu bordão:

— Acho que vou ter sorte e vai sair a carta que preciso no final.

À direita dele está Zen. Seu estilo de jogo é indefinido, e ele tem sempre uma expressão tranquila no rosto. Consulta o celular o tempo todo, como se alguém lhe passasse informações vitais durante o jogo ali. Ele olha para os adversários, pega um volume significativo de fichas e começa a passá-las entre as mãos sem dizer nada. Este é outro hábito que desestabiliza os demais jogadores. Após toda essa manipulação, porém, ele estranhamente desiste.

O próximo a se pronunciar é o Inglês. Ele é mais conservador, mas consistente: sabe que, se entrar demais no pântano e começar a apostar muitas fichas, depois não dá mais para sair. No pôquer, a cada rodada os jogadores vão colocando fichas se quiserem prosseguir. Esta é a metáfora: se já apostou muito, não pode mais desistir. Quando se está na parte profunda de um pântano, é impossível voltar para a margem. Como apostou pouco até agora, Inglês desiste e deixa a briga para Júlio e Ásia.

Calabrês é o seguinte na mesa. O estilo é mais técnico e fundamentado: observa as jogadas com atenção e está sempre ligado nas ações de cada jogador. Entretanto, não pensa muito e já desiste; não deve ter nada para competir com Ásia e Júlio.

Genovês é o mais experiente da mesa e raramente blefa. Se ele entrar, o jogo com certeza vai ficar bem cabeludo. Ele olha para

Júlio, que está tentando imitar Ásia, fazendo cara de paisagem para não passar nenhuma dica do que tem em mãos. Genovês matuta, matuta, mas também desiste.

Hippie é o último a analisar o jogo. Tem orelhas furadas (daí o batismo) e o estilo é muito agressivo, mas, diferentemente do Ásia, se tem algo nas mãos, vai até o fim. Não acredita muito em estatísticas e joga por instinto. Ele deve ter algo, já que move todas as fichas para o meio da mesa. A sorte está lançada. O volume no meio da mesa é expressivo. Uma coisa é certa: alguém vai sair milionário desse jogo.

No *all-in*, como o termo indica, todas as fichas que Júlio já apostou têm que ser arriscadas pelos outros dois jogadores. Neste caso, as duas cartas escondidas de cada jogador devem ser abertas para que todo o cassino possa acompanhar a decisão. Quando se pede *all-in*, não há mais apostas, já que todas as fichas foram colocadas no centro da mesa. Uma carta coberta sobre a mesa será aberta para decidir. O ambiente fica ainda mais pesado. A ansiedade pode ser tocada no ar. Alguém se aproxima da mesa para servir algo, mas é quase degolado pelos jogadores.

Júlio tem um par de ases, o que é um jogo forte. Hippie possui um par de reis, e nesse momento está perdendo para Júlio. Já Ásia tem uma sequência não formada, faltando apenas uma dama para completar. Todos ficam de pé ao redor da mesa, algo comum no cerimonial do *all-in*. O crupiê, que distribui o baralho, coloca sua mão sobre a carta fechada que decidirá a partida. Ele para e fita os jogadores, como se esperasse o rufar de tambores. O bolo de fichas continua no meio da mesa, apenas esperando o novo milionário.

— Sai um ás! — grita Júlio.

— Vai sair um rei — replica Hippie.

— A sorte vai trazer uma dama — profetiza Ásia.

Todo o cassino está com os olhos cravados na carta decisiva. Ela é virada devagar... e é... uma DAMA! Ásia está milionário. Ele arrasta o monte de fichas para si, eufórico. Todos o cumprimentam efusivamente, mesmo os perdedores. Ele é o legítimo dono de uma fortuna de cento e quarenta e cinco reais!

Não. Este grupo não está em Las Vegas. Está na casa de Beto, o Genovês, que com suas habilidades de carpintaria construiu uma mesa de dar inveja a qualquer cassino. Os jogadores moram todos no mesmo condomínio. O grupo de pôquer foi recém-formado por Júlio, reunindo amigos de longa data. Uma vez por mês, os sete e respectivas esposas se encontram e jogam por horas. Elas não participam do jogo, mas suas conversas não parecem ter fim durante as jogatinas. Também são muito amigas.

Ásia está feliz de verdade. Nesse jogo, no qual cada ficha custa um real, a quantia que ganhou é quase como se fosse mesmo uma fortuna.

Júlio acaba de perder, mas não é por isso que está constrangido. Quando idealizou o jogo, a ideia era só comerem uma pizza e jogarem até tarde. Mal sabia ele na época que os companheiros de pôquer, além de suas muitas atividades como executivos ou empresários, são também excelentes chefs. Têm o dom de cozinhar como ninguém, enquanto Júlio no máximo sabe fazer ovo cozido e bife frito. Males da criação cheia de mimos da mãe, que nunca lhe deu uma boa oportunidade de se virar na marra; tampouco aprendeu quando estudante, já que não morou numa república, afinal a faculdade ficava do lado de casa.

Apesar de não ser um chef, ele se considera um grande jogador de pôquer, e agora vai utilizar essa habilidade para blefar com os amigos, porque no próximo mês o evento será na sua casa.

Precisa ser um blefe perfeito, pois nas reuniões anteriores os amigos provaram que eram grandes cozinheiros. Eles têm cartas gastronômicas imbatíveis nas mãos!

No primeiro encontro dos jogadores na casa de Celar, o Zen, os amigos nórdicos serviram caviar na entrada e logo em seguida salmão defumado. Para fechar, a tradicional torta norueguesa. Júlio descobriu que o amigo, na juventude, trabalhara em restaurantes escandinavos; ele e a esposa são um sucesso na cozinha. O segundo jogo foi na casa de John, o Inglês: empresário, toca guitarra e também é fotógrafo. Júlio esperava que ele pedisse pizza naquela ocasião; imaginou que, fazendo tanta coisa, o amigo não deveria ter tempo para cozinhar. John, no entanto, surpreendeu e serviu um carneiro na melhor tradição inglesa, que aprendeu quando morou sozinho na Inglaterra.

Na terceira casa, Júlio estava esperançoso: o amigo Nilson quase fora hippie, ao trabalhar cortando couro na Praça da República, para só depois se tornar um empresário de sucesso. Não havia a menor chance de ele saber cozinhar. Surpreso, Júlio recebeu uma excelente refeição caseira com um *grand finale*: o melhor sorvete que já comera na vida. Pior, feito em casa! Como era possível?! Já na casa do Maxim, o Calabrês, Júlio sabia que iria curtir delícias da Calábria. Todos os italianos costumavam aprender com a mama, e de fato o jantar fora espetacular.

Na vez de Sun — Ásia, no pôquer —, Júlio estava mais tranquilo. Ele é engenheiro e no seu país de origem, quando era jovem (faz tempo!), a tarefa de cozinhar era sempre das mulheres. Júlio se encontrou com o amigo um dia antes do jogo na casa dele, e Sun lhe mostrou sua cozinha e os melhores presentes que recebeu: panelas. No dia do pôquer, contrariando a tradição asiática, serviu um espaguete à carbonara dos deuses.

A última esperança de Júlio de que alguém não cozinhasse naquele grupo era Beto. Ele foi um executivo bem-sucedido, agora aposentado, com hobbies como fazer mosaicos espetaculares.

Além disso, é membro ativo da Sociedade Protetora de Animais e possui um viveiro com muitos pássaros. Atua também com carpintaria e fez a mesa de jogos que dá inveja a qualquer cassino. Certamente não teria tempo para cozinhar e... mais uma surpresa. Há uma área específica na sua casa onde recebe amigos para degustar seus pratos italianos. No jogo de hoje, Beto serve um jantar genovês. Nem em Gênova se poderia comer melhor. Este é mesmo um chef profissional. Como ele arruma tempo para tanta coisa?

Após o jantar e o pôquer na casa de Beto, o próximo será Júlio, e ele vai ter que se virar; fiel ao pôquer, resolve blefar e mostrar aos demais que também pode ser um chef.

Pensa em várias estratégias, discute com a esposa, que, sempre certinha, não quer enganar os amigos. Ela cozinha bem, mas diz que não vai compactuar com a enganação. Se ela fizer o jantar, os créditos têm que ser para ela.

O tempo passa rápido, e de forma inesperada, como tudo de bom na vida, aparece a solução! Júlio recebe uma ligação de Nell, que tinha o melhor restaurante da cidade, mas resolveu fechar em razão de dissabores com os funcionários. Ele agora faz jantares para grupos, e Júlio, seu fiel cliente, é o primeiro a ser informado.

— Nell, você é o milagre que eu tinha encomendado! — fala Júlio, entusiasmado. — Tenho catorze pessoas para fazer uma refeição na minha casa daqui a trinta dias e quero promover um jantar gourmet, mas... eu que tenho que cozinhar!

— Impossível, lembro bem quando você contou que nunca cozinhou na vida. Em um mês nada que faça vai ficar bom — diz o chef de forma conclusiva.

— Você joga pôquer, Nell? Conhece o poder da ilusão e do blefe? Vai dizer que não assistiu àquele desenho do *Ratatouille*? Então, o ratinho fala que qualquer um pode cozinhar!

— Na verdade quem falou isso foi o chef francês Auguste Gusteau, que, como o ratinho, também não existe. Não acredito nisso. Cozinhar é arte e esforço. Em um mês não se consegue aprender nada! — contesta Nell, mostrando sua escassa paciência.

Júlio então resolve ir falar pessoalmente com ele, tentar colocá-lo no contexto da ideia. Os dois se reúnem no mesmo dia na casa de Nell. O chef está bastante reticente:

— Se entendi bem, vou fazer pratos maravilhosos e você vai servir dizendo que foi você quem fez. É isso?

— Mais ou menos. Na verdade, você vai preparar na minha casa, vai ficar isolado na área da cozinha enquanto eu crio toda a ilusão na sala.

— Mas você sabe... eu conheço vários dos seus amigos. Eles eram meus clientes e com certeza vão entrar na cozinha.

— A ilusão você deixa comigo. O que preciso é que você esteja lá com os ingredientes.

Nell não parece gostar muito, mas Júlio é mais do que um cliente. É um amigo e também potencial incentivador do novo negócio. Decide então entrar no jogo. O plano é milimetricamente desenhado e ensaiado. No início, o novo chef Júlio enviará a todos os convidados o menu sugerido para o jantar: figos e peras ao vinho com folhas verdes, ravióli de ricota e nozes com rosbife em crosta, com centro vermelho, servido com mostarda francesa e *tarte tartin*. Nell palpita que esse é um cardápio muito sofisticado para um cozinheiro iniciante, mas Júlio permanece convicto de que o blefe vai passar. Os amigos recebem os convites, o cardápio e ficam entusiasmados. Como bons chefs, consideram o menu sofisticado e interessante.

Chega enfim o dia do jogo. Às seis da tarde, os catorze convidados já estão presentes. Salgadinhos e bebidas são distribuídos, e Júlio pede licença, alegando estar com panelas no fogo. Os amigos querem ajudar, mas ele recusa dizendo que, no seu primeiro jantar gourmet, seu professor insistiu que fizesse tudo sozinho. Os amigos respeitam o conceito; entendem o orgulho de um chef ao oferecer uma refeição gourmet exclusivamente preparada por ele. Júlio retorna da cozinha após trinta minutos, o avental sujo de farinha, como decorrência do preparo das massas artesanais. A ilusão é criada. Na cozinha, escondido, Nell trabalha a pleno vapor. Tudo precisa estar perfeito: as crostas do rosbife, a salada de pera e o *grand finale* com a *tarte tartin*. Duas assistentes que já trabalham na casa também foram convocadas para ajudar na ilusão.

Com pontualidade britânica, às oito da noite todos se sentam à mesa. As assistentes, lideradas pelo chef Júlio, agora usando um dólmã com o seu nome bordado, iniciam o desfile das iguarias. A comida é servida já empratada para não dar a mínima chance de alguém espiar na cozinha. O chef faz a apresentação e descreve cada um deles:

— O rosbife é temperado no dia anterior; pra ficar com essa cor vermelha no centro, ele exige um cozimento individual e depois as peças são grelhadas. Os figos e as peras são mergulhados no vinho oito horas antes.

Os amigos estão impressionados. As assistentes ficam ao lado da mesa para qualquer demanda dos convidados, afinal é um requintado serviço à francesa. Elas foram bem treinadas, e sua missão é impedir que qualquer um vá para a cozinha.

Elogios gerais. A ilusão segue conforme o planejado, apresentada com perfeição.

A conversa flui, como sempre agradável quando os amigos se encontram. Celar, bastante impressionado com os pratos, lembra com saudade do antigo restaurante da região:

— Essas peras da entrada estão espetaculares. Não dá pra não lembrar do Nell, ele fazia igualzinho. Incrível como você captou o espírito dele no prato, Júlio! Por falar nisso, alguém sabe o que aconteceu com ele?

Júlio não está gostando nada do rumo da prosa. Considera até revelar o blefe depois do jogo, mas nesse momento a ilusão precisa ser mantida.

— Não sei o que aconteceu. Pelo que me contaram, ele se mudou — fala, tomando cuidado para não demonstrar grande interesse.

— Puxa, mas agora que você comentou, Celar, é mesmo um estilo muito parecido. Olha só esse rosbife grelhado por fora e cru por dentro. Só o Nell poderia fazer um igual. Você está de parabéns, Júlio! — fala Beto, se deliciando com o sabor da comida.

— E vocês notaram também a forma de empratar? A arte deve estar no prato. É quase uma assinatura do Nell. Olha só, não parece que tem um "N" feito com o molho aqui? — repara Maxim.

Júlio começa a desconfiar de Nell e olha para seu prato. Parece mesmo um "N" ali. Só pode ser ilusão de ótica. Cada vez mais se convence de que deveria ter contratado um chef que também fosse habilidoso na arte do blefe. Todos agora começam a olhar seus pratos e se lembrar do Nell. Recordam da alegria de, muitas vezes, irem juntos ao restaurante, aos domingos. O saudosismo passa a gravitar na mesa.

— Puxa, mas parece até que a entidade Nell está aqui. É como se a qualquer momento ele fosse sair daquela cozinha e nos servir sua melhor sobremesa: a *tarte tartin* — fala Nilson, apontando para a porta da cozinha que fica a poucos metros da sala de jantar.

Júlio sente o perigo no ar.

— A *tarte tartin* o Júlio não conseguiria reproduzir. Ela é um símbolo da região, e ninguém consegue fazer como o Nell fazia. O Júlio é muito bom pra um chef iniciante, mas isso... só chamando o Nell mesmo.

Júlio tenta se levantar para falar com as assistentes (melhor nem servir a torta), mas elas, cumprindo rigorosamente o combinado, retiram depressa os pratos e preparam a mesa para a sobremesa.

Ele resolve intervir, criando uma dispersão:

— Pessoal, o jantar está bom, mas já são nove horas e a gente veio aqui pra jogar ou pra conversar? É melhor já começarmos o pôquer, que é o que interessa.

Silêncio na mesa. Após alguns instantes, John argumenta:

— Não dá pra pular a sobremesa que você mandou no cardápio! Sabemos que não vai ser igual à do Nell, mas queremos ver quanto você chegou perto, já que os pratos estavam tão bons.

As assistentes vão para a cozinha buscar a estrela da noite. Há grande expectativa no ar. A famosa *tarte tartin* chega à mesa de forma esplendorosa. É quase como no filme *A festa de Babette*. Um silêncio cerimonioso se faz presente quando todos tomam um tempo para admirar a famosa torta sobre a mesa. Um pedaço é servido a cada um, e os chefs são os primeiros a provar. Um manjar dos deuses! A torta é espetacular. Todos olham para Júlio, não se sabe se para cumprimentá-lo ou questioná-lo. Ele permanece firme com seu dólmã, encarando os jogadores de pôquer. Não é mais uma refeição: é um jogo, e seu blefe pode ser contestado.

Os jogadores refletem, mirando seus olhos. Sun, à direita de Júlio, é o primeiro a tomar uma decisão e pergunta de forma contundente:

— O Nell está atrás daquela porta da cozinha?

Todo o cassino se concentra para ouvir a resposta.

— Claro que não — responde Júlio, tentando manter o sangue-frio, recorrendo aos anos de experiência no cassino, sem emoção nenhuma na voz.

Os outros seis jogadores se levantam, como é normal nas grandes decisões do pôquer. Todos seguram o prato com um pedaço da torta do Nell como fichas imaginárias, empurrando-o para o centro da mesa, e falam ao mesmo tempo:

— É mentira!

Em outras palavras, *all-in*.

INSÔNIA

Júlio era um cara pacífico, que se dava bem com todo mundo; sua mãe lhe dissera, ainda menino, que a raiva não levava a lugar nenhum, e ele sempre carregou esse ensinamento consigo. Porém, uma categoria específica de pessoas despertava seus piores sentimentos e, no sentido literal da palavra, tirava seu sono: os *dormidores profissionais.*

— Que tal dormirmos mais cedo hoje? Amanhã, vocês sabem... Vamos saltar da cama às cinco da manhã!

Trabuco, como sempre, liderava as decisões do grupo. Ele era o mais experiente e também quem havia organizado a pescaria no Araguaia. Os amigos, sentados à mesa de jantar, pensaram no assunto e tendiam a dar razão à proposta. Eram dez da noite: parecia razoável descansar mais cedo e se preparar para a aventura do dia seguinte.

Júlio, no entanto, era o único preocupado com a tal proposta. "Vamos dormir cedo" é a proposta mais aterradora que se pode fazer para um insone; desde rapaz, ele enfrentava com galhardia o problema da insônia. Tentou todas as fórmulas que as tias do interior, onde cresceu, lhe prescreveram: "O melhor é leite quente antes de ir pra cama", ou ainda "Capim-santo e você vai dormir feito criança". Nada funcionou, nunca. Sofria de insônia crônica, o coitado do Júlio. Agora, já na maturidade, após dezenas de consultas a especialistas e de realizar os mais complexos exames, ele mesmo definiu a fórmula que funcionava muito bem: dormir após a meia-noite quando estivesse fora de casa, sempre sozinho, em um quarto escuro como breu, com silêncio absoluto e, principalmente, um concentrado de chás, fabricado exclusivamente para ele. Seria como, no lugar de tomar uma boa xícara de chá, tomar um balde. Com essa técnica, já aos cinquenta anos, dormia razoavelmente. Ele tinha o que os especialistas chamam de "bom sono REM", o estágio mais reparador. Dormia pouco, mas dormia REM. Contudo o cerimonial para dormir, este tinha sempre que ser cumprido à risca.

Ele aceitou o convite dos amigos da empresa só porque insistiram muito. Todo ano viajava para o Pantanal do Mato Grosso com outra turma. Pegavam a estrada a noite toda, de ônibus. Quase ninguém dormia naquela viagem, o que era ótimo para Júlio, porém aquela pescaria do Trabuco era mais sofisticada: tomariam um avião, em seguida um jatinho e, por fim, ficariam hospedados em uma minimansão à beira do rio.

Primeiro, encontraram-se às seis da manhã no aeroporto, o que já não estava de acordo com o *script* do insone. Acordar às cinco sempre impactava o sono reparador daquele horário. Na sua rotina, o despertar era sempre por volta das oito; antes disso, só em emergências. Por que sair tão cedo? Para que tanta ansiedade pra chegar ao rio, onde em teoria se esperava encontrar justamente o relaxamento das tensões?

No avião, foi sentado ao lado do amigo Jubar, que havia entrado na firma na mesma época que ele. Jubar mal afivelou o cinto e, ainda durante as explicações da aeromoça sobre os procedimentos de segurança, caiu no sono. Este é um problema sério dos que dormem mal: em situações nas quais são obrigados a dormir perto de alguém, estranhamente essas pessoas sempre desligam. Elas não dormem de forma natural, elas apagam! São os irritantes dormidores profissionais. A esposa de Júlio é outro exemplo dessa casta de pessoas enervantemente afortunadas. Quando decide dormir, o processo é quase imediato. Júlio sempre lia antes de dormir, o que não afetava em nada a esposa. Podia ficar com a luz acesa, fazer barulho, nada, nadinha afetava a Bela Adormecida. Uma sina!

Após noventa minutos de viagem, durante os quais Júlio leu a revista de bordo duas vezes, o avião aterrizou com violência. Jubar abriu lentamente os olhos, observou a janela e disse ao amigo:

— Puxa, já chegamos! Este piloto é dos bons. Ótima viagem.

Outro problema sério desses dormidores era que nunca tinham percepção alguma do mundo real durante suas sonecas. Parecia que eram teletransportados para outra dimensão, retornando no momento exato. Um abuso!

Após o voo em um avião de carreira, os pretensos pescadores utilizariam um táxi aéreo fretado para levá-los até a beira do rio Araguaia. Usar um deles na região do Araguaia, no entanto, não era exatamente um passeio relaxante. Tratava-se de bimotores que transportavam no máximo seis pessoas, com pilotos extremante informais. O escolhido dessa vez fora um garoto que parecia menor de idade. "Será que ele tem brevê?", pensou Júlio, assustado. Quando decolaram, a cabine estava bem lotada. Júlio fora imprensado ao lado de Trabuco com um tubo de varas de pesca cutucando a cabeça dos dois e atrapalhando o piloto. Ele parecia bem relaxado no comando do avião, entretanto. Conversou bastante com Júlio, que não conseguia parar de espiar, desconfiado, o painel bem à sua frente; parecia algo rudimentar, com menos instrumentos que seu carro.

O avião sacolejava bastante, porém seguia em linha reta. Era inacreditável, mas Trabuco piscava devagar, já se preparando para cair nos braços do Morfeu. Júlio reagiu e passou a falar bem alto com o piloto. Na verdade, com o barulho do motor dentro da cabine, essa era a única forma de se comunicar. Começou a chover, e o avião balançou mais. Todos já estavam dormindo, exceto Júlio e o piloto (ainda bem!). O piloto seguia o curso do rio, o que obrigava o avião a fazer várias curvas. Ele explicou a Júlio que não tinha instrumentos de radar para se guiar na chuva, por isso seguia o rio naquele voo cego. Foi uma experiência traumática. Um pé-d'água, trovões e relâmpagos em profusão, e o avião voando daquele jeito. Somente ele, Júlio, o insone, recebendo toda a carga de estresse. Cogitou acordar os amigos, mas desistiu. Se nem todo aquele barulho os tinha acordado, seria só uma tentativa frustrada.

Finalmente enxergou a pista; era de terra, minúscula. O piloto — porque era muito bom, ou muito louco — aterrizou de primeira e conseguiu frear antes de alcançar um enorme ninho de cupins que certamente destroçaria o avião. Os amigos começaram a retornar das dimensões paralelas onde se encontravam, de novo com aquele ar de "o que aconteceu?". Júlio manteve a serenidade, apesar de tentado a apertar algumas daquelas gargantinhas.

E agora, depois de todo aquele nervoso que somente Júlio vivenciou, Trabuco ainda queria dormir às dez da noite? No entanto, fora voto vencido, e todos os amigos decidiram se recolher cedo. A pescaria até que foi boa no dia seguinte, ruim foi Júlio tentar enxergar os peixes com aqueles olhos ardendo o dia todo.

Insones também têm problemas com transportes. Júlio não dormia (ou dormia muito mal) em qualquer coisa que se movesse: carro, ônibus, trem, metrô, carroça, tuk-tuk indiano ou peruano. Qualquer um. Mesmo aviões na classe executiva, com suas poltronas que se transformavam em camas, eram um desafio para ele. O pior era que Júlio viajava muito a trabalho e a lazer, e o problema sempre o acompanhava na bagagem. Na última ida a Londres, estava acompanhado do seu amigo Marel. Ele era inglês, mas sempre havia morado no Brasil; apesar de uma pessoa calma por fora, era agitado por dentro. Pessoas com esse perfil são sempre bons companheiros de viagem para um mau dormidor. Júlio ficou contente ao ver o colega entrar no avião com um livro enorme. "Esse é dos meus!", pensou, esperançoso. Finalmente um percurso no qual poderia conversar e trocar ideias com alguém!

— Resolvi melhorar meu espanhol, e este livro do Zorro é perfeito. São mil e quinhentas páginas de espanhol de qualidade! Vou aproveitar a viagem pra começar os estudos hoje mesmo.

Júlio sempre havia gostado do Zorro. Já lera o livro e sempre assistira na TV às aventuras de Don Diego de la Vega; lembrava-se muito bem da famosa marca do Z cravada em seu inimigo, o sargento Garcia. Já imaginava horas de conversa com o amigo sobre o personagem.

O avião começou a preparação para a decolagem. As aeromoças já estavam passando as instruções, e, assim que decolaram, Marel pegou seu livro gigantesco, abriu a mesinha da frente e começou a ler. Júlio também havia trazido um livro para a viagem de doze horas. Quando chegaram as bebidas, resolveu perguntar algo e notou, assustado, que o amigo já começava a piscar os olhos lentamente. Aquelas piscadas eram um código secreto de um dormidor disfarçado de leitor compulsivo. O livro gigante já estava fechado sobre a mesinha e a cabeça se inclinava devagar, apoiando-se em um ângulo natural para o sono reconfortante.

A compreensão finalmente abatera Júlio: o livro era uma espécie de travesseiro, e o amigo não conversaria sobre o Zorro com ele durante a viagem. Marel já tinha se apagado. Era a sina dos insones atacando de novo.

Boas notícias também chegam para aqueles que dormem mal: normas que proibiam sócios de viajar no mesmo avião (para evitar o risco de perder vários deles no mesmo voo) foram emitidas pela empresa, o que fez com que Júlio se livrasse dos seus *dormidores conhecidos*, uma infame subcategoria de dormidores: "Amigos, amigos, sono à parte" logo se tornou seu lema. Algum insone da indústria de aviação também havia mudado a configuração dos aviões, que agora permitiam que os passageiros ficassem totalmente separados — sonho de consumo de quem dorme mal.

Tudo melhorou para Júlio desde então, mas nesse dia ele estava viajando para Nova York — era um trecho de dez horas, a pior notícia para um insone: só no tempo de preparação para dormir, chegava-se ao destino. E havia mais: o avião ainda não tinha a nova configuração pró-insones. Ou seja, seria obrigado a viajar de novo com uma pessoa ao lado, possivelmente outro dormidor. Era quase uma roleta-russa: quando se conhecia o inimigo, era possível se preparar ou evitar o combate. Júlio já sabia que se livrara dos amigos pescadores e também de Marel e seu travesseiro de Zorro, mas agora apareceria outra pessoa para ficar dez horas ao seu lado. Restava-lhe apenas rezar para que suas previsões estivessem erradas e não fosse mais um dormidor.

Ele ficou atento ao corredor, onde desfilavam vários passageiros. Um tipo atlético, de terno, parecia vir na sua direção. Ele falava alto e soava irritado. O computador estava ligado, e, por experiência, Júlio desconfiou que ele iria trabalhar a noite toda. "Este não dorme nem na cama! O companheiro ideal para uma viagem", pensou, aliviado. Infelizmente o cara passou direto pela sua fileira. Decepção total.

Muitas vezes na vida surgem fatos inexplicáveis ou coincidências que nos assustam. Naquele momento, Júlio viu com incredulidade seu maior pesadelo caminhando em direção à poltrona a seu lado. Ele invocou todos os santos que protegiam os insones, implorando para que o passageiro passasse direto. Era um homem de aproximadamente trinta anos, com nada que o diferenciasse de uma pessoa normal, a não ser sua indumentária: um conjunto azul-marinho, provavelmente de cetim, com bolinhas brancas. Não se percebia nenhum botão na roupa, que era um pouco folgada. A verdade é que lembrava um pijama. Para fechar o quadro dantesco, na cabeça havia um capuz de flanela que remetia (para os mais antigos, claro) ao comercial de televisão dos cobertores Parahyba. Tratava-se de alguém preparado, um viajante profissional — pior, um verdadeiro *dormidor profissional*. O pesadelo parou ao lado de Júlio e, com uma alegria irritante, tal qual um apresentador de auditório, declamou:

— Boaaa noiiiteee! Acho que vou ficar ao seu lado na janela... Com licença!

Júlio teve que se esforçar para refrear seus mais obscuros instintos e o cumprimentou com educação. O apresentador já foi logo tirando os sapatos e calçando meias com um tipo de solado especial, próprias para usar em um avião. Depois do ritual, voltou a conversar:

— Acho que vai ser uma ótima viagem! Nova York nunca tem turbulência, e vamos chegar por volta das oito da manhã. Minha reunião começa às dez. Perfeito!

Júlio também tinha uma reunião às dez, mas já estava devidamente vestido para ela. Normalmente marcava as reuniões à tarde, o que lhe dava tempo para se recuperar no hotel. Esta, no entanto, fora encaixada antes de outra reunião depois do almoço.

A comissária passou naquele momento, oferecendo o tradicional champanhe ou a opção de um suco. Júlio foi de champanhe para iniciar a noite, já que o álcool, no seu caso, ajudava a dormir um pouco. O apresentador de TV iniciava mais uma das suas performances, agora com a comissária:

— Obrigado, querida, mas não quero nada. Não vou jantar, mas gostaria de ser acordado para o café da manhã. Não dou trabalho.

Júlio começou a se irritar com tamanho espetáculo. É típico dos que não dormem bem ter inveja da alegria que a perspectiva de uma boa noite de sono representa para as demais pessoas. O passageiro do lado sacou as famosas máscaras pretas, desejou boa-noite e começou a dormir antes mesmo da decolagem. O avião fez sua subida, e logo apareceram os avisos de que as poltronas poderiam ser rebaixadas. O homem do pijama de bolinhas (como, não se sabia, já que dormira há algum tempo) apertou o botão, transformando a poltrona em uma cama, e continuou seu sono restaurador.

O jantar foi servido, e Júlio quis tudo o que tinha direito. Na entrada, um bom vinho, salada, o prato principal, sobremesa e, finalizando, um ótimo conhaque. Todos os pratos foram servidos em etapas com grande barulho, algumas vezes exagerado por Júlio. O companheiro de viagem nem se mexeu, no entanto. O mundo podia acabar que seu sono não seria perturbado! De repente, começaram a ocorrer turbulências. Vieram vários avisos do comandante, que sempre insistia em dar detalhes que não interessavam e atrapalhavam qualquer tentativa de dormir. Deveria haver uma lei quanto à quantidade de comunicados a bordo. Isso poderia afetar Júlio, mas seu parceiro parecia morto para o mundo, nem sequer ressonava. Júlio se levantou para ir ao banheiro e retornou fazendo ainda mais barulho. O da touquinha, entretanto, continuava a dormir o sono dos justos.

Em algum momento Júlio conseguiu cochilar, mas acordou quando todas as luzes foram acesas para o serviço de café. Outro sadismo das companhias aéreas (para que tanta luz no café?). Na sua cabeça, não tinha dormido nada. Especialistas já lhe falaram: ele dormia, mas tinha uma percepção errada do sono. Podia até ser, mas os olhos ardendo contavam outra história. A roupa também estava bem amarrotada, pelas várias tentativas de achar a melhor posição para dormir. Ele notou então a poltrona ao lado, vazia. O café seria servido e Júlio já estava abaixando a mesinha, torcendo para que o passageiro não chegasse a tempo. Pelo menos alguma compensação.

No entanto, ele logo apareceu, radiante. De bom humor, como sempre. Ocorreu também uma transformação: ele não vestia mais pijama, mas sim um terno impecável. Fizera a barba e passara algum produto nos cabelos, que estavam mais pretos e brilhantes. Sentou-se ao lado de Júlio e gentilmente passou a gravata italiana por trás do ombro (proteção para algum acidente no café), dirigindo-se ao amarrotado ao lado:

— Que ótima viagem fizemos, não? Nem vi o tempo passar.

Júlio resolveu ser honesto naquele momento. Ele sabia que estava enfrentando o mais competente dos dormidores profissionais em toda a sua vida:

— Pois eu dormi muito mal. Tivemos bastante turbulência, e não sei como você consegue dormir e acordar tão bem. Pelo menos consegui ler o material da reunião que terei à tarde.

O viajante adotou um ar professoral, outra coisa que sempre irritava muito Júlio:

— Quem viaja muito tem que ser profissional! Nada de jantar e usar roupas bem confortáveis, pra já estar pronto pra reunião na chegada. Veja o meu caso, vou ter uma reunião muito difícil agora: vender uma integração da nossa empresa no Brasil para os gringos daqui por um valor alto. É uma tarefa desafiante, mas, com uma boa noite de sono, meu papo vai ser fácil, fácil!

Júlio refletiu. Ele acreditava nos benefícios de uma noite bem-dormida, mas não que somente papo, sem fatos, convencesse alguém. Principalmente americanos.

— Desejo boa sorte. Eu não dormi, mas também estou preparado para a reunião.

O avião aterrizou, os dois trocaram cartões e se despediram. Júlio não conhecia a empresa que Marcos, o dormidor profissional, representava, mas Marcos conhecia bem a de Júlio.

Júlio trabalhava em uma empresa global na área de serviços com sede em Nova York. Ele não havia dormido bem, mas como sempre estava preparado. Um pouco amarrotado, é verdade, mas preparado. Quando chegou ao escritório, o sócio americano lhe passou as coordenadas, em inglês:

— Obrigado por vir à reunião, Júlio! Sei que a encaixamos de última hora. Quando soube que você estaria na cidade, achei que seria bom se pudesse participar. Tem uma empresa brasileira que quer se integrar à nossa companhia, e é sempre bom ter um brasileiro do nosso lado nessas negociações. Você pode começar com ele e depois eu participo?

Na sala gigantesca, Júlio encontrou seu recente companheiro de viagem, Marcos. Ele pareceu um pouco constrangido, mas não perdeu a pose:

— Como vai, Júlio? Que coincidência! Viajamos juntos e nem tivemos tempo de conversar.

— É verdade, Marcos, e olha que eu fiquei acordado a noite toda. Tinha bastante tempo. Agora tenho só meia hora. Ainda bem que você está bem descansado e tem um bom papo, como me falou no avião.

Na verdade, Júlio tinha mais tempo. Ele era profissional e dedicaria o necessário para analisar se aquele seria ou não um bom negócio, mas não resistiu à tirada feroz. Finalmente havia conseguido vingar-se de um dormidor profissional!

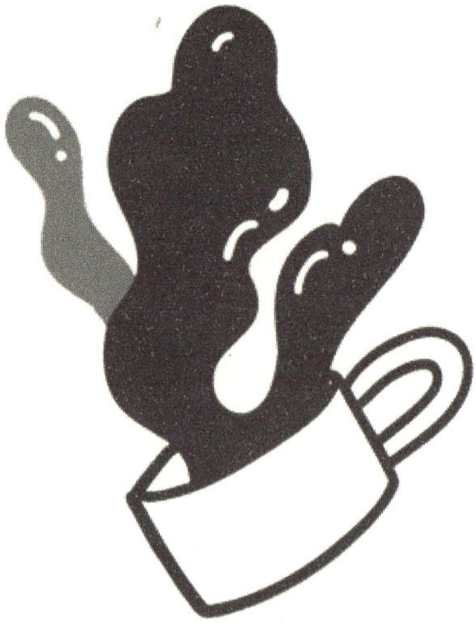

VERDADES INCONVENIENTES

Quando Al Gore escreveu o famoso livro *Uma verdade inconveniente*, sobre o aquecimento global e seus efeitos devastadores no planeta, ele conseguiu de maneira clara alertar sobre uma verdade dura, porém inquestionável.

Apesar disso, despertou em muitos o ceticismo e a animosidade em relação à tese. Guardadas as proporções, estas reações acontecem cada vez mais no mundo chato das normas e convenções sociais, no qual é preciso filtrar tudo antes de falar, escrever ou mesmo pensar, e Zênio é um bom exemplo de alguém que resiste a essa conduta. Alguns falam que ele faz tipo ao dizer de forma direta o que pensa; outros, que só age dessa maneira em algumas situações específicas. Como executivo muito bem-sucedido no mercado financeiro, pode-se pensar que ele alivia esse aspecto da sua personalidade no trabalho, mas os que o conhecem atestam que ele é igualzinho até mesmo no mundo profissional. A esposa, Grace, também entra nesse jogo e sempre afirma que é duro aguentar alguém tão incisivo. Os amigos costumam comentar que ela deveria ser canonizada, e ela replica: "Tem que ser artista de circo mesmo! Só assim pra driblar as vergonhas que o meu marido me faz passar!"

O amigo Júlio o conhece desde os tempos do colégio, onde agora os filhos estudam juntos. Contrariando outras pessoas, ele sempre se diverte com o estilo autêntico do amigo, muito também porque, através de Zênio, várias vezes pode se vingar dos inconvenientes de plantão. É bem útil tê-lo por perto, afinal não consegue ser tão direto ao falar como de forma magistral faz o amigo. Lembra com carinho da famosa *paella* que selou a amizade dos dois: iniciaram os preparativos às cinco da manhã, no Ceasa, onde Zênio fora escolher pessoalmente os ingredientes, e terminaram às cinco da tarde, com a degustação do manjar. Durante todo o processo, ocorreram várias demonstrações do método direto de Zênio se comunicar. Já naquela época, não conseguia evitar — o traço sempre esteve presente no seu DNA.

No momento mais crítico da receita da famosa *paella*, um garoto desconhecido — provavelmente convidado pelo filho de Zênio — rompeu a barreira (ou o "*bunker*", como Zênio costuma chamar sua cozinha) e perguntou:

— Ô, tio... o Cuca tá aí?

Zênio olhou por um bom tempo para o garoto. Ele só podia estar se referindo ao seu filho, Lúcio, que fazia uma reunião paralela na casa. O garoto devia ter uns dezessete anos e usava um jeans todo rasgado, como era a moda, além de um boné na cabeça.

— Você não estuda no colégio dele, certo? Lá eles não chamam os pais dos colegas de "tio". E eu também não sei se gostaria de ser seu tio.

— Tá bom, tio — respondeu o garoto, confirmando que seu vocabulário para pessoas mais velhas não seria mudado.

Outro campo propício para as demonstrações de pragmatismo verbal de Zênio é o colégio dos filhos. A escola conseguiu atingir uma comunhão perfeita com os pais, que participam efetivamente de tudo que acontece. Mais do que um ambiente de aprendizado, ela é também um ponto de encontro de bons amigos. Ao longo dos anos, ocorreram incursões importantes dos pais dos alunos no mundo artístico; até professores de teatro e de canto foram contratados para auxiliá-los! As mães são as que levam mais a sério as aulas, mas os homens não ficam para trás. Mesclando-se alguns profissionais no elenco amador, produzem espetáculos muito bons, que costumam apresentar nas festividades do colégio — claro que em exibições para uma audiência seleta e favorável em relação aos artistas, com professores, filhos, mães e pais sempre ávidos por aplaudir parentes e amigos no palco. Toda a comunidade, no entanto, reconhece que o que é ali produzido artisticamente beira o profissional. Vale a pena assistir!

Nessa ocasião, estão apresentando uma nova peça sobre a importância das formigas e como elas atuam de forma coletiva em benefício do grupo. Júlio chega atrasado na escola e, apressado, segue para a área do teatro onde a esposa e as amigas se encontram. Esses eventos têm adesão maciça. Ele logo nota que chegou bem no ápice, quando todos os atores estão na frente do palco, cantando a música sobre as formigas. O canto é bem ensaiado e transmite muita emoção à vibrante audiência. Os artistas, amadores e profissionais, começam a dançar, simbolizando a labuta dos insetos pelo bem da comunidade. Um sucesso estrondoso, o público está magnetizado pelo que ocorre no palco!

Júlio encontra Zênio, que está assistindo atentamente, já que a esposa também está no palco. Todos os maridos, como deve ser, se preparam para os elogios.

— E aí, Zênio? Elas estão ótimas, não? Arrasaram!

Ele aplaude, mas demonstra um grande alívio pelo final do espetáculo.

— O que foi? — Júlio pergunta, alarmado pela expressão no semblante do amigo. — Aconteceu alguma coisa durante a apresentação antes de eu chegar? Foi o palco? Eu sabia, já falei que ele foi mal planejado e ia cair. Alguém se machucou?

— Não! Pior! Uma parte da plateia não estava gostando do show das formigas e trouxe um predador natural pra impedir o canto: um tamanduá! Se eu não estou aqui pra segurar o bicho, ele dizimava as formigas cantoras!

Júlio olha para o amigo e se despede rápido. Não quer estar por perto se ele repetir aquela heresia na frente das esposas. Aí com certeza alguém será dizimado.

Em outra ocasião, também no colégio, trazem um grande artista que trabalha com marionetes. Mais uma vez, concentração total da comunidade. A apresentação é um show! O artista trabalha com várias marionetes ao mesmo tempo, fazendo inúmeras vozes diferentes. No final, aplausos rasgados e o artista agradecendo, emocionado. Zênio, como sempre, aplaude, mas está de novo com a aparência indecifrável. Júlio arrisca uma pergunta:

— Que espetáculo! Nunca tinha visto algo nesse nível. O que você achou?

— Fiquei surpreso. Como pode todo mundo hipnotizado por esses bonequinhos? E o pior: é só isso que o artista sabe fazer! Não tinha nada mais produtivo pra fazer na vida, não? Que desperdício de tempo!

No aniversário de quinze anos da filha do Júlio, a festa perfeita: tudo conforme o planejado pela esposa, que sempre adorou esse tipo de evento. Todos elogiam o lugar, a organização e principalmente as comidas fornecidas pelo sofisticado bufê. No final da festa, Júlio, a esposa e a dona do bufê estão comemorando que tudo funcionou bem quando aparece o Zênio. Júlio chega a ficar gelado de medo, já que esse é o momento das congratulações socialmente exigidas, mesmo porque a festa acabou. A esposa, ignorando o perigo, e talvez sob a influência de algumas taças de champanhe a mais, pergunta na frente de todo o grupo:

— Zênio, você que é uma pessoa crítica, o que achou do bufê? Não estava perfeito?

Ele respira fundo, estufa o peito e, quase numa posição de naja antes do bote mortal, prepara a resposta. Alguma crítica gigante vai despencar. Felizmente, outras pessoas chegam, e no último minuto a pergunta não é respondida.

Todos se salvam dessa vez. Júlio fica pensando o que aconteceria com o amigo em uma situação que efetivamente deveria ser criticada. Qual seria a sua reação a algo menos bucólico do que uma festa de quinze anos, um espetáculo de marionetes ou uma apresentação com gentis formigas?

Parecendo ressoar como a voz de um oráculo, a esposa comunica que a turma do teatro do colégio decidiu assistir ao espetáculo que está visitando o Brasil pela primeira vez: *Os Três Tenores*. Júlio não gosta de tenores, mas, como ela somente comunica, significa que a decisão já está tomada. Não é um programão para um sábado à noite, mas pode se tornar palatável desde que bons lugares sejam obtidos. O teatro onde os tenores se apresentarão é gigantesco, e a escolha do assento é muito importante. A esposa também avisa que Laurinha ficará a cargo dos ingressos.

— Mas quem é essa Laurinha? Não conheço...

— Ela é uma das artistas de teatro que vai estrelar nossa próxima peça da escola. Ela vai cuidar de tudo, artista entende dessas coisas. A Laurinha até conhece uns músicos do elenco!

— Não preferem que eu compre? Você sabe... eu consigo bons lugares.

— Não precisa. Ela até já comprou, acho. Deixa que ela já tá organizando tudo.

Júlio sabe que existe um risco real de os lugares não serem bons, o que aumenta muito as possibilidades de entrarem numa grande furada. Lembra então do Zênio: ele já tinha comentado que aquele tipo de espetáculo é repetitivo, com as músicas de sempre, e só ilude as pessoas, que aplaudem porque estão condicionadas.

— O Zênio e a Grace vão também?

— Sim. E eles deixaram tudo por conta da Laurinha.

Júlio sente que o perigo paira no ar, mas se querem uma furada... que seja.

Quando chegam ao local do evento, descobrem que os lugares são no final do teatro; para ver os tenores, apesar de altos e um tanto gordinhos, só de binóculo. O pior é que também é impossível escutá-los, já que o sistema de som não está funcionando como deveria. Na essência, é exatamente uma apresentação à qual todos deveriam criticar e cobrar responsabilidades, mas, segundo as convenções da sociedade, o melhor é nada fazer.

Apesar da frustração inicial (devidamente escondida, já que ao lado da esposa está sentada a tal de Laurinha), Júlio fica curioso pela reação do Zênio, que, aliás, está atrasado. Só pode ser algum problema no estacionamento do teatro. Como são ruins nesta área! A logística é da Idade da Pedra, o que gera confusão e perda de tempo, indispondo a plateia em relação ao espetáculo, por melhor que seja.

Júlio enfim consegue ver o casal ingressando na área central do teatro. Ele torce para que peguem um lugar melhor, mas é ainda pior: três posições atrás do seu assento, literalmente na última fileira do teatro.

Zênio está com o rosto bem vermelho e, à medida que avança para o derradeiro assento, se torna mais agressivo, gesticulando com as mãos, imitando algo como o ato de estrangular alguém. A seu lado, Santa Grace resiste bem e, como sempre, ostenta um sorriso impecável e uma expressão de tranquilidade no rosto. Ainda bem que ela está aqui para controlar a fera!

No final da tortura de duas horas, sem enxergar nem ouvir nada, todo o grupo se encontra no *lobby* do teatro. Todos se cumprimentam, e as convenções sociais imperam. Elogios aos tenores, que servirão de inspiração para o próximo espetáculo das artistas da escola. Elogios exagerados à Laurinha, que descobriu e organizou todo o evento, dedicando tempo para que os amigos estivessem juntos. Júlio está um pouco constrangido, já que há muita falsidade no ar. Sabe que não é possível que os amigos tenham gostado, mas percebe que não querem criticar a artista, que terá um papel de destaque na próxima exibição da escola. Ela é péssima organizadora, mas uma cantora fantástica.

Zênio se aproxima, mais vermelho do que quando chegou ao teatro, e o amigo nota que ele já tem preparados alguns "mísseis de verdades" que vão destruir a "rasgação de seda" que impera no ambiente. Mas ele também tem bom senso e, sob a vigilância atenta da Santa Grace, engole a vontade de se expressar. Júlio agora entende melhor o amigo: ele fala o que pensa, mas tem noção do perigo. Permanece ali, com seu ar impenetrável, ao lado de Júlio, quando a esposa lhe apresenta Laurinha:

— Zênio, essa é a Laurinha, que vai estrelar nosso próximo espetáculo e propiciou esses bons momentos juntos. — Grace enfatiza a palavra "estrelar", para que fique claro que não haverá perdão por qualquer heresia proferida.

Zênio cumprimenta e agradece à Laurinha e, quando ela se dirige para as outras pessoas, encosta no amigo e sussurra com ironia:

— Por muito menos eu já dei na cara de alguém.

ÍCONE OU ILUSÃO?

Nada como um bom passeio quando se está viajando! Para quem gosta de natureza e aventura, é incomparável a sensação de nadar com os botos-cor-de-rosa que habitam as proximidades do falido hotel Ariaú, na Floresta Amazônica. Os botos, apesar de selvagens, são muito dóceis e interagem muito com os turistas — uma emoção inigualável.

Já para quem é fã de Harry Potter, um passeio imperdível é visitar os estúdios nas proximidades de Londres que foram utilizados por mais de uma década nas gravações dos filmes do genial bruxinho. Lá é possível ingressar na terra da magia e compartilhar dos mesmos cenários e personagens que brilharam nas telas. Um evento inesquecível!

E há também a cidade de Orlando, na Flórida, com seus parques e atrações. Não conheço ninguém que esteve por lá e não gostou.

No entanto, muitos lugares considerados ícones na área do turismo podem gerar algumas frustrações se a visita a eles não for bem planejada. Na nossa primeira viagem de férias para a espetacular Tóquio, o primeiro destino foi o principal ponto turístico do Japão: o monte Fuji. Contratamos a melhor empresa para o passeio, mas não fizemos maiores preparações além disso. Eles eram os melhores, então para que nos planejar?

Saímos bem cedo da cidade em um ônibus lotado de turistas motivados para ver o maior cartão-postal do Japão. Recebemos um roteiro detalhado com imagens e dicas dos melhores lugares para fotografar o famoso ponto. A ideia era só admirar o local e tirar fotos, não escalar o monte, já que o feito levava mais de seis horas e a nossa turma não era nada atlética.

O ônibus deixou o ponto de partida niponicamente no horário, com grande comemoração do grupo heterogêneo de passageiros de variadas nacionalidades, liderados por uma guia eficiente, com um grande sorriso e pronta para responder a qualquer pergunta dos turistas. Estávamos em seis pessoas: um casal de amigos, com sua filha adolescente, e nós, com nossa filha da mesma idade. Assim que o ônibus deixou vagarosamente o ponto de partida, a guia assumiu o microfone, falando em japonês e depois em inglês:

— Vamos conhecer agora o nosso mais famoso cartão-postal: o monte Fuji! Teremos aproximadamente quatro horas de viagem e utilizaremos esse tempo para passar as informações sobre o lugar.

Nossas filhas adolescentes não gostaram nada daquele tempo todo, e eu também havia pensado que seria menos. Não seria muito agradável ficar em um ônibus por um período tão longo, mas naquele caso valeria a pena. Visitar o Japão e não ver o monte Fuji é como ir ao Vaticano e não ver o papa. Além disso, pouco antes da viagem, um amigo tinha me mostrado fotos muito boas com a esposa, tendo como fundo o espetacular cartão-postal japonês.

O ônibus se movimentava devagar. Enquanto isso, todos estavam interessados nas descrições da guia e também nas fotos mostradas nos vídeos, com diferentes ângulos do famoso monte. No entanto, após horas de viagem e dos esforços da guia, já não havia muito a comentar. As adolescentes dormiam há um bom tempo, e nós, adultos, também nos sentíamos um pouco saturados com tanta informação.

Durante o trajeto, a visibilidade não era das melhores, e uma chuva fina tornou a jornada ainda mais morosa. Todos os passageiros ou dormiam ou olhavam o celular. A viagem parecia interminável. Foi quando tentei motivar pelo menos nosso grupo:

— Vamos lá, gente! Esse é um dos pontos turísticos mais visitados no mundo. Tá até calor, será que não tem um corajoso aqui pra escalar o monte?

As adolescentes, no entanto, continuaram a dormir, enquanto os demais permaneceram em seus celulares. Talvez eu não tenha sido muito feliz na abordagem.

Finalmente, após quatro horas, o ônibus chegou ao pé do monte. Todos desceram mais animados, as câmeras preparadas para as fotos e as selfies. No entanto, assim que coloquei os pés no chão, percebi que a área não tinha nenhuma visão do monte. Deveria existir outro transporte para o nosso momento fotográfico, claro, era só isso. Apesar de estar tentando me animar por dentro, torci para que não fosse outro ônibus, meus joelhos cansados não aguentariam outras quatro horas encolhidos num assento. A nossa guia, ao contrário das minhas articulações, continuava bem-disposta, sorridente e comunicativa.

— Aqui temos uma lanchonete que serve vários sanduíches e também alguns chás da região. Vocês podem usar o banheiro, se precisarem!

Apesar do anticlímax do anúncio, turistas sempre são otimistas, de maneira que, máquinas a postos, todos seguiram em procissão para a tal lanchonete. Dar uma aliviada no banheiro não seria nada mau também; desde a primeira vez que havia usado uma privada japonesa, me encantei com todos aqueles botões que só faltavam passar cafezinho de tanta coisa que faziam. Um pouco mais entusiasmado, imaginei que, após a lanchonete, deveríamos seguir para o local da atração principal, onde enfim teríamos uma visão panorâmica do famoso monte.

A lanchonete foi uma decepção. Qualquer loja de conveniência de Tóquio botava aquela no chinelo: poucas opções de comida e banheiro um tanto sujo, fora dos padrões japoneses (sem botões na privada, uma tristeza só). Após a experiência malsucedida, retornamos ao local onde o ônibus estava estacionado. Nossa sorridente guia nos comunicou que teríamos meia hora para as fotos e depois embarcaríamos de novo.

— Mas cadê o monte?

— O monte fica atrás da lanchonete, mas hoje não é possível vê-lo.

— Mas quando se pode ver ele? — perguntei, na esperança de que algum milagre acontecesse.

— A melhor época para fotografar o monte é no inverno, quando não há todas essas nuvens e a neblina. Mas também precisa de um pouquinho de sorte, não é sempre que ele aparece.

— Mas então por que tem esse passeio caríssimo nesta época? — Até tentei, mas não consegui conter o tom frustrado.

— Os turistas sempre querem vir aqui, mesmo que não dê pra ver o monte. É importante participar da experiência, sentir a energia do local. Por isso sempre mostramos muitas fotos durante a viagem.

A única energia que senti foi uma grande irritação. Mesmo assim, o grupo pareceu não se importar; muitos tiraram fotos na frente da lanchonete, entusiasmados. Alguns diziam que, apesar da neblina, ainda assim conseguiam visualizar os contornos do monte. Não enxerguei nada, talvez porque não estivesse envolvido pela tal energia mencionada pela guia.

Ao lado da lanchonete, havia um serviço de fotografia digital de alta tecnologia. Incrível! Através de montagens, eles faziam parecer que o monte estava mesmo ao lado dos turistas. A foto falsa foi um grande sucesso, e todos adquiriram o famoso suvenir por alguns tantos ienes. De imediato, pensei na foto do meu amigo; agora entendia por que estava tão boa — outra vítima do passeio do monte.

E depois... mais quatro horas de volta até Tóquio! Deveríamos ter nos planejado melhor; queríamos ver um ícone, mas só encontramos ilusão.

Quando visitamos Edimburgo, na Escócia, encontramos uma cidade espetacular, repleta de atrações turísticas, sendo uma das principais a "*Whisky Experience*", na qual era possível acompanhar todas as fases de produção e também degustar minha bebida preferida. Um show de passeio.

Além disso, minha esposa havia descoberto um roteiro muito interessante de uma visita à região Highland, onde existiam várias destilarias de uísque. O destino final do passeio seria o famoso lago Ness, onde, segundo a lenda, habitava o monstro Nessie. Claro que não esperávamos encontrá-lo, mas devia valer a pena visitar o lugar.

Saímos às sete da manhã, o que já era bem cedo para quem estava de férias. No começo da viagem, todos os passageiros estavam atentos às explicações do motorista, que também era o guia turístico da excursão. O inglês falado na Escócia é sabidamente um dos mais difíceis para quem não é nativo na língua. Além disso, o motorista falava sem parar, em um ritmo monótono, alternando entre explicações de destilarias, lendas escocesas e vegetação da região. Eu costumava gostar dessas histórias, mas já tínhamos escutado todas nas outras atrações turísticas que visitamos na cidade; no começo, até tentei prestar atenção, mas logo estava longe, pensando na morte da bezerra. Após duas horas daquela cantiga de ninar, todos no meu grupo já estavam dormindo, menos eu, é claro — a sina do insone atacando mais uma vez.

Highland era uma região linda, mas não havia cidades interessantes no trajeto, o que o tornou bem maçante. Após longas duas horas, chegamos à nossa primeira parada: um restaurante de beira de estrada sem nada diferente ou típico para comprar; além disso, as comidas e as bebidas também deixavam muito a desejar. No retorno ao ônibus, o motorista escorregou e quase caiu na escada, coitado (mas que foi o momento mais emocionante da viagem, foi). Fiquei imaginando se aquilo não tinha sido praga dos passageiros para aquela ladainha ser interrompida.

Finalmente, após seis horas de percurso, chegamos ao famoso lago Ness. Havia um local exclusivo para estacionar, mas estava lotado, o que aumentou a expectativa do grupo; talvez houvesse mesmo algo interessante para ver.

No caminho a pé para o lago, dezenas de barraquinhas vendiam cópias malfeitas de Nessie, o monstro, e outras bugigangas pouco atrativas. Comprei uma delas só para guardar de lembrança e aproveitei para fazer uma pergunta ao vendedor (um pouco sarcástica, verdade):

— Você sabe se o monstro tá aí hoje?

Ele entrou no jogo e respondeu com entusiasmo:

— Acho que hoje ele não veio, mas pra ter certeza é bom dar um passeio de barco pelo lago. Tenho aqui alguns binóculos baratinhos que ajudam a ver o danado.

Não comprei o binóculo, mas pegamos o tal barco. Vários turistas embarcaram conosco, animados; muitos deles, com binóculos (como turista é inocente!), varriam o lago na esperança de ver algo parecido com o monstro. O passeio demorou trinta minutos, e obviamente ninguém viu nada. O lago, que na minha cabeça deveria ser negro, profundo e misterioso, era bem comum, na verdade até lembrava muito o do parque Ibirapuera. Voltamos ao ônibus, com mais seis horas pela frente até a cidade. E o pior: mais repetição de lendas escocesas narradas pelo nosso motorista.

Eu deveria ter pesquisado melhor sobre o lugar, verdade. Mais uma ilusão, fazer o quê?

Nova Zelândia, outro lugar maravilhoso, terra de aventuras espetaculares, onde nos divertimos muito. Os passeios, de forma geral, foram muito bons, mas...

(Sempre tem um "mas", não é?)

Logo na chegada à cidade de Rotorua, constatei que nossas roupas de inverno, confeccionadas para países tropicais, não nos salvariam do impiedoso frio reinante no local. Lá fomos nós às compras de agasalhos mais apropriados. Entrei em uma loja e pedi ao taciturno vendedor:

— Quero uma blusa bem quente para encarar o frio aqui da região.

— A melhor que temos para o frio é esta aqui. Para você é tamanho grande. Quer experimentar? — O vendedor me mostrou uma blusa que havia selecionado de uma pilha bem grande.

A roupa ficou ótima e era bem quente mesmo, mas só havia uma cor para homem ou para mulher.

— É de ovelha?

— Não, é de gambá. Eles são mortos, e a pele é utilizada nestas blusas — disse ele, cheio de orgulho.

Não entendi o comportamento do vendedor. Orgulho de vender peles de um animal silvestre?

— Neste caso, prefiro não levar. Nunca compro peles de animais.

— Mas eles são uma praga aqui, temos que nos livrar deles! Inclusive atacam os ovos de *kiwi*, a ave que é o nosso símbolo nacional. Pode levar, tem milhares de gambás destruindo o nosso país.

Resisti um pouco, mas decidi levar, afinal todo o nosso grupo já estava comprando as blusas, todos desesperados para se esquentar. Tentei acalmar a consciência pensando que, se o gambá era considerado uma praga ali, ainda deveria ter muitos deles no país. Mas fiquei curioso com a menção ao *kiwi*, nunca tinha ouvido falar daquele "símbolo nacional". (E, como todo mundo sabe, turista é bicho curioso.)

— E onde posso ver o *kiwi*?

— No prédio central de exposições tem uma apresentação permanente deles, você não pode perder! É um sucesso turístico da região!

Saí bem aquecido da loja, desfilando com minha nova blusa e motivado para ver o tal símbolo nacional. Meu amigo que estava no nosso grupo, no entanto, ficou um pouco ressabiado; ele sempre era assim em relação a novas experiências e havia encrespado com o fato de ser necessário comprar ingressos com antecedência e a apresentação demorar duas horas.

— Vamos lá, deve ser legal. Duas horas só pode significar que vai ter algum tipo de show com as aves! — insisti, todo entusiasmado. Eu deveria ter aprendido com meus erros, mas claro que isso não aconteceu.

Chegamos cedo para pegar os melhores lugares. Na bilheteria, meu amigo se irritou de novo por causa do preço de cem dólares por cabeça. Recebemos um manual com várias instruções sobre o pássaro. A entrada do show reproduzia a forma de uma caverna, e por todo local se ouvia a música-tema do pássaro. Até uma bandeira do bicho fora hasteada — aquela apresentação prometia! Bandeira e música-tema: tava aí algo que eu não me lembrava de outro pássaro que tivesse.

O que veio a seguir foram trinta minutos de informação sobre o hábitat, a vida e centenas de outros detalhes sobre a ave. A vontade de tirar um cochilo só não superava a irritação do meu amigo por ter gasto cem dólares pelo ingresso. A verdade é que até eu já estava bem chateado com o bendito pássaro e mais favorável ao gambá. Após a apresentação, fomos levados para uma área menor, onde uma nova guia fez mais recomendações aos turistas, em inglês:

— Esta é uma ave muito frágil, e vocês não podem fazer barulho ao ingressar na reprodução do seu hábitat natural na área de exposição. Não é permitido fotografar, já que seus olhos são muito sensíveis. A câmara permanecerá escura, apenas com uma leve iluminação, já que são animais noturnos. Evitem conversar entre si, pois as aves podem sentir algum perigo e comprometer a qualidade do show.

Meu amigo começou a cochichar impropérios contra o pássaro, que já considerava bem irritante. Tentei salvar a situação e assegurar, sem nenhuma certeza, que, para compensar tantas instruções, a performance só podia ser surpreendente, algo no nível Cirque du Soleil, para falar a verdade. Pelo menos, era nisso que eu também queria acreditar.

Uma música suave precedeu nossa entrada; as luzes foram diminuídas, e um grupo de dez abençoados turistas — o limite máximo para não ferir a sensibilidade do pássaro — ingressou no local. Como estava muito escuro, não consegui enxergar dentro da área cercada por um vidro onde fora construído o hábitat do bicho. Tentei me esforçar, mas era isso, não dava para ver nada mesmo, exceto alguns poucos galhos de árvore. Mas onde tinha ido parar o famoso pássaro? Silêncio total, e, para completar, não se podia perguntar a ninguém. Em um dos galhos parecia haver uma plumagem inanimada. De repente, um dispositivo foi acionado, e o galho com plumagem balançou a cabeça devagar. Finalmente entendi: era ele, dando seu "espetáculo". A cabeça se moveu lentamente para a frente e voltou à posição anterior. O show chegou ao fim, e a guia apareceu de novo; com um sorriso, retirou todos do ambiente antes que o pássaro se estressasse. Meu amigo me fitou com olhares homicidas.

Se tudo desse certo, a vida seria muita chata. Que venham outros ícones: montes escondidos, monstros de mentira, pássaros exóticos! No final, é mais história para contar.

O FIM DO MUNDO

Lica era uma mulher de rotinas claras. Todo dia acordava cedo e, com o sol nascendo, saía da cidade para ir à sua chácara no interior. O trajeto de ônibus demorava uma hora; depois, ela descia na casa de um primo, pegava o trator dela que ficava estacionado lá e seguia para o sítio, com mais trinta minutos de percurso.

No sítio, fazia todas as tarefas de que gostava: alimentava as galinhas, verificava as flores, andava pela plantação e, na essência, curtia o que há de bom na vida rural. Às cinco da tarde, voltava com o trator, novamente estacionava na casa do primo, pegava o ônibus e se encontrava por volta das seis com o marido na cidade. Todos os dias ela cumpria religiosamente essa mesma rotina.

Um dia, chegando em casa no retorno da chácara, o marido avisou:

— O dr. Fábio deixou aí o remédio para a memória que você encomendou. Disse que é muito bom.

A ideia do remédio era mais uma das manias do marido. Lica falava muito pouco com ele; não porque não gostasse dele, mas a rotina do dia a dia reduzira bastante as conversas entre os dois. Além do mais, ultimamente ele andava com umas cismas, falava que ela não prestava atenção nas conversas deles e que esquecia o que tinham combinado. Ela não acreditava naquela história; na verdade, achava que era ele quem se esquecia de falar, e, conforme diziam as amigas, podia ser também alguma crise de afeto, monotonia no casamento, algo normal na terceira idade. Como todo pessoal do interior, Lica era bem avessa a medicamentos; no entanto, beirando os sessenta, achou prudente tomar o tal remédio receitado. Não melhoraria a memória, que sempre fora muito boa (e continuava assim, obrigada), mas quem sabe o marido parasse de reclamar.

— Tá bom, então, Pedro. Vou começar a tomar hoje à noite.

Às oito, como acontecia todas as noites, ela já estava na cama, mas dessa vez tomara o remédio.

Lica dormiu e num instante acordou de repente. Olhou o relógio ao lado, marcando cinco horas. Nossa! Tinha perdido a hora! Pela janela, já se percebia o sol no céu.

Ela não tomou café; trocou de roupa rapidamente e foi para o ponto de ônibus. Antes, passou pelo marido, que estava assistindo a um filme na televisão da sala. Os dois não conversaram. De novo os problemas de comunicação, agora acirrados pelo fato de ele ter atrapalhado a rotina de Lica com o bendito remédio.

Chegou às 5h15 no ponto, ainda a tempo de tomar o ônibus, e notou que as pessoas esperando eram diferentes das usuais. Ficou a matutar consigo mesma. Aquele remédio era tão perigoso que ela nem conhecia mais as pessoas!

O ônibus veio um pouco atrasado, como sempre. Já deveria ter feito uma reclamação ao Pedro Bola, prefeito da cidade; imagina, o ônibus atrasado daquele jeito, quarenta minutos! Além disso, o motorista tinha mudado, não era mais o seu Tatu, que todo dia fazia o trajeto. Mais uma reclamação. Por que mudar o motorista?

Os passageiros, entretanto, eram bastante estranhos. Onde estavam o Chico Leiteiro, seu velho parceiro de truco, o Zé Preá, que sempre fazia aquele trajeto para ir à sua lavoura e era muito bom de papo, e principalmente o João Marmelada, caseiro de uma chácara, que nunca perdera o ônibus na vida? Para piorar, um homem todo de preto sentou-se a seu lado. Ele, sem cumprimentá-la, começou a ler um livro gigantesco com o título *Fenômenos meteorológicos*. Lica, sempre curiosa, não resistiu e sondou o texto e as figuras assustadoras lá impressas. Em uma delas, havia um sol meio apagado com a palavra "eclipse" e uma descrição logo abaixo.

"Ô homem estranho com livro esquisito! Melhor nem perguntar nada pra ele, que mal-educado, nem pra cumprimentar!", pensou Lica.

O ônibus seguia o seu caminho, e ela começando a achar o dia também esquisito. O sol já deveria estar mais forte. Ah, o remédio! Até nisso ele a afetava.

Lica enfim chegou à casa do primo e pegou o trator. O primo, que morava um pouco distante da garagem, comentou com a mulher:

— Terta, o que será que a Lica tá fazendo com o trator?

— Não se meta, homem — repreendeu a esposa. — Ela faz o que quiser.

— Mas cê não acha estranho?

— Vai ver resolveu fazer alguma coisa diferente hoje. Ô homem curioso!

Lica seguiu com o trator e começou a notar o tempo fechando cada vez mais.

— Que estranho, parece que vai chover! O sol tá quase sumindo...

Chegou na casa ainda com um pouco de luz e foi alimentar as galinhas. Todas já estavam no galinheiro, como quando se preparavam para dormir.

— Ê, galinha, olha o milho! — As danadas, porém, não se mexeram.

De repente escureceu, e ela correu apavorada para a casa.

— Será que é o tal do eclipse? Deve ser...

O sítio ficava numa região erma; não havia telefone e muito menos TV. Só lhe restava esperar.

— Pelo que falava naquele livro do moço mal-educado, o tal eclipse deve passar logo... Melhor esperar e depois voltar às tarefas.

Mas o eclipse não foi embora. Uma hora se passou, e a escuridão continuou.

Lica começou a ficar preocupada e se lembrou do padre Tião Santinho. Ele tinha aquele apelido porque, sempre que passava na catraca do ônibus, não pagava; em vez disso, dava um santinho para o cobrador. Suas palavras proféticas ecoaram na memória de Lica: "O fim do mundo está se aproximando. Temos que nos preparar!".

Ela olhou novamente pela janela. Normalmente, estaria preocupada com lobisomem, mula sem cabeça, boitatá e outras entidades que habitam o interior à noite. Por exemplo, todos sabiam que Dito Cunha, melhor violeiro da região, virava lobisomem. Ele granjeara essa fama por saber mexer as orelhas e, apesar de ser um ótimo violeiro, ninguém ficava perto dele quando caía a noite. Ela também já tinha visto a bola de fogo do boitatá ao lado da casa da mãe, e o danado do saci era muito frequente no calipal, assobiando e fazendo as pessoas se perderem.

Lica olhou de novo o relógio, mas como era apenas meio-dia, sabia que não havia perigo de seres fantásticos aparecerem. Restava, porém, uma preocupação: por que o sol tinha sumido?

Começou a rezar para todos os santos. Não lembrava se tinha alguma reza para escuridão ou para o fim do mundo. Na dúvida, tentou São Jorge, o protetor da entrada da casa.

Olhava constantemente para o céu, muito atenta. No fim do mundo, pelo que o padre tinha falado, apareciam os cavaleiros do apocalipse e o primeiro deles vinha montado em um cavalo flamejante.

— Me salva, São Jorge! — rezou com fé.

De repente, um barulho na estrada. Um cavalo gigante galopando, um raio cortando o céu.

Ela se trancou e escorou a porta, rezando para São Jorge, seu protetor. Pegou o crucifixo e se preparou para o pior.

O cavalo parou na frente da porta. Alguém bateu com força. Lica buscou coragem na fé em São Jorge:

— Sai, assombração! Sai, cavaleiro do apocalipse! Se está na porta, fala logo o que quer!

— Lica, cê tá aí?

— Não adianta, eu sei que você quer me enganar! Se eu abrir a porta, o mundo acaba. Quem é você? De que profundeza saiu?

— Lica, é seu primo Zé. Não tá conhecendo minha voz?

— Zé?

— Sim, o Zé. Abre a porta, faz favor.

Ela abriu, assustada.

— Zé, entra rápido que é o fim do mundo! É meio-dia e o sol apagou.

— Prima, é meia-noite e todo mundo tá procurando você.

Ela parou e pensou. O que tinha feito de diferente naquele dia? Só então se lembrou de ter tomado o remédio do dr. Fábio antes de dormir.

— Ah, remédio maldito! — exclamou Lica. — Então não é o fim do mundo?

— Não, prima, o mundo continua normal. Cê que confundiu os fusos. Dormiu o dia todo e só acordou às cinco da tarde.

Mas o Pedro me viu passar. Ele tava assistindo televisão e não falou nada! Ô homem desligado!

— Lica, vai ver ele não quis te incomodar. Ele falou que cê tava braba por ter que tomar remédio. Eu também te vi às seis da noite pegando o trator e ia te avisar, mas a Terta falou pra eu não incomodar.

— Ô pessoal medroso de incomodar os outros! De qualquer forma, vamos esperar aqui mais um pouco, Zé.

— Por que, prima?

— Agora é meia-noite, hora de assombração. Vai que o Dito Cunha tá aí fora.

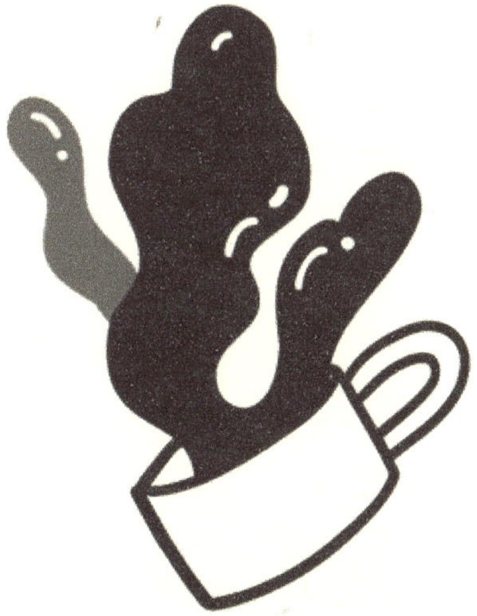

O INCIDENTE

— Esse dente não tá bom — fala minha dentista, desolada.

Não consigo responder, já que uma parafernália de algodões, pinças abridoras e outros instrumentos indescritíveis ocupa minha boca.

Levanto os olhos, um tanto agressivo, e Márcia, minha dentista há muitos anos, me entende perfeitamente. É impressionante, parece até telepatia! Ela sempre fala que nos conhecemos no passado, em outras vidas. Ela é meio esotérica, diferentemente de mim, que já sou mais pragmático e penso que conviver juntos por tanto tempo, passando por tantas dores, foi o que nos tornou quase irmãos gêmeos.

— Minha vontade é esganar aquele protético! — ela continua, agitada. — Depois de todas as minhas explicações ele me entrega isso?! É um absurdo!

Os profissionais da área de odontologia são heróis que tratam de uma das dores mais inconcebíveis que o ser humano pode enfrentar. Quando se encontra um dentista em quem se confia totalmente, é quase como um casamento antigo. Muito difícil de se separar.

Márcia, além de profissional excelente, tem também uma aura luminosa. Ela entende particularidades dos meus complexos dentes e sempre resolve os problemas — mesmo que não sejam odontológicos.

Porém, apesar de ser uma pessoa impregnada de intensa bondade, não se pode ignorar que um dentista precisa ter, mesmo que em pequenas doses, alguma crueldade. Acho que é algo inerente à profissão, afinal, quem seria capaz de aplicar uma injeção com uma agulha gigantesca na gengiva de um paciente e ao mesmo tempo comentar o último espetáculo de teatro a que assistiu? Assim, como se não fosse nada? É preciso muito sangue-frio. Em uma das nossas sessões anteriores, ela comentou, enquanto mexia nos meus dentes:

— É verdade, Júlio, pra quem gosta do Cazuza este espetáculo é imperdível! Quase chorei, principalmente nas músicas que ele compôs no final da carreira.

Claro que não consegui responder, mas lembro bem que a agulha se aproximando da minha indefesa gengiva também tinha me dado vontade de chorar.

Naquele dia, com inocência, ela afiara em uma lima especial um longo e assustador bisturi. Enquanto isso, entoara uma canção, os olhos sorrindo na expectativa do ato de raspagem dental que se daria na sequência. Sim, porque dentistas usam máscara, e nunca sabemos se estão sorrindo. Contudo, os olhos entregam aquela pequena porção de maldade...

Mas, de volta à cadeira de paciente e ao dente que não ficou bom, o procedimento aqui e agora é outro. Modelar um dente não é nenhum mistério de outro mundo, mas nem todos sabem como é o processo, então cabe aqui uma breve explicação: no começo, o dentista aplica uma massa pastosa na boca da vítima e, após alguns minutos de aflição, quando parece que você vai morrer afogado pela saliva e pela própria gosma odontológica, obtém-se um modelo perfeito. Depois, é necessária uma clara definição da cor (dezenas de comparações com um mostruário extenso), e, por fim, o protótipo é remetido ao protético, o artista que molda a peça que embelezará sua boca.

— Márcia — começo, preocupado —, será que você não consegue dar um jeito? A gente mandou um molde perfeito pro protético! Aquilo custou muito tempo e paciência. — E sofrimento da minha parte, mas não falo isso em voz alta. — Não dá pra fazer uma adaptação?

— Acho que não. Tem algumas pequenas distorções aqui... — diz ela de forma sarcástica. — O dente está mais gordo e comprido, e a cor não bateu em nada com a que mandamos. Vamos ter que fazer outro dente. Que tal assim: dessa vez vou mandar para o Pedro Koba. Ele é mestre nisso! Só tem um problema: ele não vai conseguir fazer em pouco tempo, já que tem quase um ritual para a confecção dos dentes. Ele inclusive faz a própria modelagem... Não sei por que não aceita que os dentistas façam esse processo! Mas, enfim... vai dar certo.

Não entendi por que não escalamos o Koba desde o início, mas decidi não polemizar. Nesse momento, estava mais preocupado com minha viagem. Dali a três dias, faria uma visita à China, onde falaria sobre o Brasil em várias apresentações corporativas. Além disso, participaria de reuniões com CEOs do Japão, da China e da Coreia do Sul para acordos de negócios.

Estávamos em 2009 quando isso tudo aconteceu, e era preciso aproveitar a boa imagem do Brasil no mundo e fazer acordos importantes com os Tigres Asiáticos. Com o Brasil nas manchetes em toda a imprensa internacional como um dos países de maior crescimento do PIB, os ventos sopravam a favor dos negócios, e até a revista *The Economist*, veículo de grande reputação no mundo de negócios, estampou na sua capa o Cristo Redentor decolando como um foguete. Essa imagem icônica do Brasil infelizmente foi destruída poucos anos depois, quando o mesmo periódico mostrou o Cristo aterrissando de cabeça no chão. Pena que tenhamos sempre essa gangorra no Brasil, o que é chamado de "o voo da galinha": uma rápida decolagem e uma aterrissagem desastrosa, afinal galinha não voa.

Claro que, em meio a esse clima de euforia, ninguém esperaria o representante do Brasil sem um dente.

De volta ao consultório, Márcia, como sempre, encontra uma solução mágica:

— Faremos um provisório e depois colocamos o final. Não é grande coisa, mas esteticamente resolve. Se você não comer um torrone, vai aguentar até a volta.

Ah, santa Márcia! Nada como alguém que, mesmo esotérica, traga soluções rápidas!

Ela prepara na mesma hora o tal dente provisório. Parece bem melhor que a massa disforme modelada pelo artista protético, com ótima estética e da mesma cor dos meus dentes. Ah, Márcia, ela, sim, uma artista!

Dente resolvido, parto feliz com a nossa equipe para a China.

Na chegada a Beijing, capital chinesa, tínhamos marcada uma apresentação para inúmeros países representados no fórum global sobre o milagre brasileiro. "O país que está decolando!", era o que se ouvia em todo lugar.

A apresentação seria em um plenário para aproximadamente quinhentas pessoas, com um circuito interno de TV para todos os países da minha empresa. Esse tipo de apresentação tem todos os requintes de uma produção hollywoodiana. Na chegada, encontro o diretor de produção e sua equipe, para o ensaio que aconteceria em trinta minutos.

O homem tem todo o traquejo e o linguajar de um diretor de produção. Me lembra o Spielberg, pelo menos nas feições.

— Você vai ficar nesta posição, e teremos dois teleprompters para alternar o posicionamento das câmeras. A transmissão será feita para os telões nos auditórios, e on-line para toda a nossa rede global. Vamos fazer agora um pequeno ensaio antes da entrada no auditório e da transmissão ser iniciada.

Então ele me passa para sua equipe. Tudo é testado várias vezes. Microfones, câmeras, computadores, gravata centralizada e paletó bem fechado. Incrível, alguém só para fazer essa checagem!

Sou levado até a maquiadora, uma mulher chinesa simpática que começa a tirar o brilho no rosto, que poderia atrapalhar a qualidade da imagem. Quando ela se aproxima dos meus lábios, o provisório manifesta sua presença. Tinha me esquecido totalmente dele e só então me lembro de que não é um dente permanente. A sensação que tenho é a de que ele vai se soltar a qualquer momento.

Penso no boneco vodu que ganhara em uma viagem. Segundo a lenda, se você quiser se vingar de alguém (como, por exemplo, um dentista), é só aplicar a agulha (já incluída no presente) em alguma parte do boneco. Eu sempre brincava com a Márcia sobre essa possibilidade, nos momentos mais doloridos dos tratamentos. Se tivesse o vodu comigo, eu o usaria agora, com toda a certeza.

Nada a fazer senão rezar, já que o evento está para começar.

Câmera, luz, ação! Inicio a apresentação de vinte minutos que parecem vinte horas. Durante todo esse tempo, mais do que passar uma imagem positiva do Brasil, meu foco é evitar o desastre de aparecer para milhares de pessoas sem um dente. Ao tomar um pouco de água, noto que ele está bem mole e próximo de cair. Porém, milagrosamente, isso não acontece, e a apresentação é um sucesso!

Na saída, todos me elogiam. Consegui passar a mensagem da grande perspectiva do Brasil. Um dos nossos diretores mais próximos, o Marcus, comenta:

— Júlio, foi muito bom, mas notei que você estava um pouco… preso? Também, tanta produção!

Reflito que na verdade não era eu que estava um pouco preso, mas sim meu dente que estava um tanto solto.

Superada a apresentação, com o dente ainda meio bambo, seguimos para o jantar de gala com os participantes e os CEOs dos Tigres Asiáticos. No restaurante, sentamos em uma mesa central: um homem japonês à minha frente, um chinês à minha direita e um coreano à esquerda. Apesar da aparente tranquilidade dos asiáticos, esses países competem muito e têm rivalidades históricas, envolvendo guerras, invasões e, agora, a competição no mercado econômico global.

O chinês explica a forma de fazer negócios em sua terra natal, onde tudo se move muito rápido, sendo este o fator de sucesso.

Já o japonês esclarece que, no seu país, o que vale é a consistência e o tempo de maturação. Demoram para decidir, mas nunca erram.

O coreano concorda que, no mundo dos negócios, os chineses são muito agressivos, os japoneses, muito cerimoniosos e mais consistentes nas decisões, enquanto os coreanos são o equilíbrio perfeito. O melhor dos dois mundos.

Politicamente me mantenho neutro, mas todos começam a debater sobre esses temas competitivos e culturais.

— E no Brasil, como é a cultura de negócios? Qual o diferencial do executivo brasileiro? — pergunta o homem coreano.

Começo a pensar numa resposta inteligente, e nesse momento as nossas bebidas e as saladas das entradas chegam à mesa. Bebidas sempre melhoram o clima. Enquanto apreciamos os drinques, continuo a observar os debates intensos, mas muito educados, entre eles. Esqueço até o famigerado dente, porém, ao tomar o meu uísque *on the rocks*, tenho um acidente com o gelo e percebo que o danado caiu. Tragédia total, mas ninguém nota, já que o debate acirrado continua. Pego rapidamente o guardanapo e o coloco sobre a boca. Constato que meu dente está na salada do japonês à minha frente. E agora?

Penso rápido. Me levanto, ainda com o guardanapo na boca, faço uma reverência típica dos países asiáticos, retiro depressa a salada do japonês e desapareço em meio à multidão.

Vou direto ao banheiro e me tranco lá. Localizo o maldito dente entre as alfaces. E agora?

Lembro que alguém mencionara chiclete como cola emergencial. Não sei onde li aquilo, mas estou desesperado. Recordo-me também do vodu, mas existem outras prioridades no momento.

Tenho sempre chicletes comigo. Mastigo um deles, coloco no dente e fixo a gengiva. Verifico se não ficou um pouco de alface grudada antes de deixar o banheiro. Não. Meio bambo, mas, para uma situação dessas, está perfeito.

Retorno à mesa sem demonstrar nenhuma emoção. Na chegada, os CEOs estão de pé, surpresos, me procurando. Vou até eles e os convido a sentar. O japonês me pergunta educadamente o que aconteceu. Faço cara de paisagem.

— Assim como vocês têm a sua cultura e muitas vezes os estrangeiros não a entendam, no Brasil também temos uma cultura muito particular. Se notamos que existe alguma animosidade, é melhor deixar o ambiente para que a serenidade se restabeleça.

O chinês, que é mais matreiro, pergunta especificamente por que eu levara a salada. Respondo sem me abalar:

— Isso eu não posso contar, mas existe uma razão muito forte.

O CEO chinês fica em dúvida se havia alguma coisa estranha na salada, e quem sabe eu havia tentado salvá-los de uma situação ruim. Mas, assim como eu, ele também prefere se manter em silêncio.

— Júlio-san — fala o japonês, cerimoniosamente. — O homem sábio sabe quando deve se calar.

Eu não entendo bem, mas a frase encerra o assunto, e continuamos nossa conversa normalmente.

Agora, enfim, tenho a resposta à pergunta que me fez o coreano sobre o diferencial dos executivos brasileiros: Improviso! Nossa incrível capacidade de improviso salvou a noite. Por razões óbvias, melhor não comentar com eles tais detalhes.

Todos voltam a beber, e o dente grudado com chiclete resiste bravamente — mal sabia o provisório que havia acabado de salvar a imagem do Brasil no exterior.

DIAS RADICAIS

Nunca fui muito de esportes radicais; tinha vontade de ir para a Nova Zelândia mais por suas belezas naturais, muito bem refletidas na saga *O Senhor dos Anéis*, filmada no país — e um dos meus filmes preferidos.

Viajamos eu, minha esposa e minha filha, além de outro casal, também acompanhados da filha. Quando planejamos o passeio, o foco era visitar as principais cidades, aproveitando o inverno com neve (a fixação de qualquer brasileiro em viagens). Mal sabíamos que, apesar de já termos eliminado qualquer prática relacionada a esportes radicais (a Nova Zelândia é o paraíso deles), uma estranha combinação de eventos tornaria a viagem inesquecível — e cheia de aventuras.

Logo na partida, temos uma surpresa quando a companhia aérea avisa que um vulcão na Argentina está impedindo todos os voos para a Oceania. Minha negociação com o atendente é meio tensa.

— Então, pelo que entendi, por causa do vulcão não podemos voar pelas rotas tradicionais e vocês estão criando um caminho alternativo. Estamos indo pra Nova Zelândia, um continente meio isolado... que outro caminho pode ter?

O agente, com presteza, inicia uma série de explicações técnicas e, enfim, resume:

— Na verdade, precisamos fugir da fumaça do vulcão, que já cobriu metade do planeta. Nossos computadores definiram a melhor rota: sair pelo Chile e fazer uma parada na ilha de Papete, no Taiti.

Sempre acreditei que funcionários de companhias aéreas tendem a minimizar os problemas e usam muitos conhecimentos geográficos que míseros viajantes pouco conhecem. Procuro rapidamente no Google a tal rota para interagir com ele, agora com mais base:

— Vi aqui que o Chile já está quase coberto pela nuvem do vulcão. Essa ilha de Papete é minúscula... É só uma ilha vulcânica no meio do mar. Será que não tem um caminho melhor e menos aterrorizante?

O agente continua as explicações, com uma gentileza forçada:

— Por isso que o senhor e sua família têm que embarcar amanhã, antes que a fumaça atinja todo o Chile. Papete tem um aeroporto pequeno, mas suficiente para nossa aterrissagem.

Em uma reunião tensa da família, resolvemos arriscar. Por incrível que pareça, o trajeto foi tranquilo e aterrizamos sem problemas no destino final, Auckland, a maior cidade da Nova Zelândia. Ao chegarmos, logo fomos convidados para um salto de *bungeejump* na Sky Tower, uma torre que fica no centro da cidade.

— É algo que não dá pra perder! — fala o guia, entusiasmado. — Você é lançado de uma torre de trezentos e vinte e oito metros no centro da cidade. Nosso melhor passeio!

Respondo com alguma rispidez:

— Meu amigo, acabamos de sobreviver ao vulcão argentino e à ilha vulcânica de Papete. Agora só queremos relaxar nesta cidade maravilhosa.

— Que pena — lamenta o guia, frustrado. — Talvez outra sugestão? Temos uma gaiola que é colocada no mar e você, com um *scuba*, pode apreciar os tubarões a milímetros de distância!

Me lembro imediatamente de *Tubarão*. No filme, essa gaiola é destruída e o mergulhador, devorado.

Tento ser firme e eliminar qualquer outra sugestão.

— Obrigado, mas acho que vamos fazer uma excursão menos radical para o bar mesmo, que é um local seguro.

Após alguns dias, partimos para a segunda fase da viagem: uma visita a Queenstown, uma pérola de cidade, com atividades bem calmas — sendo a mais radical uma guerra de bolas de neve — e lindas vistas das encostas. Perfeita, depois de tantas aventuras. Um pequeno voo de uma hora, e estaríamos lá.

Ao chegarmos ao aeroporto, pergunto à atendente:

— Algum vulcão aí pelo caminho? — Luana, minha mulher, me olha fixamente. — Não queremos mais tanta emoção.

A atendente responde com gentileza:

— Vulcões, não temos; talvez alguma nevasca no caminho, mas nossos pilotos são os melhores do mundo.

Já começamos a ficar preocupados, e o Google é novamente visitado pela minha filha Amanda e sua amiga Bica, que leu para nós um dos seus achados no site:

— Aqui diz assim: "Os pilotos neozelandeses são considerados os mais hábeis do mundo e conseguem aterrizar em situações inóspitas. Um dos exemplos é a cidade de Queenstown, o maior desafio de um piloto profissional quando se fala em nevascas". Bem louco, né?

Luana vira-se para mim com uma expressão preocupada.

— Parece perigoso, não acha?

— Nada — respondo, tentando dar uma boa inflexão na voz, já que a notícia sobre a cidade de aterrissagem mais difícil no mundo me preocupa muito também.

Chegamos ao avião e já não gosto por se tratar de um turboélice pequeno. Esses aviões são seguros, mas passam uma imagem ruim, com as turbinas expostas e as asas bem pequenas.

Decolamos. Todos estão muito felizes, e o serviço de bordo é excelente, apesar do pequeno espaço. Beber é sempre agradável e relaxante em viagens assim.

Após quarenta minutos de trajeto, à medida que nos aproximamos da cidade, as luzes se acendem e vem o pedido para afivelarmos os cintos de segurança. De repente, o avião começa a tremer. Camadas gigantescas de neve despencam sobre ele, que resiste.

O efeito é imediato no nosso grupo: Shimano, meu amigo japonês, segura o assento com força; Amanda, minha filha, e Bica, filha dele, parecem prestes a vomitar. Talvez, por conta do álcool, não esteja tão tenso quanto eles, e por isso sou eu que consulto a aeromoça, com ar de quem não quer nada:

— Puxa, tá balançando bem, hein?

Ela mantém toda a segurança típica de comissários de bordo e responde:

— A cidade fica entre as montanhas. O piloto tem que ser muito preciso para passar entre elas e aterrizar. Sempre temos nevascas, mas hoje está um pouquinho pior.

Ela então se dirige ao final do avião. Assustado, noto que ela também está vomitando.

O avião se move para todos os lados. Parece que estamos sentados em um cavalo de rodeio, corcoveando sem parar. Vários do nosso grupo não resistem e começam a vomitar também.

Olho pela janela, tentando visualizar a pista, e encontro uma montanha a alguns metros de distância da cabine. Agora entendo por que as asas são tão pequenas. Fecho as janelas, afinal, o que os olhos não veem, o coração não sente. Mas o ambiente dentro da cabine é tão apavorante quanto lá fora; a maior parte dos passageiros é de turistas que também não estão acostumados a nevascas nas montanhas, e eles estão morrendo de medo, talvez até mais do que eu. A meu lado, no corredor, está sentado um senhor vestido de preto, com um grande crucifixo no peito, lendo um livro que parece a Bíblia. "Bem, pelo menos tem alguém a bordo com alguma proteção", digo a mim mesmo. Concentro meus pensamentos positivos no companheiro do lado, mas logo percebo que há suor em sua testa e ele reza apegado fortemente ao crucifixo — desse jeito, não inspira muita fé de que sobreviveremos. O comandante fala alguma coisa nos alto-falantes, mas a turba não reage, e o caos na cabine central continua.

O avião começa a descer vertiginosamente, e o meu companheiro de fé acelera o ritmo da reza. Já espero pelo pior e fecho os olhos, porém, após algumas manobras radicais, o avião plana e aterriza suavemente.

Celebração total! Estamos salvos! Bem enjoados, mas salvos.

Desembarcamos com as pernas tremendo. Encontro o piloto caminhando calmamente pelo aeroporto; parece um garoto menor de idade. Eu me aproximo e pergunto:

— Balançou muito, hein?

Ele responde, orgulhoso:

— Somente pilotos neozelandeses conseguem este feito. Outro piloto teria desistido.

Reflito comigo que, como passageiro, se eu soubesse também teria desistido e preferiria ter ido para a jaula dos tubarões, que agora parece bem mais segura.

Após alguns dias nos restabelecendo na cidade e evitando passeios radicais (como a lancha que anda a cento e oitenta quilômetros por hora ou o alpinismo em montanhas geladas, o mais famoso passeio da região), temos a oportunidade de saborear o famoso sanduíche da cidade: o Fergburger. É uma caminhada de trinta minutos pela cidade coberta de neve, algo interessante para brasileiros e aparentemente sem riscos.

Nossa jornada começa com grande animação, mas, à medida que o tempo passa e o frio aperta, todos nos apressamos para chegar logo. A frustração e o frio aumentam quando descobrimos que o famoso local está fechado. Checamos o guia impresso e decidimos fazer outra coisa, apesar da frustração. Bica consulta o Google e descobre que estamos no dia da semana em que a maioria dos restaurantes fecha. Já faz uma hora que estamos caminhando, quase entrando em hipotermia, e não achamos nada.

— E se a gente procurasse um McDonald's? — sugere Amanda, preocupada.

— Nada de comida americana! Vamos achar algo pelo menos parecido com o hambúrguer deles aqui — resisto bravamente.

Após várias tentativas, me rendo e começo a procurar o McDonald's, que incrivelmente não existe na cidade. Na verdade, parece que toda a população local desapareceu, talvez porque esteja nevando e só os brasileiros são malucos para caminhar com tempo assim. Quando estou prestes a congelar, vejo uma placa salvadora onde se lê: "The Cow".

— Finalmente um restaurante, e todo de madeira ainda! — Deve ser quentinho lá dentro — falo, entusiasmado.

— Mas parece uma casa. Não tem ninguém na entrada, e as janelas estão todas fechadas. Na placa não diz nada sobre ser um restaurante. Só pode ser uma casa — fala Shimano.

— É um restaurante! — insisto, desesperado para sair daquela rua gelada; mais um pouco, e não aguentaríamos. — Olha só, tem uma janela só encostada. Vamos entrar. Sigam o líder!

Avanço decidido para a janela que está encostada. O grupo vem logo atrás, ainda com receio, mas, como também estão todos congelando, resolvem me apoiar. Tento abrir a janela; ela resiste. Empurro mais forte, e ela se abre totalmente com um barulho violento. Dou de cara com uma mesa onde uma família neozelandesa está almoçando, e, claro, eles estranham bastante a invasão. Nosso grupo todo debanda, largando o pretenso líder sozinho para explicar a invasão de domicílio. A família me olha assustada, tentando entender o que está acontecendo. Em inglês, arrisco soltar a única questão que me vem à mente no momento:

— Vocês conhecem algum restaurante aberto por aqui? Estamos morrendo de frio e com fome, mas não achamos nada aberto.

O que parece ser o pai da família, sentado na ponta da mesa, responde com um sorriso:

— Conhecemos, sim. Este, o The Cow. É um dos melhores da cidade. Mas a entrada é pelo outro lado, vocês estão no fundo do restaurante. E só dar a volta que tem bastante lugar aqui dentro. Pouca gente sai com um frio desses, vocês são corajosos!

Agradeço e vou buscar os "corajosos" do meu grupo, que me deixaram sozinho e agora estão escondidos para evitar o pretenso mico.

Com essa experiência, definimos que os nossos passeios seriam sempre internos dali em diante, de preferência, dentro de locais quentes e seguros. Selecionamos então um programa feito de ônibus que parece ser o que todo brasileiro gostaria de fazer: conhecer um glacial (o que nenhum de nós tem a mínima ideia do que se trata).

Todos do grupo concordam, afinal uma viagem de ônibus certamente não é nada radical, e partimos na manhã seguinte. O caminho é lindo, e o grupo está fascinado. Dule, a esposa do meu amigo, comenta:

— Olhem como neva, até parece que a estrada vai ser bloqueada!

Noto com alguma preocupação que o ônibus parece sofrer muito na subida em direção ao glacial. De repente, ele estaca e o condutor desce no meio da nevasca. Conversa demoradamente com o motorista de um caminhão que estacionou atrás.

— Será que aconteceu alguma coisa? — Bica pergunta ao pai.

Shimano se levanta e vai até os dois, que continuam a conversa mesmo em meio à tempestade de neve. Volta um pouco depois, com um ar de tragédia estampado no rosto.

Reunimos o grupo. Sempre penso que as adversidades tornam as pessoas mais fortes e já alcançamos esse espírito. Quem sobreviveu ao vulcão argentino, à ilha vulcânica de Papete, à aterrissagem durante uma nevasca e à hipotermia nas ruas daquela cidade fria enfrenta qualquer parada.

— A situação é a seguinte — fala Shimano de modo bem estruturado. — Nunca tiveram uma nevasca tão forte, e teremos que mudar os planos. Ofereceram três alternativas.

Ele toma fôlego e enumera:

— Primeira: aguardamos um guincho e seguimos para o glacial, mas existe o risco de ele não conseguir chegar.

Ninguém pergunta o que aconteceria nesse caso. Algumas perguntas nunca devem ser feitas.

— Segunda: voltar com este ônibus para a cidade; existe o risco de ele ficar parado por causa da neve.

Continua o silêncio do grupo.

— Terceira: irmos para a cidade Christchurch e esquecer a visita ao glacial.

Esta alternativa dá para discutir, e Amanda pergunta:

— Eles que são os especialistas sugerem o quê?

— Mandaram a gente escolher — responde Shimano.

Decisão complicada. Parece que o melhor é a cidade mesmo.

Bica mais uma vez consulta o Google (ai, menina conectada!), que, por incrível que pareça, funciona na montanha. Passa a informação de que Christchurch tivera um terremoto na semana anterior e ainda está sofrendo alguns tremores.

Shimano olha para todos, agora com sua postura de samurai; o cara que vai tomar a decisão se ninguém mais falar.

— Pra onde vamos? Temos que decidir!

Penso rapidamente; nevasca já conhecemos, vulcão também.

— Vamos para o terremoto!

O CONSELHEIRO

Quem gosta de histórias sobre a Máfia sabe que o *Don*, o poderoso chefão da organização mafiosa, sempre atua consultando o *Consigliere*, que age como um cérebro auxiliar nas decisões. O Conselheiro, em português, é a pessoa de confiança do Chefão, seu confidente, e tem como características essenciais o dom de ouvir atentamente, contribuir com sua experiência nas decisões e, muitas vezes, atuar como mediador em conflitos com outras famílias.

Teixeirinha é consultor em tecnologia, mas nas horas vagas é Conselheiro (quase profissional) dos amigos. Não, a Máfia ainda não descobriu esse talento disponível aqui no Brasil — mas ele tem todas as habilidades de um *Consigliere*.

Ninguém sabe como ele desenvolveu esses atributos, mas certamente devem ter surgido pelo talento — hoje quase extinto no mundo — de ouvir as pessoas. Na infância, sempre era consultado no futebol; na adolescência, aconselhava os amigos na difícil arte de namorar. Hoje, com a experiência adquirida ao longo dos anos, ouve, contribui nas decisões e, se necessário, intermedeia conflitos.

— Teixeirinha, como você tá hoje, meu amigo?
— Bem... manda!
— Manda o quê?
— O problema.
— Do que você tá falando? Liguei só pra saber de você! Mas, já que perguntou, lembra...

É sempre assim. Ele atrai todos os problemas do mundo. A esposa até se empenhou para que não incorporasse com tanta frequência o personagem, mas de nada adiantou. Chegou a usar argumentos fortes, de que as pessoas só crescem se efetivamente enfrentarem sozinhas as adversidades, e que ele também deveria falar sobre seus próprios problemas. Teixeirinha bem que tentou; no entanto, para os amigos, ele sempre está bem — talvez porque não saibam ouvir. Ele tem vários problemas, sim, e um deles é oftalmológico. Aliás, estava cuidando dele com o dr. Délio quando surgiu este papo:

— O doutor parece bem mais magro desde nossa última consulta. Me conta o milagre! — fala, alisando a barriguinha já bem avantajada aos quarenta anos, resistente a várias dietas.
— Não recomendo a ninguém esse milagre pra emagrecer.

Teixeirinha reflete antes de continuar a conversa. Percebe que está prestes a receber mais um problema, por mais que deseje escapar desta sina de sempre ser o para-raios de todo mundo. Só queria uma sugestão de emagrecimento de um médico respeitado e agora vai receber outro abacaxi para descascar. Mesmo assim, com receio de ser indelicado, pergunta, tentando não demonstrar muito interesse:

— Mas o que aconteceu? Qual remédio fez com que emagrecesse tanto? — Teixeirinha nota que o médico está de fato muito magro e que o pretenso regime talvez não tenha sido nada saudável.

— Não é remédio. É tristeza. Faz seis meses que me separei, tô sofrendo com a solidão. Foi por isso que perdi peso.

— Mas como? Vocês até trabalhavam juntos… Dois médicos renomados, pareciam sempre tão bem! — questiona, angustiado, sabendo que está próximo de afundar em outro pântano de inquietações humanas. Mas o que fazer? Esta é a sua sina.

— Também não entendi. Após vinte anos casados, ela resolveu ir embora. Foi o fim da nossa sociedade na clínica, das nossas viagens todo ano pra Grécia, dos nossos restaurantes preferidos… Acabou tudo…

Por mais que não queira se envolver, Teixeirinha já tem os elementos necessários para o diagnóstico e propõe uma solução simples:

— Você é muito novo. Se não deu certo, não pode desistir e se entregar à depressão. Tem muita mulher por aí que com certeza se interessaria por você!

— Eu já tentei, mas as mulheres da minha idade não querem mais casar. Com as mais novas, as conversas não batem. Tenho uma namorada linda, mas estamos em momentos muito diferentes na vida. Os papos são difíceis.

Teixeirinha entende. Mulheres em geral são mais autossuficientes do que os homens e, quando descasam, muitas não querem voltar à vida antiga. Homens costumam ser mais dependentes, precisando de uma mulher para cuidar deles, pelo menos a maioria dos que Teixeirinha conhece. Ele se despede do doutor dizendo que vai pensar no caso. O médico agradece, esperançoso. A fama já tinha chegado até o doutor! Enquanto isso, o Conselheiro cataloga mais um problema a ser resolvido dentro da sua mente, igualzinho à Máfia: missão dada é missão cumprida.

No dia seguinte, tem um encontro com sua "inimiga" preferida: a dentista. Apesar da percepção errada dos amigos, Teixeirinha também tem problemas, e agora são os dentes. Ainda bem que a dentista, além de excelente profissional, é uma pessoa carinhosa, com gosto apurado para seleção dos melhores espetáculos teatrais. Como Teixeirinha é um frequentador assíduo de teatro, as conversas são sempre boas, apesar do ambiente tenebroso do consultório dentário.

Ele nunca revelara a ninguém, mas sempre a considerara um exemplo típico de alguém que escolhera mal seu parceiro. Como pode ela, com tantos predicados, ter se casado com um homem daqueles? Teixeirinha se lembra da decepção no dia em que ela lhe apresentou o esposo, na última consulta, seis meses antes. Um tipo sem sal, brusco, que demonstrava claramente ser muito ciumento. Para Teixeirinha, a dentista é uma Ferrari ao lado de um marido Fusca. Nunca conseguiriam andar juntos.

Na chegada ao consultório, porém, nota que ela está bem alegre.

"Ainda bem", pensa. Um ótimo contraste ao clima de depressão que tinha presenciado no oftalmologista.

— Nossa, como você tá alegre hoje! Tirou muito sangue de alguém na consulta anterior? — brinca. Na última consulta fora submetido a uma raspagem e saíra todo ensanguentado da cadeira. (Cá entre nós, todos os dentistas gostam um pouquinho de sangue.)

Ela entra na brincadeira.

— Muito melhor do que a raspagem! Agora é uma alegria completa, permanente. Me separei do meu marido há seis meses. Tomei coragem e tô solteira!

Teixeirinha sabe que nesses conflitos é melhor não tomar partido, mesmo após um período de seis meses de separação. É como jogar querosene no fogo — e daí, já viu! Você revela que achava o marido um Fusca, dali a pouco eles voltam, e você, coitado, está perdido. Por isso, fala com cautela:

— Realmente você parece melhor. Mas esses assuntos matrimoniais são perigosos, melhor nem comentar.

— Eu sei, você é muito certinho, mas sabe bem que eu tava perdendo tempo com aquele tipo. Agora, vida nova, com mais atividades culturais que ele sempre detestou, mais viagens, quem sabe até um namorado novo e melhor!

Teixeirinha observa a dentista, que sempre foi uma pessoa de boa cabeça, desinibida e vibrante. Lembra-se do oftalmologista. No nível de depressão em que ele se encontra, ela seria o remédio perfeito. Além disso, ambos gostam de atividades culturais, de viagens... Será que não dá liga?

— Se quiser, te apresento alguém. — Ele não quer ver a amiga de novo com alguém tão chato como o antigo marido, mas ainda assim dá um tom de brincadeira à frase.

Ela reage bem. Diferentemente do que pensa o doutor sobre as mulheres, não quer ficar sozinha.

— Me passa a ficha dele — fala, brincando, mas no fundo o assunto é sério. O Conselheiro tem poder junto aos amigos. Se ele recomenda algo, é porque vale a pena. Tem credibilidade na praça.

— Médico oftalmologista renomado, da sua idade, gosta de atividades culturais, uma vez por ano visita a Grécia. Inclusive é fluente no idioma, aprendeu pra entender melhor a história grega! Se separou faz seis meses, mas não consegue encontrar alguém da mesma idade e nível cultural.

— Mas esse cara existe mesmo? E as partes ruins, quais são?

— Aí só você pra descobrir. Se quiser, coloco vocês em contato.

Ela concorda. Na outra ponta, o doutor aceita na mesma hora. Os dois se encontram. Mais um trabalho perfeito do Conselheiro.

A fama aumenta entre os amigos, que ficam sabendo do caso. Teixeirinha, modesto, continua buscando viver a vida sem atrair problemas. Procura descascar os próprios abacaxis, que são bem mais complexos do que simplesmente os dentes e os olhos. Ninguém o escuta, e continua a lenda de que não tem problemas.

No fim de semana, recebe um convite para almoçar com o Zitão, amigo de faculdade. Os casais e os filhos são bastante amigos e frequentemente se encontram em restaurantes ou em churrascos. Fica preocupado quando o Zitão menciona que gostaria de almoçar só com ele na segunda-feira, sem as esposas. Luzes amarelas começam a piscar na sua mente. O que será que o amigo quer? Pressente mais um famigerado problema aterrizando em sua mesa. Tenta evitar o contato, mas Zitão antecipa que é caso de vida ou morte, que só Teixeirinha pode resolver.

Como é dura a vida de Conselheiro! Ele só espera que não seja tão dramático como diz o amigo. Na segunda, vai ao restaurante; em geral o lugar está fechado nesse dia da semana, mas o amigo é um dos donos, e há uma mesa reservada somente para os dois. Realmente o dilema vai ser grave. Teixeirinha chega dez minutos antes do horário marcado, mas o amigo já está sentado na mesa com uma garrafa de uísque e até já tomou algumas doses pra criar coragem.

Os dois se sentam à mesa. Teixeirinha acompanha o amigo em uma dose sem gelo. Melhor entrar no clima, que vem bala por aí.

— Teixeira, muito obrigado por ter vindo. Sabe... famosos têm menos tempo...

Ele entende a brincadeira do amigo, mas resolve permanecer em silêncio. Perguntas são sempre perigosas e podem gerar mais problemas. O amigo continua:

— O doutor falou comigo sobre a solução do problema dele. Você sabe... fui eu que te indiquei o oftalmologista. Ele é meu primo. Tá muito feliz. Pra ele, você é o resolvedor oficial dos problemas dos amigos. Outro dia, falando com o Marcão, lá na empresa, ele disse a mesma coisa: "Se tiver problema, fala com o Teixeirinha que ele resolve. Ele é tipo um *Consiglieri* da Máfia!

Outro dia comentei com os amigos da cidade onde nasci, e eles falaram que ele seria perfeito no papel".

Teixeirinha conhece bem o Marcão. Ele é italiano da Sicília, da cidade de Corleone, o berço da Máfia. Será que realmente comentou sobre o Teixeirinha com aquele pessoal italiano? Espera que não. Mesmo por brincadeira, não quer ter o nome envolvido em tais meios. Também não está gostando de todos aqueles elogios do Zitão antes de pedir algo. Será que é mesmo algo de vida ou morte? Cauteloso, procura diminuir sua importância na conversa.

— Você é meu amigo, sabe que tudo o que faço é escutar as pessoas. Ultimamente estou com vários problemas meus que tenho pra resolver também. Ainda bem que a Máfia não é um deles.

Zitão, como todos os demais, não quer ouvir os problemas dos outros, muito menos ajudar. Ele entra direto no tema principal do almoço:

— Mas nesse você tem que me ajudar! É muito mais perigoso que a Máfia. Pode ser o seu maior desafio!

O amigo está bem descontrolado; pálido, com suor constante na testa. Toma mais uma dose.

"Pra que fugir do inexorável?", pensa Teixeirinha. "Melhor saber logo do que criar tanta ansiedade. Daqui a pouco ele tem um ataque de coração e a culpa é minha."

— Calma... Me conta aí o que aconteceu, mas não dramatiza, hein?

Zitão toma mais um drinque, que lhe dá coragem para o relato:

— O problema é com a Carla. Você sabe como ela é. Se eu não conseguir uma explicação... ela me mata!

Teixeirinha reflete: Carla é a mulher do amigo. Simpática, muito amiga da sua esposa. Com certeza não matará literalmente Zitão, mas também não vai levar desaforo para casa. Nota que está andando em terreno minado. Ai, essa mania de Conselheiro ainda vai matar a *ele*, Teixeirinha, em vez do Zitão!

— A Carla é do bem, Zitão. Agora, depende do que aconteceu... Me conta logo o que você aprontou, senão eu mesmo é que vou te matar.

— Tão difícil... mas vou tentar. Você sabe que todos os anos nós temos o almoço de fim de ano com os funcionários, antes das férias coletivas. Todos nos reunimos e celebramos o final do ano. Tem muita comida e bebida, nada mais. A Carla não gosta muito, porque participam só os funcionários. É um evento corporativo. Sem família, certo? O almoço deste ano terminou lá pelas três da tarde. Eu marquei de pegar a Carla na firma dela às quatro, pra voltarmos pra casa e preparar nossas malas pra viagem. Tá entendendo?

— Sim, mas e daí? — Teixeirinha tenta dar mais objetividade à conversa.

— Então... o almoço transcorreu bem, mas todos beberam muito, e na saída demos carona para os que não tinham carro. Eu levei minha secretária e mais dois assistentes. Você sabe que a Carla não gosta muito da minha secretária.

Teixeirinha conheceu a secretária quando visitou Zitão na empresa. Ela parecia ter saído de um concurso de miss onde ganhara o primeiro prêmio. Algumas esposas tendem a ter certas animosidades, ainda mais com secretárias, que passam mais tempo com os maridos do que elas. No entanto, Carla sempre foi muito bem resolvida nesses aspectos, não era de ter ciúmes, a menos que acontecesse algo muito grave. O que será que Zitão tinha aprontado?

Mais uma dose, e Zitão continua:

— A minha secretária bebeu um pouco além da conta e começou a se maquiar no carro, derrubou batom, pente e mais umas outras coisas da bolsa grande que ela tava usando. Além disso, tirou a blusa e o sapato, já que estava muito calor. Comecei a ficar preocupado... Vai que ela esquece algo no carro? Na primeira parada, os outros dois desceram, e eu fiquei só com ela. Ali eu já tava muito preocupado, e ainda atrasado pra pegar a Carla. Mais dez minutos e chegamos no ponto onde ela ia descer. Acho que pintou um clima e ela... me deu um beijo no rosto! Um beijo de irmã, de alguém que não está bem naquele momento. Pegou as coisas dela com pressa e saiu.

Teixeirinha pondera. Festas de fim de ano são explosivas, e várias paixões ocultas durante o ano podem aflorar na ocasião. Mesmo assim, não viu tanta gravidade no beijo relatado pelo amigo, e também não existiam testemunhas desse "beijo de irmã".

O amigo continua:

— Fiquei com receio, dali a dez minutos eu ia encontrar a Carla. E ficou um cheiro de perfume no carro! Sabe como é... dor de consciência, apesar de nada ter acontecido. Limpei com cuidado meu rosto marcado de batom e joguei um desodorante no carro. Acelerei e cheguei atrasado vinte minutos pra pegar a Carla. Ela estava me esperando, meio irritada com o atraso.

Zitão começou a gesticular, tentando recriar a cena.

— Eu disse: "Desculpa, bem. Me atrasei na festa. Sabe como é, né?". Daí ela: "Sei. Mas eu fiquei de pé aqui esperando quase meia hora! Também tivemos nossa festa na empresa, mas terminou no horário e lá ninguém ficou esperando pra dar carona!".

Zitão relata que começou a ficar preocupado e com dor na consciência. Será que ela sabia de algo? Ele continua, imitando a esposa:

— "Que cheiro estranho está no seu carro! Você jogou algum spray? Sabe que eu sou alérgica a perfumes fortes."

Atormentado pela dor de consciência, o amigo tinha esquecido da alergia da esposa e exagerado para mascarar o perfume da secretária. Ele conta a Teixeirinha que tentou se justificar com outra mentira:

— Na lavagem, eles devem ter jogado alguma coisa! Já falei várias vezes pra não fazerem isso porque você é alérgica. Aquele pessoal é fogo!

A cena se desenrola na mente de Teixeirinha ao ouvir o relato: o drama de consciência vai aumentando, Zitão começando a imaginar coisas. A esposa com os olhos desconfiados, procurando alguma coisa no carro. Ele se assustando com uma embalagem vermelha (o batom!) no banco, mas felizmente constatando que na verdade era um papel de bombom que a esposa comia. O caos imaginário só aumentando até que ele viu um sapato de mulher perto do câmbio. Não! Não era imaginação! A secretária tinha esquecido o sapato dentro do carro! Terror total, o que fazer? A esposa, entretida com o celular, não percebeu o sapato — ainda! Ela era muito observadora, logo iria descobrir! Zitão precisava de um plano agressivo, ou seria morto. Morto! Olhou para a janela ao lado de onde a esposa estava sentada e disparou:

— Olha o que aquele cara tá fazendo! Não acredito! — Zitão grita no meio do restaurante, imerso nas próprias lembranças. É como se Teixeirinha estivesse assistindo a uma novela só de ouvir o amigo fazer o relato.

Na cena, Carla se virou imediatamente. Zitão pegou o sapato maldito e atirou pela janela do motorista. Estava salvo!

Carla, obviamente, não viu nada acontecendo fora do carro e questionou o marido. Ele explicou que era uma moto em alta velocidade que brecou antes do caminhão ao lado.

— Se ele bate, morre na hora! Ainda bem que conseguiu brecar.

Carla não entendeu bem o marido, mas relevou, e eles enfim chegaram em casa. O portão automático estava quebrado, e Carla teve que descer para abrir manualmente. Ela começou a procurar algo dentro do carro.

— Você viu meu sapato? Meus pés estavam me matando, fiquei lá te esperando, daí tirei o pé direito e coloquei aqui, do lado do câmbio.

Na mesa do restaurante, o clima esquenta. Zitão está suando ainda mais agora, apesar do ar-condicionado do lugar.

— Mas que mancada! E o que aconteceu depois? — indaga Teixeirinha, estupefato.

— Aí a coisa complicou! A dor na consciência foi o que criou todo o problema. Eu até confundi os sapatos! Bem, continuei mantendo as mentiras. Fiquei com ela procurando o sapato no carro por bastante tempo. Inventei várias coisas, até algumas ideias fantásticas de desaparecimentos misteriosos de objetos por teletransporte. Apelei até pra alienígenas e pra duendes que roubam sapatos. Mas ela não se convenceu e queria uma resposta que explicasse o que tinha acontecido.

— E o que você vai fazer?

— Acho que só a verdade pode resolver. Mas a verdade contada por um especialista. Um Conselheiro. Em você, ela vai acreditar!

Teixeirinha absorve as palavras, refletindo profundamente. Pega seu telefone e começa a discar com convicção. Zitão olha surpreso para o amigo. Todos sabem que o Conselheiro é incrível para resolver tais problemas. Mas ligar na hora para a Carla e contar aquela história por telefone é inacreditável! Apesar da confiança total no amigo, resolve arriscar uma sugestão:

— Teixeira... Mas será que não seria melhor nós dois falarmos pessoalmente com ela? Você sabe, o assunto é complexo.

— Não, é melhor não conversarmos com ela. Lembra que você falou que eu tenho esse dom de resolver problemas e que algum dia eu poderia ser um Conselheiro da Máfia?

— Sim, lembro. E daí?

— Não tô ligando pra Carla, mas pro Marcão. Decidi aceitar o convite dos primos dele da Máfia. É menos perigoso do que contar isso aí pra Carla.

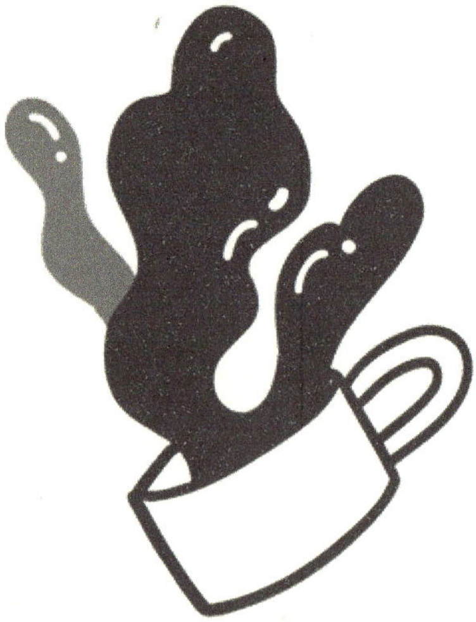

SPA DE ALTA INTENSIDADE

— Vou para um spa! — anuncia Júlio, entusiasmado. No futebol, foi quase um profissional e, após os quarenta, começou aulas frequentes de tênis para continuar competitivo. Agora, beirando os cinquenta, decidiu definir uma meta para redução de peso e, como das outras vezes, vai fazer tudo com a intensidade de sempre.

A esposa Luana não consegue acreditar; sabe que o marido Júlio é alguém que faz tudo com vigor. Ele sempre busca ser o melhor em tudo, inclusive profissionalmente, e sua dedicação lhe rendeu uma carreira muito rápida. As viagens tinham que ser perfeitas, o planejamento impecável, até mesmo nas atividades do dia a dia da família.

— Esta ideia não parece boa — observa ela. — É melhor um programa progressivo que não agrida tanto o organismo.

— Não foi o que o Fagundes falou.

— O dr. Fagundes não é cardiologista? — estranha Luana.

— Não o médico! Fagundes, sabe o ator? Vi numa reportagem que ele emagreceu quinze quilos em quatro semanas num spa.

O personagem dele ficava sessenta dias perdido na floresta, e ele teve que emagrecer para dar credibilidade à novela. Se ele, que é ator, consegue, certeza que eu, com a minha dedicação e a experiência em projetos, consigo mais ainda.

Luana pensa rápido e tenta salvar mais uma das famosas experiências intensas do marido.

— Você não tinha falado que estava no meio de um projeto da empresa e que iria visitar vários países no mês que vem?

— Verdade, por isso mesmo pedi uma licença nas próximas duas semanas e já me registrei no spa. Vou para o exterior no meu peso correto. Olha que conquista!

— E qual é o seu peso correto? — Luana não acha que o marido esteja com o peso muito acima do seu ideal.

— Estou com oitenta e seis quilos, e o objetivo é oitenta. Bem menos que o Fagundes.

Luana desiste de argumentar; ela sabe que, nesses casos, é quase impossível mudar a decisão do marido.

Duas semanas em um spa de alta intensidade requerem uma série de ações preliminares. Júlio recebe o kit de preparação e vibra com a organização. Na entrevista na clínica de alto padrão, a eficiente funcionária lhe passa as informações:

— Aqui estão os exames que o senhor deve fazer para que aceitemos o seu caso.

Júlio sente certo clima de animosidade, como se efetivamente o spa só aceitasse clientes famosos como o Fagundes.

— Aqui está o pagamento que o senhor deve fazer antes da entrada nas nossas instalações.

Ele pensa imediatamente no hotel cinco estrelas onde se hospedou na Noruega, um dos países mais caros do mundo. O valor do spa deixa no chinelo os preços noruegueses.

— Aqui está o nosso contrato. O senhor pode ler os detalhes depois, mas eu gostaria de enfatizar a cláusula A63.

— O que seria essa cláusula? — pergunta Júlio, já não gostando de tanta organização.

— É uma cláusula importante que diz que, se algum paciente não cumprir as normas definidas no spa, ele recebe alta imediata com a perda dos valores já pagos.

— E vocês têm alguma cláusula dizendo que, caso o objetivo não seja cumprido, eu receba de volta os valores pagos? — Júlio agora já não está tão convencido de ser uma boa ideia passar uns dias naquele spa. No entanto, tinha insistido muito com a mulher e não pode desistir agora, não é seu estilo.

— Todos os nossos pacientes que terminam o programa atingem os objetivos.

Júlio percebe que, na verdade, os pacientes que *sobrevivem* ao programa atingem os objetivos. De novo, a dúvida faz cócegas em sua cabeça, e mais uma vez prevalece sua característica de intensidade e de nunca desistir.

Chegando ao spa, encontra um lugar paradisíaco, contrastando com as grades, que lembram prisões de segurança máxima. Na porta, um funcionário bastante sério faz o *check-in* de todos os pacientes e repete o monólogo com todas as instruções do contrato. Júlio pergunta:

— Por que tratam todos como pacientes? Aqui não é um hospital.

Uma expressão de superioridade aflora à face do funcionário:

— Na verdade, é, sim, um hospital. Estamos preparados para qualquer emergência.

Ele retoma suas atividades, enquanto um novo funcionário inicia a abertura e a verificação das malas. Júlio protesta:

— Do que se trata essa revisão?

Novamente um funcionário com ar de superioridade informa que, segundo o contrato, há uma cláusula de desistência se o paciente não seguir as regras — e uma delas é que as malas devem ser revistadas.

A busca continua, e o segurança, de posse de um saquinho plástico, enumera o que foi barrado na portaria:

— Temos aqui chicletes, duas barras de cereal e comprimidos de ervas para dormir. Segundo nossas políticas, esses itens ficarão guardados e só poderão ser retirados na saída.

Júlio não se conforma.

— Isso parece aqueles filmes sobre prisioneiros sendo mandados pra cadeia. Vocês também vão pedir o meu relógio e o dinheiro da minha carteira?

Por incrível que pareça, o segurança responde com a expressão mais séria do mundo:

— Não. Segundo a cláusula A63, somente itens de alimentação são retidos na portaria.

Próximo passo, entrevista com o médico. O dr. Sarbone parece simpático, algo raro naquele spa:

— Parabéns, seu Júlio! Seus exames estão muito bons, por isso vou poder encaixá-lo na nossa melhor categoria de desempenho!

Ele retira da gaveta um carimbo vermelho e fixa uma marca grande no crachá de Júlio. Ato contínuo, coloca uma fita vermelha no braço do paciente.

— Doutor? Do que se trata esta fita vermelha? O que significa?

— O senhor está apto a atingir seus objetivos em duas semanas! Sua dieta será de trezentas calorias por dia. Ela será oferecida em cinco refeições diárias, mais o nosso programa de exercícios.

Júlio está tão exultante que até se esquece das catastróficas etapas anteriores. Decide se fixar unicamente nas palavras "atingir seus objetivos em duas semanas". Já visualiza a esposa e os colegas de trabalho parabenizando-o e mencionando seu nome como exemplo de determinação, planejamento e, acima de tudo, intensidade em tudo que faz.

— Obrigado, doutor! E vamos em frente!

Como já está tarde, vai dormir em um belo apartamento, preparando-se com ansiedade para o novo dia. Acorda às sete da manhã com uma música ecoando em todo o spa, chamando os pacientes para o café da manhã. Meio como o exército, talvez, mas tudo em prol do seu objetivo!

No refeitório, uma recepcionista indica as mesas por cor. Júlio nota que poucos têm a cor vermelha na pulseira. Percebe também que só os realmente mais gordinhos — acima, talvez, dos cento e vinte quilos — possuem a tal pulseira.

Um pouco constrangido, ele se acomoda na mesa, e logo é questionado por aquele que parece o mais experiente do lugar e também o mais obeso:

— O que você tá fazendo aqui?

— Me mandaram sentar com os da mesma cor — Júlio fala na defensiva.

— Não. Tô perguntando o que você, que não tem problema de obesidade, está fazendo aqui, com uma dieta de trezentas calorias. É gozação, por acaso?

Júlio entende que realmente deve ter exagerado, e o spa só atendeu às suas expectativas de duas semanas. Pensa em mencionar o caso do Fagundes, mas há o risco de acreditarem que se trata de uma gozação. Todos da mesa agora o olham fixamente. A cena lembra bem aqueles filmes onde o novato chega ao presídio e os perigosos detentos desconfiam que ele é um agente infiltrado.

Nesses casos, Júlio sabe que somente a verdade pode reverter a situação. Encara todos nos olhos e fala claramente:

— Meus amigos, estou aqui porque não pesquisei direito sobre o spa e, como faço tudo intensamente, pensei que seria fácil. A verdade é que não me importei com detalhes. Errado ou não, estou aqui, e conto com vocês para me ajudar. Já devem estar aqui há algumas semanas, e eu preciso sobreviver a duas sem dar o braço a torcer.

Silêncio total, mas o humor do ambiente muda. O mais experiente do grupo toma a palavra:

— Meu nome é Gilberto, já estou aqui há quatro meses. Você entrou em uma grande fria, amigo, e agora precisa da nossa ajuda. Todos concordam em ajudar o colega aqui?

— Sim! — todos respondem em coro.

Gilberto continua:

— Pra comer são necessários vales, que você tem que retirar toda manhã antes da pesagem. Se você perde os vales, não come, por isso todos andam com eles pendurados no pescoço. É a coisa mais importante aqui no spa.

Júlio sente o peso da responsabilidade, mas não vai desistir! Retira do bolso os vales do dia, pendurando-os no pescoço.

— O Vale-Café 1 dá direito a café e água à vontade, um pedacinho de melancia e uma torradinha com um pingo de molho que ninguém sabe o que é.

Gilberto continua a falar com ar de especialista:

— Você tem que comer bem devagar, sem mastigar. A comida tem que desmanchar sozinha na boca. Ah, e às dez e meia tem o lanche, que vai ser limonada e outra desta torradinha.

Júlio sente que a coisa vai mesmo ser complicada, mas resiste.

Enquanto Gilberto está falando, um funcionário passa pela mesa, coletando os vales. De repente, derruba um deles sem querer.

Gilberto é rápido no comando:

— Ninguém se mexe. Todo mundo viu o vale cair. Vamos dividir na nossa irmandade.

Júlio fica preocupado. O que será a tal irmandade?

Com calma e grande habilidade apesar do peso, Gilberto se levanta e pega o vale. A irmandade vermelha já está se reunindo. Júlio percebe que a irmandade, na verdade, é a própria mesa com aquelas oito pessoas e que ele já faz parte dela.

Os "irmãos" tiram par ou ímpar, e os quatro ganhadores vão dividir mais um café. Júlio está entre os sortudos. Gilberto, como líder, vai até a recepção e retira um novo café, que será dividido de acordo com as regras da irmandade:

— Quem divide não escolhe — apregoa Gilberto. — Ou seja, a torrada é dividida por um irmão, que será o último a escolher seu pedaço. — Júlio se impressiona com a clareza e a justiça do conceito.

Terminado o café, todos seguem para os exercícios; depois, almoço: uma diminuta sopa, que na essência não passa de um pedaço de carne com bastante caldo, sem macarrão. Júlio comenta com Gilberto que está morrendo de fome e aquela sopinha não vai resolver. Qual seria então a alternativa, considerando a experiência dele como antigo paciente?

— Alternativa legal ou ilegal? — pergunta Gilberto. Ele não espera pela resposta e volta a falar: — Na ilegal, podemos usar o helicóptero de um empresário que já pertenceu à nossa irmandade: ele joga uns bombons ótimos pra gente todo mês. Tem também o tráfico de cachorro-quente na grade perto do lago. Encontramos um novo fornecedor, mas o preço é bem alto devido ao risco. E, finalmente, o distribuidor de xampu, que coloca dentro das embalagens o melhor doce de leite mineiro.

Júlio não gosta dessas possibilidades. Não é do seu feitio burlar o sistema, mas dá sequência à conversa mesmo assim:

— Interessante, mas qual seria a alternativa legal?

Gilberto responde com orgulho:

— Essa você vai gostar. Hoje você vai tomar duas sopas.

— Mesmo? — Júlio pergunta alegremente.

— Tome todo o caldo, mas mantenha o pedacinho de carne no prato e você vai ganhar mais caldo.

Júlio cumpre fielmente as instruções e, ao chegar ao final do caldo, informa a Gilberto, que dá uma nova voz de comando:

— Por favor, sirvam a outra sopa!

Rapidamente, o atendente traz uma chaleira com água fumegante e despeja um pouco sobre a carne no prato. Júlio adora e de fato tem a sensação de que recebeu duas sopas. Males da fome. É estranho, mas funciona.

No outro dia, o pesadelo continua. Júlio inicia a manhã meio cansado, com dificuldade até para falar:

— Doutor, me sinto cansado e sem forças para os exercícios.

O médico responde calmamente:

— Não se preocupe. Se acontecer algo, você está em um hospital.

— Mas sinto que posso desmaiar a qualquer momento...

— Esse processo é comum e se chama cetose. Com a redução de três mil calorias, que era o seu padrão, para trezentas, o corpo entende que precisa economizar energia. É como se você estivesse no deserto sem comida, e o melhor a fazer é ficar parado.

— Mas e o programa de exercícios que está na minha rotina?

O médico suspira e, com ar benevolente, explica:

— Neste momento não é necessário. Deixe a cetose passar. O que vale é não comer; o exercício é um acessório neste processo.

Júlio passa o dia deitado ou sentado, vendo seus amigos da irmandade fazendo os exercícios. À noite, com bastante fome, pensa: "Será que devo desistir?". Nesse momento, porém, o telefone toca: é a esposa querendo notícias.

— Tudo bem com você? Como estão as coisas por aí? Me falaram que parece um hotel cinco estrelas!

— O preço é de cinco estrelas mesmo.

— Como?

— É isso mesmo, cinco estrelas com um programa rigoroso. Vou voltar fininho! Beijos...

— Sua voz está estranha, meio fraca.

— O sinal aqui está ruim. Beijos.

— Beijos.

Ele volta para a cama e tenta dormir. Nunca teve uma experiência como aquela e acaba descobrindo que com fome não se dorme. Às 23h30, batem à porta. Pensa que é algum delírio por causa da privação de comida e continua tentando dormir. O delírio na porta insiste. Júlio desiste e abre a porta; encontra Gilberto e mais quatro integrantes da irmandade vermelha.

— Irmão, viemos te ajudar.

— Vocês trouxeram um frango assado? — pergunta, talvez já alucinando.

— É parecido. Vamos ter um cisne assado hoje!

Júlio sente que começa a perder a razão, flutuando entre a fantasia e a realidade. Ele não acredita que prossegue com aquela conversa absurda, mas pergunta:

— Onde está o cisne?

— No lago central. Vamos pegar e assar.

Júlio começa perder o senso de realidade e, ainda descrente, faz uma nova pergunta:

— Como vão assar o cisne?

— Nesta espiriteira que pegamos no almoxarifado; é a álcool, mas funciona.

Júlio reavalia a situação. Nunca desistiu de nada a que havia se proposto antes, mas encarar o cisne assado na espiriteira extrapola o que ainda entende por razoável, mesmo em situações extremas. Ele agora compreende o universo dos famintos no spa; com fome, você vira outra pessoa, e os valores e as prioridades mudam. Ele olha com carinho para os irmãos que tentam ajudar. Sua voz está fraca, mas feliz:

— Irmãos, eu desisto! Vou sair agora e comer um frango assado real.

A irmandade não se mostra surpresa com a desistência. Eles reagem muito bem e sabem que Júlio não deveria estar no spa. Eles, sim, têm razões reais para estar ali.

— A dois quilômetros daqui tem uma padaria que nunca fecha e serve frango assado caipira. Na irmandade, nós chamamos de templo de contemplação. — Gilberto coloca uma inflexão religiosa na fala.

— Vou pra lá agora!

— Me faz um favor?

— Todos, Gilberto.

— Liga de lá e conta pra gente toda a experiência de degustação. Nunca entramos no templo de contemplação.

O CÃO DOS BATUÍRAS

— Mas do que você tá falando? Não... nunca aconteceu nada parecido na chácara. Fala com mais calma, homem!

Zico está na casa nova que comprou na cidade onde passa os fins de semana, ainda que continue morando na chácara, que fica a cinquenta quilômetros dali. Agora, mais tranquilo das labutas do sítio, vem com a esposa para a cidade, onde podem ir ao cinema, passear na pracinha e curtir as modernidades que no campo são mais difíceis de chegar. Para as ausências dos finais de semana, contrataram um caseiro para cuidar das coisas de lá, e é justamente com ele que Zico está falando ao telefone.

— Cão preto do inferno? Olha... acho que você tá muito nervoso, melhor vir pra cá e nós conversa melhor. Não tô entendendo nada... Não... Vem pra contar isso direito aqui em casa.

Ele desliga o telefone, preocupado. Olha para o genro, Hércules, refastelado no sofá. Ele mora em São Paulo e periodicamente visita os sogros com a esposa. Gosta muito do Zico e das longas prosas que tem com ele, ainda mais dessa vez, quando a esposa está visitando as tias e ele tem mais tempo. Quando não estão conversando, Hércules lê romances de detetive. Apesar de entretido na leitura, escutou parte da conversa e fica curioso para saber do que se trata a discussão. Seus instintos investigativos estão aguçados quando pergunta ao sogro:

— Zico, o que aconteceu? Estava falando com o caseiro? Como anda o Morais, ainda com o tradicional mau humor?

— Não é mais o Morais, o danado pediu as contas e foi trabalhar pro vizinho. Olha só que ingratidão! Depois de um ano bem tratado e com trabalho fácil de só ficar no fim da semana no sítio. E o pior: o vizinho é o Malvino, candidato a prefeito lá da cidade onde fica nossa chácara. Ele sempre foi um nó cego, não dá pra confiar! Uma vez me comprou umas terras e não pagou as promissórias. Ainda guardo todas como lembrança do caloteiro! Olha a malvadeza, Hércules. Foi trabalhar pra quem me deve!

— Acho que os dois se merecem. O Morais sempre era tão azedo, nunca entendi por que você mantinha ele trabalhando lá. Quem tem má vontade deve sair do emprego.

— É, você tem razão, mas agora contratei o Batuíra, um caboclo muito bom. Não tem homem mais honesto e bem-humorado! O problema é que ele é cheio de crendice, sabe, gente *bem* do interior. Olha aí: uma semana contratado e já começou a ver coisa estranha na chácara, e só dorme lá três dias no fim de semana. Ele tá vindo aí contar o que aconteceu. É bom que você tá aqui pra escutar. Parece estranho que só, e assustou muito ele. Não é você que gosta de mistério? Tá vindo um aí te visitar!

Vão para a sala e continuam a conversa. Encontram a sogra, Zenilde, que como sempre está preparando gostosas guloseimas para o café da tarde. Ela escutou parte da história e também resolve se pronunciar:

— Ô, Zico, você fica criticando o homem, mas tem muita assombração lá, sim. Lembra do Boitatá? Ele chegou na nossa janela! A bola de fogo podia cegar todo mundo lá em casa. Tem que respeitar as coisas estranhas da mata!

Hércules sabe da força das superstições na região e não toma partido. Está ansioso para a conversa com o Batuíra — ela promete. Ele é muito cético em relação às crendices e sabe que certamente deve existir uma explicação lógica para o acontecido. Será um bom teste para suas habilidades de dedução, forjadas nos clássicos de detetives que lê nas horas vagas.

Mal sabe ele dos estranhos e assustadores acontecimentos que ainda terá que enfrentar...

Logo chega Batuíra, esbaforido. Ele é um caboclo de pele acobreada e olhar desconfiado, aparentando uns quarenta anos; usa calça rancheira bem folgada, com suspensórios sobre a camisa xadrez preta e vermelha. Na cabeça, o tradicional chapéu de palha, que remove e leva contra o peito assim que entra na casa. Visivelmente assustado e bastante pálido, cumprimenta a todos com educação. É convidado a compartilhar o café da tarde; senta-se à mesa, e Zenilde lhe passa os quitutes, que devora com gosto. Está com medo, porém o apetite continua firme.

— Mas, seu Batuíra, conta aí o que aconteceu, mas com calma agora. Meu genro aqui é meio detetive e vai ajudar a gente nessa história.

Batuíra finaliza mais um bolinho de chuva e começa a narrar:

— Meu avô sempre me contava dessa maldição, que um cachorro preto enorme e com olhos de brasa perseguia toda a família. O pai dele e o meu pai viram o bicho, e eu já vi o vulto uma vez.

Ele abre o paletó e tira um pequeno facão com várias cruzes, que mostra a todos.

— Eu ando sempre com esse facão que meu pai me deu. O único jeito de afastar o bicho é pôr o facão na boca e abrir os braços, formando uma cruz.

Ele se levanta e repete o gesto de proteção com um pulo para frente. Quase derruba Hércules, que observa a cena com fascínio. "Este é o caso típico do *Cão dos Batuíras* — já que não temos por aqui os Baskervilles", completa em pensamento.

Zenilde, por outro lado, parece amedrontada. Ela se levanta da mesa e de forma categórica confronta Batuíra:

— Moço, isso aí que você tá falando pra nós aqui não é cão... é lobisomem! Tem muito por aí! Quando foi que isso aconteceu?

— Na sexta-feira, era quase meia-noite.

— Então é lobisomem! Não tem dúvida!

Hércules resolve intervir delicadamente, já que o assunto principal não era decidir sobre o Cão dos Batuíras ou o lobisomem, mas sim o que havia acontecido na sexta à noite.

— Batuíra, vamos esquecer por enquanto se era lobisomem ou cão que perseguiu você. Pode contar pra gente direitinho o que aconteceu?

O homem respira profundamente, parecendo buscar forças para narrar os acontecimentos assustadores.

— Eu tinha dado comida pra todos os bichos e tava em casa, me preparando pra dormir, quando comecei a escutar uns barulhos na porteira. Olhei pela janela, mas não vi nada. A lua cheia tava forte, alumiando tudo.

— Lua cheia é lobisomem — atravessa Zenilde, cheia de convicção.

— Mulher, deixa o homem falar — aconselha Zico, e Batuíra volta a narrar, mas agora a voz está mais trêmula, como se revivesse o terror que havia passado.

— De repente, o bicho começou a empurrar a porta bem forte, e foi aí que ouvi o uivo da fera. Alto, assustador! Parecia que já tava dentro da sala. Botei o facão na boca e fiz a posição de cruz, como meu vô me ensinou, e dei o pulo. Não resolveu. Parecia que ia derrubar a porta. Pelo vidro, vi o vulto preto atrás dela. Era enorme e tinha fogo nos olhos. A porta começou a ceder, e nada da proteção da cruz dar jeito. Comecei a matutar que poderia não ser o cão que persegue a gente, já que a cruz não funcionou. Vai que era lobisomem mesmo? No sítio, a gente fala que, se oferecer sal pro lobisomem, ele vai embora e volta só no outro dia, sem estar transformado; volta pra buscar, mas não te ataca. Com minhas últimas forças, gritei: "Vai embora e vem buscar sal amanhã!". Foi aí que ele parou de derrubar a porta e desapareceu feito alma penada.

Todos estão concentrados na fala de Batuíra, mas a especialista em lobisomem, Zenilde, é quem domina o ambiente. Do alto da sua experiência, explica:

— Não falei que era lobisomem? Ofereceu sal, ele vai embora. O Dito Cunha, por exemplo, é bom violeiro, mas todo mundo sabe que é lobisomem porque mexe as orelhas. E, seu Batuíra... no outro dia alguém veio buscar sal?

— Então, aí que complica tudo: depois que o lobisomem foi embora, eu passei a noite toda rezando e bem cedinho fui na venda falar com o seu Armando, que é benzedor. Precisava de uma bênção pra reagir. Ele também me falou que o Dito Cunha vira lobisomem e que eu tinha que cumprir o prometido. Voltei pra chácara, e lá pelas duas da tarde apareceu sabe quem? O Dito Cunha! Pedindo o sal que eu tinha prometido! E ainda tava mexendo as orelhas. Arre, eu nunca mais volto lá.

Agora Zico e Zenilde também estão preocupados. A história ficou forte. Hércules estranhamente está tranquilo e tenta acalmar o caboclo.

— Seu Batuíra, não fique tão preocupado. Vamos investigar juntos este assunto e prometo que vou resolver o mistério. Eu, você e o Zico vamos juntos agora mesmo entrevistar as testemunhas e analisar o local da aparição.

Zico fica impressionado com a calma e a assertividade do genro. Como ele vai resolver o problema? E se realmente o bicho estiver lá? Ele confia no genro, mas contra aparição não há detetive que resista. Hércules assume o comando.

— Vamos primeiro no Dito Cunha tirar essa história a limpo, depois a gente visita o Morais pra perguntar se aconteceu algo parecido com ele quando trabalhava na chácara. Podemos também inspecionar a área do crime; hoje ainda é sábado, e as evidências devem estar todas lá.

Batuíra não parece achar uma boa ideia a visita ao Dito, já este havia se identificado como o pedinte de sal da noite anterior, mas é convencido por Zico, que menciona que estarão fazendo a visita à luz do dia. Além disso, é sábado, que bem se sabe não ser dia de assombração. Relutante, Batuíra concorda, e os três partem em direção à morada de Dito Cunha.

A casa do violeiro fica próxima à chácara do Zico, que já o contratara para uma noitada de modas de viola algum tempo atrás. Eles encontram o violeiro na frente do seu rancho, agachado próximo à porta, mascando fumo e com cara de poucos amigos.

— Boa tarde, seu Dito. Tá lembrado de mim? Eu contratei o senhor pra tocar umas modas lá em casa na festa de São João. Não existe violeiro melhor! — começa Zico, cheio de diplomacia.

— Lembro do senhor, sim, mas também lembro dessa tranqueira aí que veio junto. Ele não é bem-vindo aqui — fala o homem (ou seria lobisomem?), apontando Batuíra.

— Mas, Dito, eu não tinha sal. Não carece de ficar brabo só por isso — explica Batuíra, na defensiva.

— Carece, sim! Como você prometeu, e falou inclusive na venda, tinha que cumprir. Eles vendem sal lá! Onde já se viu prometer pra assombração e depois não entregar — completa, agora já mexendo as orelhas.

Zico fica preocupado com o rumo da história. Se o próprio Dito confirma o caso, o negócio começa a ficar mais assustador. Resolve intervir, e depressa:

— Bom, seu Dito, obrigado pela informação... mas tá ficando tarde e nós temos que voltar pra chácara.

— Ainda mais que hoje vai ser noite de lua cheia — comenta Hércules, calma e casualmente.

— Hoje o medroso não precisa se preocupar. Mas na outra sexta-feira eu passo lá de novo pra pegar o sal que ele prometeu.

Os três deixam o rancho rapidamente, e Zico não consegue entender o sorriso estampado no rosto do genro, como se ele compreendesse alguma coisa em meio a toda aquela confusão. Param na venda, e Hércules prefere ir sozinho falar com o benzedor Armando — segundo ele, para facilitar a investigação. A entrevista não demora nem quinze minutos, e o sabichão volta com um sorriso ainda maior.

— Mas que sorriso é esse? — Zico interpela logo que o genro chega ao carro. — A história está ficando aterradora, e você nem se preocupa. Olha só a cara do Batuíra! Ele já queria descer pra comprar o sal do lobisomem, e você assim, tão calmo, como pode? O que você já sabe? Não pode contar?

— Tenho algumas ideias interessantes, mas ainda não dá pra concluir. Me leva na casa desse tal Malvino, que eu quero falar com o Morais e entender se ele realmente já viu algo no tempo que trabalhou na chácara.

— Eu levo, mas fico na porteira. Esse Malvino ainda me deve aquelas promissórias que não valem mais nada e que tão guardadinhas pra me lembrar de não ser mais bobo.

— Prefiro mesmo fazer as investigações sozinho. Me deixa lá, que eu converso com o homem.

Quando Hércules chega à casa do vizinho Malvino, já está escurecendo e o dono da casa, em plena campanha política, está ausente, mas Morais está cuidando do lugar. Os dois se conhecem, e Hércules utiliza uma estratégia mais política para saber se aconteceu alguma coisa estranha no tempo em que o outro trabalhava com o sogro.

— Como vai, Morais? O Zico me falou que você não está mais trabalhando com ele. Uma pena. Você estava trabalhando na chácara há tanto tempo…

Morais, além de caboclo tinhoso e mal-humorado, é o mais desconfiado dos mortais. Ele responde de forma um pouco agressiva:

— É, seu Hércules, o seu Malvino me fez uma proposta muito melhor pra trabalhar aqui. Seu Zico falou alguma coisa de mim?

— Nada. Eu é que estou curioso pra saber se no tempo que você trabalhou lá teve alguma história estranha.

— O senhor tá falando do Cão dos Batuíras?

— Você já sabia, então? É, o Batuíra, que é o caseiro lá agora, viu um cachorro preto, que diz que é lobisomem, mas não me lembro de nenhuma vez você ter falado em algo parecido.

— Mas a região é assombrada, sim… Já vi muita coisa. A diferença é que eu sou corajoso e o Batuíra é um medroso. Eu já sabia que ele ia fugir e abandonar o sítio quando visse o bicho.

— Não, ele vai continuar, mas tá muito preocupado com a próxima sexta-feira, que é justamente o dia em que fica sozinho na chácara. Agora já sabemos que não era o tal do cão, mas sim o lobisomem, que já é nosso conhecido. Queria te pedir pra ajudar se aparecer alguma coisa. Vocês moram pertinho…

— Mas eu só posso trabalhar pro seu Malvino. Ele paga o dobro do seu Zico pra eu cuidar daqui. Não vai dar, não — fala com animosidade. — E se o senhor dá licença, vou cuidar desses bichos, que hoje estão muito barulhentos.

Hércules resolve não insistir. Despede-se e volta ao restante do grupo no carro. Batuíra parece mais angustiado à medida que escurece e fica contente quando se dirigem à chácara. É uma construção antiga e confortável, bem isolada pelo conjunto de árvores que ficam à sua frente e pelo pomar, com muitas árvores frutíferas na parte de trás. Toda a área é cercada por um muro alto e forte, que inibe acessos indesejáveis.

Hércules analisa detalhadamente o terreno. Nota o cadeado gigante no portão da frente e também o gramado perfeito e bem iluminado, que fica entre a porteira e a entrada. Com ar de interesse, anda para lá e para cá, mantendo os olhos pregados no chão. Ele se aproxima da porta com cuidado. Constata a existência de muitas pegadas humanas e de cachorros no chão. Percorre lentamente o caminho de volta para a porteira. Para, e mais uma vez Zico o vê sorrir de forma enigmática. Ele não consegue entender como o genro poderia descobrir qualquer coisa com base naquelas pistas tão vagas.

Entram na casa, típica do interior, com eletrodomésticos simples e pouca quinquilharia eletrônica. Na sala, chama a atenção um cofre antigo a um canto, ao lado da moderna TV. Hércules interpela o sogro:

— Zico, o que tem naquele cofre? Algo de valor? Tem alguma coisa na casa que valha um roubo?

— No cofre, só papelada antiga, e o segredo tá quebrado. Na casa, a coisa de maior valor é a TV. O resto são móveis velhos, em que só um ladrão de galinhas teria interesse. Por isso essa história de assombração faz sentido.

— Isso é muito interessante. Parece bater com as minhas deduções — fala Hércules, de forma incisiva.

— O que você acha, então, que aconteceu? — pergunta Zico, ansioso.

— O quadro está ficando mais claro, mas faltam alguns detalhes. Vamos embora agora e esperar a próxima sexta-feira pela nova aparição da assombração. Hoje é sábado e nada vai acontecer, e na segunda a família vai voltar.

— Mas eu que não durmo mais sozinho aqui na sexta-feira! — exclama Batuíra, assustado.

— Batuíra, na sexta você não estará sozinho. Eu vou estar aqui — assegura Hércules, deixando os dois boquiabertos com tamanha coragem.

Durante a semana, nada acontece. Na sexta, Batuíra passa o dia todo preocupado, porém, quando começa a escurecer, Hércules chega à casa, mas não pela porta principal. Ele aparece de bicicleta pelo pomar dos fundos. Batuíra fica muito contente com a chegada de alguém para passar a noite com ele. Conversam sobre vários assuntos, mas, quando vão se aproximando das onze, Hércules percebe que Batuíra está mais tenso. Ele ainda não superou o estresse da última sexta-feira. Ruídos normais da noite em um sítio se tornam assustadores para o caseiro, que fica constantemente perscrutando pela janela. Hércules tenta tranquilizá-lo, mas o homem ainda não se recuperou do trauma.

De repente, um assobio fino e prolongado ecoa na noite. Hércules não se lembra de nenhum animal que produza tal som e fica curioso. Batuíra, por sua vez, já está apavorado. O assobio retorna agora, com mais força e mais próximo da casa. Batuíra já está com sua faca protetora na mão e começa a rezar.

— O que seria esse apito? — pergunta Hércules, preocupado.

— Esse assobio é do... saci!

— Mas não era o Cão dos Batuíras que te perseguia?

— Não era, seu Hércules. Era o lobisomem, como dona Zenilde falou, mas, como não entreguei o sal, agora o Dito Cunha não vem mais. Mas tem um bicho pior aí fora.

— Mas o saci não é aquele menininho de uma perna só?

— Menininho, nada. Ele é uma das piores assombrações da mata. Se entra aqui, explode o ambiente e leva a gente junto. Ele tá pitando o cachimbo, por isso esse barulho de assobio.

— Batuíra, vamos sair da casa agora! — grita Hércules de repente, parecendo ter perdido o controle também.

— Não adianta. Só tivesse uma garrafa esfumaçada, a gente podia prender ele. Se sai, ele pega nóis.

Batuíra está branco, e recua à medida que um vulto se aproxima da porta. Enquanto isso, Hércules abre a porta do fundo com estardalhaço e sai correndo, quase carregando Batuíra, que mal consegue andar. A escuridão da noite é assustadora. Nem a Lua está no céu.

— Tá vendo, não tem lua cheia! Por isso é o saci — conclui o caboclo.

Hércules faz o sinal de silêncio e conduz o caseiro pelo braço para trás de uma bananeira enorme, nos fundos da casa. Os dois se abaixam e esperam. No interior, há um grande movimento, como se forças malignas estivessem destruindo tudo. Batuíra continua sua reza até que o silêncio, enfim, reina no interior da casa.

— Acho que agora podemos voltar, Batuíra. Já pegaram o saci — assegura Hércules.

Batuíra não entende nada. O único que conhece que já espantou o saci é o João da Reza, um beato famoso na região. Voltam para a casa e não o encontram, mas sim o delegado da cidade, com dois homens fortes segurando o Morais, que parou de reagir.

— Tá aí o Cão dos Batuíras, o lobisomem e o saci que assombravam a região! Agora ele vai ficar quietinho na prisão.

No outro dia, o café da manhã é ainda mais caprichado para homenagear Hércules, o detetive da família. Todos os parentes estão presentes, e Batuíra também foi convidado. Todo mundo está ansioso para saber o que aconteceu. Sabem que Morais foi preso, mas por que e como foi descoberto, ainda é um mistério.

O detetive está sentado na ponta da mesa e, entre um bolinho de chuva e um gole de café, olha com atenção para a audiência, pigarreia e começa a falar com emoção:

— O caso realmente era misterioso, e os toques de fantasia e assombrações, que sempre são respeitados aqui no interior, causaram muita confusão e tornaram o mistério ainda mais difícil de ser resolvido. Desde o princípio, os fatos conduziam para o Morais. Minha primeira suspeita foi o fato de que ele deixou um emprego tão bom e permanente para trabalhar com o candidato a prefeito, que o Zico sabe bem não ser uma pessoa confiável. Depois, temos a contratação do Batuíra, que é muito melhor que o Morais, mas tem essas crendices muito fortes, e também a língua solta, contando pra todo mundo sobre as histórias de perseguição da sua família. Logo que ele foi contratado, já apareceu o Cão dos Batuíras. Muito suspeito. O caso se complicou quando Dito Cunha foi buscar o sal que foi prometido quando ele estava transformado em lobisomem. Ele confirmou toda a história do Batuíra, o que deu um ar fantástico à narrativa.

— Então — exclama Batuíra, convicto —, o lobisomem estava lá naquela sexta-feira! Como o senhor explica isso?

O detetive sorri de forma indulgente e responde:

— Na verdade, quem pretensamente estava lá naquele dia era o Cão dos Batuíras. Você mesmo preparou o caminho para o ataque ao falar do cão que perseguia a família. O Morais engenhosamente concebeu a ideia pra tirar você da casa, que era o objetivo principal. Na entrevista na venda, entendi por que o Cão dos Batuíras virou lobisomem. O benzedor Armando, que é uma ótima testemunha, não acreditou muito na história do cão e, no mesmo dia, encontrou o Dito Cunha, que foi à venda fazer compras e brincou com ele sobre buscar sal, já que todo mundo na região acredita que ele é lobisomem. O Dito ficou muito brabo. Ele não suporta essa história de lobisomem e falou que ia lá dar um susto no Batuíra e pedir sal pro coitado.

— Ah, danado, então ele fez de propósito só pra me assustar?

— Também, você fica contando essas histórias pro bairro todo! O pessoal aproveita. Fica mais calado, homem! — aconselha Zico.

O detetive retoma a história:

— Na conversa com o Morais, ele estava muito arredio e parecia que devia alguma coisa; no chão da chácara havia muitas marcas de cachorro, mas também de corrente, e lobisomem não usa corrente, que eu saiba. A chácara é bem protegida, e o cadeado é forte e não estava quebrado, o que me chamou a atenção de novo para o Morais. Ele tinha uma cópia da chave porque foi caseiro antes! Depois, analisei o ataque na sexta-feira. Não funcionou como pretendiam, porque o Batuíra não fugiu. Não por coragem, mas porque ficou paralisado, então imaginei que na próxima sexta eles tentariam de novo. Por isso, cheguei secretamente ao local e fiquei esperando com o Batuíra. Como souberam que o Dito Cunha visitou *mesmo* o Batuíra, resolveram mudar de assombração, e o saci deveria afugentar o caseiro, já que, segundo a lenda, ele pode explodir o lugar. Dessa vez, o delegado e os dois homens que eu deixei avisados estavam escondidos, e aí foi muito fácil pegar o Morais.

— Mas o que ele queria roubar? Não tem nada lá! — insiste Zico. — Pra que toda essa encenação?

O detetive se levanta e joga na mesa um pacote de papéis, encerrando sua explicação, triunfante:

— Ah, mas existia, sim! Você me deu a primeira pista. Tinha algo muito importante no cofre: as promissórias do Malvino. Elas não valem nada, mas, se alguém descobre, ele perde a eleição! Por isso ele tirou o Morais da chácara e, sabendo dos medos do Batuíra, armou todo esse teatro pra roubar as promissórias. E assim se encerra o caso do Cão dos Batuíras.

Todos olham com admiração para o detetive. Ele também está curtindo seu primeiro caso de investigação. O telefone toca, Zico atende, fala um pouco e retorna à mesa com o recado:

— É o pessoal da Fazenda Esperança. Estão tendo problemas com uma assombração por lá e já souberam que aqui tem um caçador de fantasmas. Querem falar com você.

— Caçador de fantasmas, não! *Detetive*.

Então Hércules vê um chapéu com aba comprida que o sogro tem dependurado na parede, coloca na cabeça e vai atender o telefone. Outro caso o espera.

NÃO É PERIGOSO?

— Não é perigoso?
— Do que você tá falando, Júlio? — Wilson não entendeu o que preocupava o amigo.
— Não é perigoso estarmos de novo no ônibus do Cerdeira indo pra Praia Grande? Da última vez ele quebrou, e ficamos horas numa curva na serra. Foi um milagre aquele caminhão não ter batido na gente e matado todo mundo, lembra?
— Agora não dá pra pensar mais nisso, todo mundo já tá sentado aqui dentro. Não vai azucrinar o nosso passeio, hein?
Ele tinha razão; o ônibus do Cerdeira já deixava a Barra Funda com um contingente de mais de quarenta corajosos funcionários da Tricot, malharia da região. Wilson, como sempre, estava preocupado com temas mais importantes: as bebidas — não havia excursão para a praia sem elas.
— Aí, Júlio, aqui estão as batidas — disse o amigo, trazendo as pequenas bombas, todas compradas na barraquinha do Luiz. — Tem de limão, abacaxi, morango, pêssego...

Nunca se soube bem qual era a fórmula secreta do Luiz, mas as frutas só deveriam contribuir mesmo para a foto na garrafinha reaproveitada. A verdade é que eram muito baratas, qualidade essencial naquela época de pouco dinheiro e muita alegria.

E então a viagem começava! Seguiam pela rodovia Anchieta, que na época lembrava uma cobra sinuosa, todo mundo no ônibus prevendo que em algum momento chegariam à cabeça do bicho e ao bote fatal. O ônibus era tão antigo quanto seu dono, Cerdeira, que ia ao volante. Grande parte da Tricot estava presente.

— Pessoal, preparem-se para a aventura! Comigo no volante estamos todos protegidos!

Cerdeira, que também transportava os funcionários no dia a dia, não era confiável nem para descer a avenida Rio Branco até a Marginal Tietê, quanto mais a Serra do Mar. "Como vamos sobreviver até o final da cobra sinuosa?", era a pergunta na cabeça de todos dentro do ônibus. Mas, rapidamente, o problema foi esquecido, perdendo-se em meio ao som vibrante de Benito di Paula tocando em um rádio de última geração.

Wanderley, alfaiate de alta-costura, estava sentado ao lado do jovem Júlio:

— Júlio, vamos começar com os drinques, que é para esquentar, e depois a gente troca de lugar, já que oitenta por cento do ônibus é de mulher!

Ele começou com a de pêssego e depois passou para a de morango, mas descobriu sem surpresa que as duas tinham o mesmo gosto.

Naquele momento, a música de Benito já transformava o ambiente: de condenados à morte na Anchieta para felizardos no paraíso das lindas costureiras.

Júlio se levantou e foi até a parte da frente, para sair um pouco do ambiente de boate pantaneira e analisar o "clima"; encontrou Cerdeira comendo amendoim e bebendo uma batida de limão — melhor dizendo, uma batida verde com um limão estampado na embalagem. O motorista também ia abraçado a uma das costureiras.

— Tenho muita experiência de estrada, Júlio — ele se justificou, bebendo mais um gole.

O rapaz voltou ao seu lugar, assustado, e encontrou Wanderley dormindo. As batidas lhe fizeram mal.

Quando enfim chegaram, todos correram para a praia, não antes de receber o protetor solar do Carlinhos, famoso tecelão:

— Comprei do meu primo, ele mesmo que fabricou esse bronzeador.

— Você sabe por que é vermelho? — perguntou Júlio.

— Também não sei. Ele trabalha em uma empresa química e disse que ajuda a deixar a pele vermelha.

— Não era pra bronzear?

— Pelo preço, vermelho já tá bom.

Todos, cheios de muito amendoim e batida, jogaram-se com ansiedade nas águas de Praia Grande. Mais tarde, após saborearem as guloseimas trazidas pelos funcionários para o tradicional piquenique na praia, Júlio e Wilson começaram a conversar:

— Tá vendo, Júlio? Se preocupou à toa. Nosso santo é forte! Deu tudo certo no final.

— Eu também tenho um anjo da guarda que me acompanha, pelo visto. Só assim pra encarar o ônibus do Cerdeira, as batidas do Luiz e o protetor do Carlinhos. Tem que rezar muito mesmo.

Cerdeira de repente passou na frente dos dois. Ele estava todo vermelho, acompanhado de um copo de cerveja na mão, com a expressão cansada, como se estivesse com sono. Não parecia alguém que conseguiria enfrentar duas horas de estrada no retorno a São Paulo.

— O nosso santo é forte, mas é melhor não exagerar. Dá pra fazer outras rezas pro seu anjo da guarda aí, Júlio? Vamos precisar de proteção!

Ele refletiu, olhando para o amigo e resolvendo se vingar:

— Não falei que era perigoso?

Alguns anos mais tarde (talvez muitos, melhor nem comentar), Júlio estava novamente na praia, mas agora encarando a filha, pensativo, após a pergunta que ela lhe fizera há instantes:

— Não é perigoso, pai?

Estavam num hotel cinco estrelas na praia de Pernambuco, no Guarujá, um lugar onde as águas mais pareciam uma piscina. A estrutura do local contava com um batalhão de salva-vidas, tanto do hotel quanto da prefeitura municipal.

— Filha, acho que não.

Amanda, a filha, tinha o gênio do pai e, como ele, não se convencia facilmente:

— E aquela placa na praia? "Cuidado: Perigo".

— Não deve ser nada, filha. É só pra alertar as pessoas...

— Alertar sobre o quê? Será que tem algum animal perigoso lá?

— Tipo o quê?

— Tipo um... tubarão?

O pai novamente lançou à filha um olhar reflexivo.

— A gente pode perguntar, só pra você ficar mais calma.

Então os dois caminharam até um dos salva-vidas de plantão, e o pai falou:

— Moço, pra que servem essas placas em certos pontos da praia?

O homem quase caiu da cadeira. Como todos naquela profissão, estava em profunda reflexão, contemplando a paisagem, e a pergunta inoportuna não estava no seu roteiro. Por fim, soltou a primeira resposta que provavelmente lhe veio à mente e parecia a mais razoável:

— As depressões podem gerar ondas e buracos na praia — disse, mas não entrou em detalhes, o que assustou um pouco a menina.

— Você já viu algo assim aqui? — Júlio insistiu.

— Sempre, mas é só naquele trechinho ali. A praia é bem grande e não tem perigo se vocês nadarem longe das placas e não forem muito pro fundo.

— Ok, filhota, vamos em frente que a água tá ótima!

— Pai, tô morrendo de sede.

Ele rapidamente imaginou uma cerveja bem gelada, mas concordou com a filha em tomar uma limonada. Pai que é pai tem que participar, e sempre fica aquele sentimento de que os momentos são poucos e devem ser bem aproveitados.

— Bem, chega de limonada! Vamos pra praia!

Júlio queria demonstrar à filha todos os seus conhecimentos praianos, conquistados por muitos anos nas excursões de ônibus para a Praia Grande. Aqueles eram tempos memoráveis. Pouco dinheiro, mas muita alegria.

— Pai, agora que a gente já tomou o suco, podíamos entrar no mar, já que não é perigoso.

— Tá certo, filha. O Cerdeira nem tá aqui.

— Cerdeira?

— Nada, não.

Por um momento, Júlio se perdeu em pensamentos, refletindo sobre a vida e seus contrastes. Na juventude, enfrentara muitos desafios, além dos riscos das excursões; foram aventuras prazerosas, mas em algum momento precisou enfrentar o desafio profissional de migrar da função de assistente da Tricot para um alto cargo em empresa multinacional.

Ali, olhando para a filha se deu conta de que o ambiente era bem diferenciado: entre as cabines da Praia Grande e um hotel cinco estrelas na praia de Pernambuco existia uma diferença enorme, e certamente ela deveria se sentir bem segura ali.

— Pai, o que você tá pensando?

— Nada, filha, vamos pro mar.

— Pai, pera aí, que eu tenho que fazer um bochecho de água limpa.

— Por quê?

— Mamãe falou que, quando a gente mexe com limão, pode queimar no sol.

— Você mexeu com limão?

— Ué, e a limonada? Já esqueceu? É perigoso!

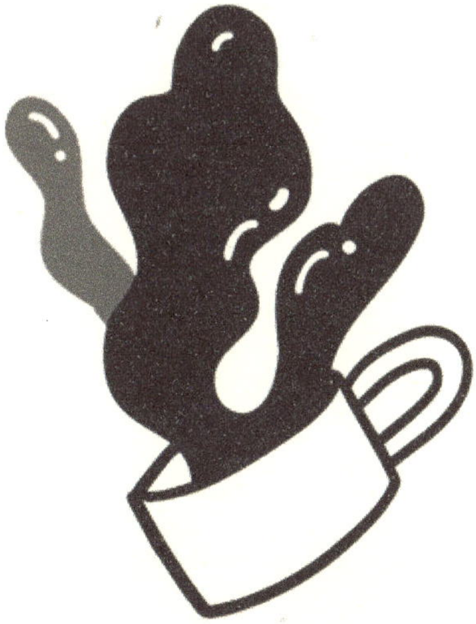

O BANHO DO TURCO

Qual é a melhor experiência de um turista ao viajar? O que marca todos nós na visita a um país?

Poderíamos falar da cultura, da história, das belezas naturais, do clima... mas certamente o que mais me impacta são as situações inusitadas. Aquilo que é realmente diferente e vale a pena lembrar. Afinal, quem vive bem a vida tem histórias para contar! Eu tenho um bom exemplo que me aconteceu em Istambul.

Cidade muçulmana, com uma cultura muito diferente da brasileira, localizada na fronteira entre a Ásia e a Europa. Uma história rica, na qual os maiores impérios do mundo deixaram suas marcas. Um lugar onde se pode apreciar obeliscos egípcios, hipódromos romanos e basílicas bizantinas.

Começamos como todos os turistas pela Mesquita Azul, que é espetacular, um dos ícones do turismo mundial. Apesar da beleza e da grandiosidade do local, mesquitas seguem determinados padrões, e é difícil que lá aconteça algo realmente interessante que se possa contar mais tarde.

O Gran Bazar, um dos pontos turísticos mais famosos de Istambul, além da grandiosidade e da diversidade de objetos, tem uma característica muito mais marcante: não existe outro lugar no mundo onde a arte de negociar esteja tão presente.

— Moço, quanto custa este vaso? — pergunta minha esposa, Luana, impressionada com a qualidade e a diversidade presentes no local.

O vendedor não responde diretamente, mas nos convida para sentar e apreciar um chá de maçã. Luana, por sua vez, muito pragmática, já começa a avaliar que o tempo perdido no chá seria mais bem utilizado na visita às várias lojas do gigantesco bazar.

— Obrigada, mas não poderíamos já discutir o preço?

— Certamente — responde o vendedor, solícito. — Mas antes vamos nos sentar e saborear o chá de maçã? É de graça.

Entendo que é algo cultural e a convenço a sentar. Ela, relutante, aceita.

Uma mesa simpática nos aguarda. Usando um lindo bule, o vendedor nos serve o famoso chá. Aroma e sabor surpreendentes e deliciosos. A degustação semeia a tranquilidade, criando condições favoráveis para a negociação. Entendo claramente aquela estratégia milenar de vendas.

— Quanto custa este vaso e também este bule que usou para nos servir o chá? — pergunta minha esposa, agora já impregnada por um maior desejo de compra.

— Faço os dois por cinquenta dólares. Uma pechincha!

Acho o preço muito bom, e ainda tivemos o chá maravilhoso de graça.

— Fechado. Vamos levar!

O vendedor fica constrangido. Continua sentado e serve mais chá para todos.

— Como? Não vai pechinchar?

— Não é necessário. O preço me parece bom. E ainda tivemos esse chá delicioso! — falo, já me levantando.

— Não está bom. — O vendedor continua sentado, sem nenhuma pressa. — Me ofereça uma contraproposta. Temos que negociar.

— Ok... que tal quarenta dólares? — Eu saco a minha carteira, sinalizando que realmente gostaria de fechar negócio.

— Por quarenta e cinco está vendido! — Ele agora parece satisfeito e faz uma reverência.

Todos ficam felizes. No Gran Bazar, é um ato deselegante não pechinchar. Cada povo com sua cultura.

Durante todo o dia, seguimos aquele mesmo ritual: chá de maçã, discutir o preço e fechar negócio ou não. O mais importante: discutir o preço.

Primeiro dia perfeito em Istambul. Visita à linda Mesquita Azul e ao fascinante Gran Bazar, com sua peculiaridade nas negociações. O que eu não sabia era que ainda viveria aquela... *história que valia a pena ser contada!*

No segundo dia, resolvo planejar a experiência que atraía meu maior interesse em Istambul: um famoso banho turco. O que conhecemos no Brasil como sauna ou mesmo banho turco existe há séculos em Istambul, sendo um dos principais destinos dos turistas que visitam a cidade. Eu iria sozinho, já que Luana preferira voltar ao bazar. Com todo o demorado ritual de compras, ela ainda não tinha terminado sua lista de desejos.

Converso com o *concierge* do hotel. Uma pessoa agradável, que estava na função certa de atender bem aos hóspedes:

— Realmente o banho é uma experiência exclusiva de Istambul! Todos nos copiam, mas a tradição é turca. Temos dezenas na cidade. Como o senhor prefere? Eu sugeriria...

— Quero vivenciar a experiência completa de um banho turco! A mais tradicional, preferencialmente a mais antiga, que seja fiel à cultura centenária deste evento! — atropelo a explicação do *concierge*.

— Então o seu destino tem que ser o Maruba, onde, além do banho turco, temos massagens especiais e aplicação de essências no corpo. Lá o senhor terá uma experiência completa, com tempo de duração de quatro horas!

Imagino um local espetacular, com massagistas de mãos delicadas e tratamentos com óleos corporais diferenciados. Um paraíso de relaxamento e bem-estar.

— Esse lugar parece perfeito, pode reservar!

Reserva feita, rapidamente caminho pelas ruas de Istambul em direção ao Maruba. Ao chegar, encontro um conjunto impressionante de cavernas com mais de quinhentos anos, conforme mencionava uma placa em inglês na entrada. O recepcionista, trajando roupas típicas, me pergunta com seu inglês básico se eu gostaria de fazer o programa reservado pelo hotel, com quatro horas, divididas em quatro fases rituais. Não entendo a razão da pergunta, mas confirmo que quero o programa completo. Como o processo envolvia também massagem, menciono que gostaria de *uma* massagista; para mim, homem fazendo massagem em homem não tem química, e sempre que posso evito esse tipo de experiência.

Ele fala algo que não entendo, mas não deve ser importante. Vamos em frente para mais uma experiência!

No vestiário, também secular, recebo um roupão, uma fralda e um chinelo de madeira. Estranho bastante a fralda. Na verdade, é um tipo de toalha branca que fecha em três pontos, parecida com as que os lutadores de sumô usam. Enquanto observo o traje peculiar, alguém aparece para ajudar a colocar a fralda no bebê. Não gosto nada, mas já que pedi o mais típico... Agora é jogar o jogo.

Com a fralda constrangedora devidamente escondida sob o roupão e me equilibrando sobre os chinelos de madeira (que vontade enorme de bater em quem inventou esse tipo de chinelo!), me dirijo à fase um do ritual, escoltado pelo recepcionista.

Um cenário cinematográfico me aguarda: uma sauna dentro de uma caverna, o calor vindo de pedras naturais. Enquanto isso, a pessoa fica lá, deitada em profundo relaxamento. Na essência, apenas uma sauna comum seca, mas o cenário faz a diferença e estimula a imaginação.

Noto nesse momento que não há nenhuma mulher na região como cliente ou atendente. O recepcionista então retira o meu roupão e os chinelos de madeira, guardando-os em um armário. Fico somente com a fralda.

Preocupado, pergunto se as massagistas são mulheres, já que a fralda é muito pequena. Ele responde no seu inglês quase incompreensível:

— País muçulmano. Banho turco somente para homens. Mulheres não podem atender nem participar deste evento. Somente homens que têm a técnica podem fazer este tipo de massagem.

Bad news. Mas com aquela fralda diminuta não daria mesmo para ser atendido por uma mulher, e eu de fato pedira o banho mais típico.

Sigo para uma câmara com um banco e me sento ali, somente com a minha fralda branca constrangedora. O ambiente à meia-luz dificulta a visibilidade. De repente aparece um gigante na porta, também de fralda, e com os famosos chinelos de madeira. O homem abre um sorriso desdentado e fala uma palavra que depois aprendi ser "banho" em turco.

Fico temeroso. Assustado, tento falar o mais claro possível, mas o que sai é uma linguagem de bebê. Será efeito da fralda?

— Corpo muito quente. Banho, não.

O gigante sorri e não entende. Noto que ele traz uma tina de água em uma mão e, na outra, uma escova do tipo das que usam para pentear cavalos. Aproxima-se e, independentemente da minha reação, me pega pelo braço. Retira a água gelada com uma caneca e a despeja várias vezes sobre o meu corpo enquanto passa a escova. Grito bem alto, o que só aumenta o riso do gigante. Olho para seus músculos e logo percebo que não teria nenhuma chance. Decido não protestar mais.

Ele continua a me banhar com suas mãos grossas, fortes e muito cabeludas. Reforço minha convicção de que massagem, dali em diante, só com mulheres.

A tortura demora trinta minutos, e eu me sinto limpo de verdade no final. O gigante agradece, se inclina e deixa a sala.

Começo a me recuperar e procuro o roupão. Na porta escura aparece outro gigante: por incrível que pareça, maior que o anterior, mais forte e ainda mais cabeludo. Traz uma fralda seca e me ajuda a trocar de roupa. Na verdade, eu diria que ele me *obriga* a isso.

O homem, então, inicia a massagem. As mãos cabeludas e fortes percorrem todo o meu corpo e esticam todos meus músculos. Grito bastante, o que só aumenta os risos do gigante número dois. Em algum momento, percebo que essa massagem é muito tonificante e, se eu sobreviver, pode até ser que funcione.

Terminado o suplício, ele agradece, ri novamente e deixa a sala. Imagino que já se passaram pelo menos duas horas.

E agora, o que mais vai acontecer?

Não me surpreendo ao ver um terceiro gigante risonho aparecer na porta.

Estou todo assado e dolorido pela ação dos seus companheiros anteriores. Ele parece saber disso, porque traz um pote de uma pomada verde e começa a massagear todo o meu corpo. Assim como os outros, também ri bastante, mas naquele ponto eu desisto de reagir.

Em seguida, tira a minha fralda e me enrola em uma toalha como se eu fosse um charuto.

Começa nos pés e vai contornando o corpo com a toalha até cobrir minha cabeça. Felizmente, deixa meu rosto livre e consigo respirar. Agradece, sorri (ô povo sorridente!) e deixa a câmara. Tento caminhar, mas é impossível para a múmia aqui se locomover. Nesse momento aparece o recepcionista e me leva para o que ele chama de descanso. Não aparece mais nenhum gigante nesse novo cenário fantástico. Fico enrolado como um charuto por mais trinta minutos. Creio que não consigo sair da toalha sozinho.

Novamente aparece o santo recepcionista e me solta da toalha, faz uma reverência e menciona que a sessão terminou. Com as pernas bambas, retorno para o hotel como se estivesse flutuando e, por incrível que pareça, me sentindo muito bem. Fisicamente. Moralmente, nem tanto.

Chego ao hotel e vou direto à recepção:

— O senhor gostou? — O *concierge* exibe seu melhor sorriso. — A maioria dos nossos turistas prefere o banho turco no hotel que eu ia lhe oferecer. Como o senhor queria o mais típico, indiquei o Maruba, que é frequentado somente pelos turcos. No nosso hotel as massagens são feitas por mulheres tailandesas que usam a técnica *Tai* de relaxamento. Mas certamente não era a experiência que o senhor queria.

— E você já experimentou o Maruba? — pergunto, desconfiado.

— Nunca fui. Mas ele é classificado como o melhor banho turco típico de Istambul. Tenha a bondade de verificar. — O *concierge* me mostra uma lista dos lugares com mais estrelas em Istambul, e o Maruba aparece em destaque.

Reflito que realmente tenho que filtrar melhor essa minha vontade insana de fazer coisas típicas e perigosas nos países que visito.

Antes de subir para o quarto, encontro meu amigo Jaime no bar. Ele está todo animado com as visitas que fez à Gruta Azul e ao Gran Bazar. Está fascinado com a cidade, mas não me conta nenhuma história interessante.

— Mas você ainda não visitou o banho turco? — falo, demonstrando surpresa.

— Ainda não. Alguma dica?

A parte mais cruel da minha personalidade emerge nesse momento. O banho turco aflorara instintos que pensei que não possuía.

— Você não pode perder o banho turco tradicional! É uma experiência inesquecível e muito diferente. O *concierge* me conhece, e você devia pedir a ele pra fazer o mesmo programa.

— Esse programa inclui massagem? Você sabe que eu gosto muito!

— Claro! Mas tem que ser o mesmo programa de quatro horas que eu fiz no Maruba.

— Valeu a dica! Quando vocês vão embora?

— Vamos amanhã de manhã. Não esquece de me ligar pra contar sobre a experiência!

Nos despedimos. Sinto um pouco de remorso, mas é o que sempre digo: na vida é importante ter histórias para contar.

ESCOLA DE PAIS

— Mas essa escola não é aquela nova que abriu faz três meses, perto do templo budista?
— Essa mesma. Estou pensando em colocar minha filha para estudar lá, com os bons fluidos do templo.

É domingo à tarde, e os amigos estão sentados ao lado da piscina, um dia propício para esse tipo de conversa. É quando as reflexões podem ser aprofundadas, já que a maior parte das pessoas não tem muito que fazer. Júlio está visitando o amigo antes de tomar uma decisão importante: escolher uma escola para a filha, que acaba de completar cinco anos. Pode parecer fácil, mas quando se tem filho único carrega-se para sempre uma síndrome: não se pode proteger demais, pois em algum momento a criança vai ter que se virar sozinha, e, em contrapartida, sempre se quer o melhor possível para o rebento.

Júlio trata o caso da mesma forma que faz com tudo o que é importante ao longo da sua vida: fazendo um planejamento detalhado, que envolve pesquisas, entrevistas com educadores, instituições e alguns pais meticulosamente selecionados — nada como beber da fonte de quem conhece o assunto. E Raimundo, por ser pai de três filhos já no segundo grau, certamente deve ter uma boa experiência.

O amigo dá uma longa baforada no charuto, ponderando. Charutos são bons companheiros em qualquer conversa. Os cubanos — os melhores — demoram no mínimo uma hora para terminar, o que gera um bom tempo para pausas e reflexões. Júlio, como bom apreciador, sabe muito bem disso e já organizou a conversa com esse ingrediente essencial. Assim, entre baforadas, podem explorar todas as nuances do tema complexo que têm em mãos. Sabe que Raimundo tem uma visão mais convencional da educação e quer contrapô-la com sua primeira percepção, a de que uma escola moderna seria a melhor escolha para a filha.

— Olha, pra mim, quanto mais cartesiana, melhor — fala o amigo, do alto da sua experiência. — Escola tem que ser rígida, que é para ir moldando a personalidade dos alunos. Essa escola nova que você está falando... não sei, não. Fiz umas pesquisas, e ela peca por ser muito nova. Parece uma aposta perigosa. Qual a experiência didática que eles têm pra que você deixe sua filha lá? Além disso, essa questão da proximidade com o templo budista... Qual a ligação deles com a escola? Daqui a pouco gera confusão religiosa na cabeça dos alunos. Os donos são chineses, e já ouvi das más línguas que podem ter ligação com o reverendo Moon. Já imaginou se é verdade?

Júlio também dá uma longa puxada no seu charuto. Ele buscou o amigo para ter uma visão mais ortodoxa do tema, mas ele é muito extremista. Melhor procurar inspiração em outras fontes que não sejam tão radicais.

Em suas pesquisas, Júlio percebeu que algumas escolas têm uma filosofia de ensino muito quadrada e conservadora e sabe que, no mundo competitivo em que vivemos, inovar é essencial, já que o fenômeno global chamado de *disruption* cresce de forma acelerada; o que se aprende hoje pode não significar nada no futuro.

A escola que é sua favorita na pesquisa fica próxima à casa dele — mais um ponto a favor —, em frente ao lindo templo budista questionado pelo amigo. Ela tem como embasamento pedagógico o conceito de "escola do futuro", onde o aprendizado é baseado na compreensão. O lema é claro: só se aprende o que se entende. Não gosta nada do pressuposto do amigo, no qual a escola deveria moldar a personalidade dos alunos; na verdade, Júlio acredita que eles devem ser livres para aprender o que compreenderem e tomar as próprias decisões e, por isso, aprova o currículo da escola, que, além das matérias clássicas, enfatiza também o estudo de línguas como inglês, espanhol e, de forma inédita, o chinês.

Descartada a abordagem ultraconservadora do amigo, Júlio vai agora iniciar o que se chama no mundo corporativo de "trabalho de campo". As pesquisas estão prontas, mas é importante verificar fisicamente como as teorias são praticadas na escola escolhida. Não adianta o marketing se o apregoado não for adotado. Em termos populares, é como uma grande escola de samba: não adianta ter muita alegoria e pouco samba no pé. O amigo não o convenceu pedagogicamente, mas o alerta sobre o templo budista o preocupa, e ele é eleito como primeira visita do pai zeloso. Não que pense que pode ter alguma influência na escola, mas é sempre bom conhecer as redondezas. Convida a amiga Rose, que cogita matricular o filho na mesma escola, e procura enfatizar o objetivo da visita para ela.

— Vamos lá ver como funciona o templo, deve ser interessante. Me falaram que a monja Harmonia faz sessões de meditação para os visitantes. Podemos aproveitar também pra entender o relacionamento do templo com a escola.

— Júlio, um templo gigantesco desses, e ainda em fase de inauguração, deve ter muita coisa pra ver e... pra comprar! Vai que tem alguma oportunidade...

Júlio sabe que a amiga é uma compradora contumaz. Ainda se lembra da inauguração da loja de roupas de um amigo, quando Rose, sozinha, comprou uma arara inteira de modelos. Resolve baixar as expectativas dela.

— Pelo que sei, eles vendem uns doces feitos pelos monges e têm uma lanchonete vegetariana. Mas o importante é entender o que acontece lá dentro!

A chegada ao templo dos dois "detetives", por assim dizer, é impactante. Júlio sente imediatamente a energia positiva impregnada no ambiente: é como cruzar um portal e chegar à China, inclusive quanto ao idioma que se fala ali. Belas esculturas contrastam com a imponente construção nos moldes da dinastia Tang, e o local é cercado por encantadores jardins repletos de flores, onde mestres e discípulos dão as boas-vindas aos visitantes. Um sino começa a tocar, e os dois amigos são convidados para a meditação, conduzida pela monja Harmonia.

Por uma alameda espaçosa, ela se aproxima, caminhando como só monges sabem fazer. A verdade é que ela flutua pelos jardins; quando está próxima, notam que não usa nenhuma maquiagem, e o cabelo e as sobrancelhas estão raspados. Nenhuma vaidade ou gastos desnecessários. Usa o tradicional manto marrom, que cobre todo o corpo; nos pés, uma sandália de madeira natural. Nenhuma ruga, apesar da idade, e com um sorriso cativante convida a todos para o cerimonial de Sino e Meditação. Não fala nada, mas indica o caminho com as mãos.

Júlio está impressionado. Ele mantém os olhos fixos na monja e sente que ela é um ser humano que parece ter encontrado a tal felicidade. Olha para a amiga, que também contempla a líder religiosa; os olhos, em atitude de reverência, se fixam nos pés daquela figura quase mística. Ela também sente a magia do momento. Rose olha para Júlio e exclama com emoção:

— Finalmente encontrei!

— A luz? Um exemplo de felicidade? — pergunta Júlio, cheio de expectativa.

— Não! O sapatinho de madeira que sempre quis, e ela está usando! Será que, se eu perguntar, ela me conta onde comprou?

Existem diferentes tipos de personalidades e reações no mundo, e é por isso que a vida é tão interessante. A amiga não consegue a informação sobre os sapatos artesanais, infelizmente, mas os dois participam com entusiasmo da sessão de meditação. O sino e os mantras acalmam a alma, e Júlio é tocado por uma certeza: não existe melhor vizinho para a escola da filha do que aquele templo.

Apesar do encantamento com o templo, Júlio reconhece que a escola ainda é muito nova e, por isso, decide pesquisar um pouco mais antes da decisão final. Analisa a vasta literatura sobre os fundamentos da escola do futuro e só encontra elogios de grandes acadêmicos brasileiros. Pesquisa os donos; são executivos de grandes corporações chinesas que também se dedicam a um projeto para melhorar a educação no Brasil, e a escola é somente uma das suas iniciativas para tal evolução.

Júlio visita o estabelecimento e tem uma excelente impressão: diretores e professores perfeitamente alinhados com a filosofia da escola do futuro; prédios modernos, mas sem perder a característica de preservação do meio ambiente — na essência, uma escola dentro de uma floresta. Ele acha que dá para arriscar.

Não existe nada que valha a pena na vida com risco zero. Mas será necessário monitorar de perto...

Na primeira reunião, antes do início do ano letivo, o presidente da fundação mantenedora fará uma apresentação. Júlio nota que os pais dos aproximadamente cinquenta alunos (a ideia era começar pequeno, com poucos estudantes, e depois aumentar) são, no mínimo, interessantes. Pelo menos metade deles é de estrangeiros e, diferentemente do que ocorre nas escolas convencionais, a adesão ao evento é maciça. Todos estão atentos à palestra, o que, na visão de Júlio, demonstra que também têm suas dúvidas. O presidente é um senhor chinês que falará com a ajuda de um tradutor. Não é um bom começo, e nota-se certa desconfiança dos pais, principalmente os brasileiros, um quadro que muda imediatamente quando ele começa a discursar. O homem transmite simpatia e confiança. Fala devagar, mas com convicção, dos seus sonhos e planos de contribuir para a educação do Brasil e, ainda, da importância do núcleo da escola em questão como agente de mudanças.

— A mudança só acontece pelo exemplo — afirma, e para ilustrar utiliza a teoria do centésimo macaco: pesquisadores japoneses analisaram por anos o comportamento de macacos que habitavam uma ilha no Japão. O bando tinha como alimento principal os cocos, que eram devorados junto com a areia, perdendo muito do seu sabor. Uma macaca inteligente, porém, descobriu uma nova forma de abrir as cascas com melhor aproveitamento dos frutos. Por imitação, o procedimento se replicou entre seus companheiros, e logo uma população de noventa e nove macacos adotou o novo método. Quando o centésimo animal da ilha aderiu ao método, toda a comunidade espontaneamente começou a quebrar os cocos da mesma forma.

Ele reforça que, na educação, essa teoria também funciona: quando um número crítico de pessoas e educadores modificar seu comportamento, a nova cultura se instalará. As palavras sábias e calmas convencem a audiência, e todos embarcam nessa canoa. Júlio também, e ele realmente acredita no que o presidente está falando. Mas ainda existe o fato de o método de ensino ser muito novo. Será que estão seguindo a macaca certa?

Faz muito tempo que Júlio fez o primário, o que hoje se chama ensino fundamental, mas ele está atento a essa nova estratégia e vai participar o máximo que puder. A escola também é para os pais, que podem assistir, através de workshops, ao que os mestres ensinam aos filhos.

A primeira surpresa didática começa no processo de alfabetização. Júlio imagina que nessa área não é possível ser muito criativo e espera receber a cartilha *Caminho suave*, da qual se lembra com carinho dos tempos de escola. Já se visualiza percorrendo com a filha as imagens queridas associadas às letras — A de abelha, B de bola, C de casa, e assim por diante, até ela aprender a ler todo o alfabeto. Preocupado, descobre que na nova metodologia não será utilizado o famoso e querido livro. Agora, a alfabetização é feita por associação, mostrando determinadas palavras que devem ser compreendidas e decompostas para chegar às letras (ou, pelo menos, foi assim que ele entendeu), no lugar da tradicional "decoreba", b com a, ba; b com e, be... Complicado entender como alguém será alfabetizado assim. Conversa com a esposa; ela também havia estudado com a *Caminho suave* e não entende como a filha aprenderá dessa forma. As dúvidas, entretanto, desaparecem ao final do primeiro mês: a filha, talvez um prodígio infantil, lê as palavras sem dificuldade. E mais: os amiguinhos também são prodígios, apesar de ninguém usar o famoso e tradicional livro da infância de Júlio. Que mistério! Como aprenderam?

Na aritmética, Júlio tem certeza de que vai aparecer a decoreba no momento da tabuada. Não tem jeito: é penoso, mas a única forma de aprender, com as longas e entediantes sessões de decorar que os professores normalmente faziam no início da aula. Lembra-se bem da infância e das críticas quando alguém errava à frente de toda a classe. É então que vem mais uma surpresa: nesse novo método de ensino, decorar a tabuada não existe, e em seu lugar é incentivada a compreensão da multiplicação. Algo muito parecido com o *soroban*, o ábaco japonês. Os números são posicionados como se fossem uma soma, e a criança entende como eles se multiplicam. Parece cabeludo, mas, incompreensivelmente — para Júlio —, eles aprendem.

Com o chinês e o inglês, o método é parecido. As situações do dia a dia são apresentadas, e, à medida que são compreendidas, a linguagem é assimilada. Júlio sofreu muito para aprender inglês; ele sabe que, no estudo de línguas, há pouca criatividade e muita transpiração. Mas não é isso que a escola prega; os alunos se divertem na sala de aula, e ainda assim o progresso é notável.

Chega o fim do primeiro mês, e ele descobre, espantado, que não existem notas. Recebe um relatório específico da filha, comentando em detalhes os pontos principais nos quais ela deve se aprimorar em cada matéria. Percebe que a maior parte é sobre o comportamento em sala de aula no lugar das matérias propriamente ditas. Fica agoniado novamente; no mundo competitivo fora das paredes seguras da escola, tudo é avaliado.

São agendadas reuniões para que os pais debatam entre si as dúvidas, e Júlio resolve conversar com um dos novos amigos sobre essa coisa estranha que é não avaliar o desempenho. Ele escolhe aquele que, na sua opinião, provavelmente é o mais interessado no assunto, em função de sua cultura: um coreano formado em engenharia. Na Coreia, educação é coisa séria, e os padrões de avaliação são bem rígidos. Além disso, engenheiros normalmente têm uma visão mais crítica e pragmática. Resolve abordar o tema de forma direta:

— Não preocupa você esse negócio de não ter nota? A competição aí fora é braba, e é complicado não ter o desempenho avaliado.

O amigo não responde imediatamente. Reflete por um instante e retruca com calma:

— Mas o que queremos dos nossos filhos? Resultados ou que sejam boas pessoas?

— Os dois — responde Júlio, incisivo.

— Nessa fase, se forem bons cidadãos, o resultado vai vir naturalmente. Eles estão indo bem. Por que precisaríamos de testes pra comprovar o que já sabemos?

Júlio fica matutando. Não é que ele tem razão? "Ah, esta escola do futuro ainda me mata", pensa.

O ano letivo prossegue, cheio de surpresas pedagógicas, mas com uma integração quase mágica entre os pais. A escola consegue atingir uma comunhão perfeita com eles, que participam efetivamente de tudo que acontece, e quase se torna uma confraria destinada ao encontro de pessoas que se gostam. Júlio conversa com colegas de trabalho sobre as escolas dos seus filhos e descobre que a maioria apenas atura as reuniões de pais. Júlio, no entanto, adora as reuniões na escola da filha; alguns dos seus melhores amigos estão lá. Como se não bastasse, os pais começam a fazer atividades conjuntas fora do ambiente escolar. Criam um grupo para jogar tênis, fazem aula com a mestra de ioga — que também é mãe de alunos da escola —, viajam juntos...

Dezoito anos depois daquela impactante apresentação do presidente chinês, a amizade continua forte no grupo, e eles se reúnem periodicamente. Neste mês, o encontro será celebrado com um churrasco na casa do Júlio. Conversarão sobre vários assuntos, mas a escola com certeza estará no centro das discussões.

Os casais começam a chegar. Os estrangeiros chegam na frente: coreanos, noruegueses, chilenos... Júlio lembra bem as palavras sábias do amigo da Coreia sobre a formação de cidadãos, e ele estava certo! Mais tarde, atrasados como de costume, chegam os brasileiros. Rose entra desfilando com um novo modelito, e os olhos de Júlio logo são atraídos para os pés dela: e, sim, os sapatinhos de madeira estão lá. Um modelo mais sofisticado do que o da monja Harmonia, mas Rose incorporou o conceito. Raimundo, apesar de não pertencer ao grupo, como vizinho e amigo, também é convidado: uma espécie de homenagem, considerando que participara do processo inicial de seleção da escola. A confraria — quando ele não está presente, é claro — sempre o chama pelo apelido: "reverendo Moon". Ninguém esqueceu a história que Júlio havia contado.

A garotada, agora em torno dos vinte e três anos, também está toda lá. Eles são muito ligados, e a escola teve um papel importante naquela amizade. A maioria está se formando no fim deste ano nas mais diferentes áreas: música, teatro, engenharia, medicina, relações internacionais, marketing... Há até um piloto de corrida profissional entre eles! Profissões diferentes, mas as mesmas convicções pessoais.

Após o churrasco, Júlio está fumando com Claudionor, que também tem uma filha que frequentou a mesma escola. A amizade forte dos dois foi forjada lá, e esse é um tema sempre presente nos bate-papos. Raimundo também os acompanha na conversa e, como Júlio e Claudionor, não dispensa um bom charuto cubano.

Enquanto fumam, relembram as incertezas na seleção da escola ideal para os filhos e reafirmam como agora têm certeza de que fizeram a melhor escolha. Observando os garotos na piscina, Claudionor comenta:

— Eles se dão muito bem. Sempre juntos, e olha que já se passaram dezoito anos... Os outros colegas de classe também estão sempre por perto, e os pais a mesma coisa. Aqueles momentos foram mágicos. Não foi só o que eles aprenderam na escola, nas matérias, mas a formação pra vida mesmo. Olha a Karla, minha filha; escolheu a China pra viagem de formatura e vai conhecer um monte de cidades e de culturas! Não é incrível, Júlio?

— Super! E quais são os planos? Quanto tempo ela vai ficar lá?

— Três meses, e vai num esquema sem muito planejamento, pra realmente sentir a cultura e treinar o chinês.

Nesse momento, o "reverendo Moon" se engasga no meio de uma baforada. Ele escutou toda a conversa e parece realmente preocupado com a viagem da filha do amigo:

— Mas, Claudionor, você não tem medo? Júlio, você que viajou algumas vezes pra China sabe os perigos. Tem muitos dialetos por lá, é complicado se comunicar. Isso sem contar o sequestro de mulheres que é comum, e aí não dá. A Karla é loira!

Claudionor e Júlio continuam fumando tranquilamente seus charutos e não parecem assustados. Júlio ainda se lembra das palavras fatídicas do amigo sobre o templo; ele não virou budista, mas adora visitar o local. Olha para a piscina e vê Karla conversando bastante com a filha e também com Juliana. Toda a turma se dá bem, mas aquelas três sempre estão juntas. Pela agitação das meninas, devem estar celebrando a viagem. Resolve então responder à questão de Raimundo:

— O idioma é mesmo uma barreira pra mim, que só ando com um guia chinês por lá, mas pra elas? Não acho, não; as meninas foram treinadas na língua e são bem espertas.

Mas Raimundo não parece convencido. Ele encara os amigos com uma agonia juvenil enquanto busca as palavras:

— Continuo achando muito perigoso! Eu não deixaria, não!

Júlio constata que o amigo continua com sua visão anterior e que dificilmente será convencido. É uma situação no mínimo constrangedora. É então que a filha de Júlio aparece e salva a situação. Aborda o pai, muito sorridente.

— Pai, tá sabendo da Karla? Ela vai pra China. Que legal, né?

— O Claudionor acabou de falar aqui pra gente, filha, mas Raimundo tá preocupado com a logística e os riscos da viagem. Vocês conversaram com ela sobre essas coisas, a questão da língua, por exemplo?

— Conversamos bastante. Ela era a melhor aluna de chinês e tá estudando até hoje. Como o mandarim é a principal língua por lá, ela vai se virar bem. E lá sempre tem alguém que fala mandarim, mesmo nos lugares onde também falam outros dialetos e tal.

Raimundo ainda tenta expor mais alguma de suas preocupações, mas ela continua, entusiasmada:

— A gente já olhou bastante o roteiro; os locais são conhecidos, não tem perigo, não. O negócio de sequestro de mulheres loiras é *fake news*. Já aconteceu, mas é como aqui no Brasil: se tomar cuidado, não tem nada com que se preocupar. Ela vai falar com a gente por aqui durante a viagem. A gente se fala o tempo todo! É uma viagem diferente, e bem legal pra quem quer trabalhar na China. Pode ficar tranquilo, seu Raimundo, a viagem vai ser maneira. Ah, pai, vai sair mais churrasco? A gente tá morrendo de fome de novo!

Júlio dá mais uma baforada no charuto. Ele concorda plenamente com o amigo Claudionor em aprovar a viagem. Pais são sempre preocupados, mas a vida é feita de oportunidades, e quando se confronta o risco *versus* o benefício dessa viagem, o resultado é muito, muito bom. Raimundo parece ter perdido os argumentos e agora se dedica a seu charuto. Ele não frequentou a escola dessa turma, mas acabou de comprovar um exemplo de aplicação prática.

Júlio sabe que, mais que uma escola para os filhos, aquele período de suas vidas foi na verdade uma escola para os pais. Eles também saíram melhores de lá.

MACHU PICCHU ZEN

O que seria a vida além de uma série de encontros e desencontros?

Por isso, quem sabe planejar e decidir leva uma enorme vantagem. Claro que não posso fazer isso sempre e tenho o discernimento de que, na vida conjugal, é fundamental que alguns processos (talvez os mais importantes) sejam geridos pela minha esposa. Como diria meu tio Félix, o segredo de um bom casamento é engolir sapos, ceder e definir áreas de domínio. Assim, a vida flui melhor e as decisões são mais fáceis. Por isso fiquei surpreso quando um belo dia Luana me falou, eufórica:

— Vamos pra Machu Picchu!

Lembrei vagamente que a ideia dessa viagem havia surgido na aula *do* ioga (após ser corrigido várias vezes em aula, aprendi que "yoga", por incrível que possa parecer, é uma palavra masculina em sânscrito), quando a nossa mestra Lenisse leu para nós, do seu livro preferido, que a essência da prática é o tratamento da energia:

— No ioga, mais do que exercícios de relaxamento e fortalecimento de músculos, o importante é como as energias são tratadas e liberadas. Existem vários lugares do mundo onde, por alguma razão, essa energia é mais perceptível: Stonehenge, na Inglaterra, a Ilha de Páscoa, no Chile, e principalmente Machu Picchu, no Peru.

Pelo visto, essa conversa despretensiosa tinha motivado muito Luana, tanto que a viagem já estava fechada, a estruturação e o planejamento feitos. Só que esse era um domínio pretensamente meu e uma área na qual sempre atuei muito bem.

Lembrando-me do tio Félix, adotei a cautela necessária.

— Você não comentou nada comigo, e nem sei se posso ir. Quando vai ser?

— Na verdade, não estamos convidando todo mundo. Só mesmo as pessoas que farão parte da egrégora, a força espiritual criada a partir da soma das energias coletivas — respondeu ela, bem direta e toda entendida do assunto.

Eu nem imaginava o que seria aquilo. Mantive a calma e até achei bom que eu não estivesse incluído em seus planos, já que definitivamente não queria entender o que significava a tal de egrégora, e tampouco Machu Picchu era uma das minhas prioridades no momento. Só fiquei um pouco preocupado porque gostava de organizar bem as nossas viagens, e aquela pelo visto seria toda por conta dela.

— Que interessante! E quais são seus planos de viagem? — perguntei, tentando não dar muita importância, já que Luana não gostava nada de interferências quando decidia fazer algo.

Ela adotou um tom professoral.

— A gente teve uma reunião com o nosso líder, que é uma pessoa iluminada e formador de um grupo esotérico. Ele explicou que o foco da viagem é a egrégora e que o grupo vai estar conectado energeticamente todo o tempo, com um encerramento magistral em Machu Picchu, onde tem muita energia cósmica! Pra você ter uma ideia, ele até se emocionou quando disse isso pra gente, começou a chorar e tudo.

Assustado, perguntei:

— O líder do grupo chorou ao descrever a entrada em Machu Picchu?

— Isso mesmo. Olha que sensibilidade!

No mundo corporativo, chamamos de líderes as pessoas que, além de inspiradoras, desbravam o caminho e reagem rapidamente às crises. Ou seja, administram pelo exemplo. Se ele tinha chorado já na apresentação, o que aconteceria quando estivesse sozinho no Peru com a minha mulher e a nossa mestra de ioga? Senti o perigo no ar e tentei argumentar:

— Muita sensibilidade mesmo. Ele tem experiência nesse tipo de viagem? Já liderou um grupo esotérico no Peru? Qual a logística da excursão?

— Ele vive disso — respondeu enfaticamente Luana. — O mais importante é manter a egrégora, a energia conectada. Vamos passar por desertos de ônibus, pegar um trem, vans e carros. Vai dar tudo certo. Sabe, né? O que vale é a conexão do grupo.

— Que companhia aérea vocês vão utilizar no voo para o Peru? — perguntei, já com receio que me dissesse que não utilizariam avião.

— Não sei, é um voo fretado que sai às quatro da manhã.

— Voo fretado pro seu grupo?

— Não, pra vários. Sai mais barato assim.

Morri de medo de novo. Apesar de a minha mulher ser bastante esclarecida e ter viajado por grande parte do mundo, eu sempre tinha organizado as viagens e não gostei nada de saber que o chorão estava cuidando do tema e havia fretado os famosos voos baratos que sobram nas companhias aéreas. Já tinha escutado experiências tétricas sobre esse assunto.

De qualquer forma, nunca fui de interferir diretamente nas decisões de Luana, e ao longo do tempo minhas pequenas tentativas foram sempre eliminadas, com o pressuposto de que eu não fazia parte da egrégora.

Em uma das nossas sessões de ioga, uma amiga nossa, a Mary, comentou que estava se animando para a viagem. A mestra foi cirúrgica na resposta:

— Agora é tarde pra você se animar. O grupo está fechado, e não aceitamos mais ninguém. Não podemos quebrar a energia.

Eu e Mary ficamos calados. Evitei outras perguntas após o olhar firme da minha mulher, mas entendi a mensagem: somente os eleitos para a egrégora poderiam participar.

Chegou enfim o dia da viagem, e as emoções estavam à flor da pele — as tensões do meu lado também. Apesar de não interferir, mantive um completo monitoramento à distância. Assim que chegaram a Lima, liguei para ela, que pareceu bem animada.

— O voo foi muito bom, apesar de a gente ter saído só às sete. Você me perguntou da companhia, mas não achei nenhuma identificação no avião. Mas, bem, deu tudo certo no final.

— E você vai voltar no mesmo avião?

— Sim, só que agora ele sai às três.

— Da tarde?

— Não, da manhã, no mesmo esquema de voo fretado.

Temores profundos me abateram. Esperei o primeiro dia, e liguei novamente:

— Tá tudo ótimo! — falou Luana com entusiasmo. — Tivemos um probleminha pra entender a egrégora, já que toda tarde precisamos nos reunir, e dessa vez foi dentro de um lago. Tava muito frio.

— Você entrou? — perguntei, aflito.

— Na verdade, eu e a Lenisse ficamos no ônibus, mas o grupo ficou muito chateado por quebrarmos a egrégora.

Melhor quebrar a egrégora do que ficar doente, pensei.

— Não sei, não, talvez fosse melhor ter entrado. O grupo ficou muito preocupado se essa quebra de energia não vai afetar a viagem...

Após um dia em Lima, eles atravessaram o deserto e foram para Machu Picchu, o destino final. Fiquei bem preocupado quando ela me contou, porque sabia que viajantes deviam tomar muito cuidado com a altitude no Peru; vários jogadores de futebol já tiveram problemas de doping por causa do chá de coca lá servido. Lembrei-me do Zetti, goleiro do glorioso tricolor do Morumbi, que quase foi excluído da carreira por tomar o famoso chá.

— O que você sentiu? — perguntei na ponta da cadeira, quando Luana me contou que tanto ela quanto a mestra haviam tomado o tal chá.

— Ela expeliu a coca e eu fiquei tonta, mas só assim a gente pode chegar no pico onde fica a cidade. É pra aguentar a altitude.

— Como alguém expele coca? — perguntei, estranhando a palavra. Provavelmente era algum termo esotérico.

— É isso mesmo que você entendeu, mas o líder usou essa palavra. Além do chá, ela comeu as folhas. Aí já sabe... o fígado não aguentou.

Refleti que parecia mesmo uma escolha de Sofia. Ou tomava o chá e ficava dopado, ou desmaiava em razão da altitude.

— E vocês conversaram com o líder sobre isso?

— Eu até tentei, mas ele sempre fica no fundo do ônibus meditando, não pode dar atenção pra esses probleminhas. Ele tem que manter a energia do grupo, né? Se você fizesse parte da egrégora, entenderia.

Fiquei pensando depois naquilo; por um lado, foi muito bom não ter ido com elas; por outro, estava temeroso por Luana. Mesmo assim, resolvi mudar de assunto para um terreno mais seguro.

Apesar de esotéricas e preocupadas com a liberação das energias, sabia que elas não resistiam a uma boa barganha.

— E como foram as compras? Muita coisa interessante?

— Ah, foram ótimas! A mestra deu um show. O nosso líder avisou que a gente sairia no dia seguinte de madrugada e tínhamos só...

Cada vez eu gostava menos daquele líder, principalmente com aquela obsessão por sair antes de o sol nascer. Não resisti e perguntei:

— Mas pra que ficar viajando sempre de madrugada? Esse líder aí não pode esperar o sol nascer, não?

— Não atrapalha a história, Júlio! Então, onde eu tava mesmo? Bem, a gente tinha só aquela noite pras compras, e todo mundo tinha que deixar as malas arrumadas antes de dormir. Eu e a mestra formamos a nossa egrégora de compras, só eu e ela! O pessoal lá é legal, mas... você sabe, até se mexerem, a gente perderia muito tempo. Quando estávamos quase escapando, encontramos a Marta. Ela é bacana, mas é uma das mais fanáticas seguidoras da egrégora de energia. Foi ela que te falei que ficou um pouco chateada por não entrarmos no lago gelado, lembra? Bem, ela não tava nos nossos planos. Aí ela perguntou se estávamos saindo pra fazer compras e se podia ir com a gente.

— E vocês deixaram ela entrar no grupo?

— Então, aí a mestra perguntou se ela já tinha arrumado as malas, mas ela não tinha.

— E a mestra?

— Falou que não podia, né? E, acrescentou que, "na nossa egrégora de compras, quem não arruma a mala conforme a orientação do líder não pode ir". Foi incrível! A mestra ainda cutucou a mulher e disse: "Lembra do lago, quando você falou que quebramos o grupo? Aprendemos e agora seguimos as regras. Não queremos a egrégora quebrada de novo".

— Finalmente uma vingança da egrégora de energia! A mestra mandou bem — falei, vibrando com a história, mas procurando não dar muita ênfase e já mudando de assunto. —Bom, amanhã de noite te ligo de novo, já que finalmente vão chegar ao que interessa: o famoso pico. Boas aventuras por aí.

Continuei preocupado, mas pelo menos a viagem já estava chegando ao fim. Na noite seguinte, liguei, ansioso, antecipando as peripécias que teriam ocorrido.

— E aí, tudo bem? Muitas aventuras? Conta tudo.

Ela estava ofegante ao telefone e falava aos borbotões:

— Muitas emoções por aqui. Tem tanta coisa pra falar... Ai, é difícil, mas vou tentar. Chegamos de manhã no pico. O nosso líder tava mais do que animado, parecia deslumbrado pela energia dali. — Ela acelerou ainda mais a fala, tentando descrever a cena ao pé do pico famoso: — Ele olhou pro nosso grupo, emocionado, e começou a falar, mais parecendo com uma reza: "Chegamos ao ápice da nossa viagem! Aqui acontecerá a conversão das energias! Eu gostaria que todos estivessem de branco para celebrarmos este momento".

A partir desse instante, Luana adotou um linguajar mais messiânico, talvez influenciada pela energia e pelo líder chato. A descrição da cena continuou:

— Caminhamos lentamente em direção ao cume, todos de branco. Alguns também pintaram estrelas no rosto e usaram uns adornos esotéricos pra dar mais força à egrégora. Na frente marchavam os mais experientes, entoando pequenos mantras repetidos pelos outros. E, à frente de todos, com as mãos em pose de oração, com um sári indiano branco e dourado, o líder parecia flutuar em direção ao cume.

Mais uma vez, agradeci em pensamento por ter sido eliminado da viagem. Minha mulher não gostava de perguntas no meio das histórias, mas não resisti a mais um questionamento:

— Mas vocês não chamaram muita atenção? Todo mundo se veste assim lá?

— É, só o nosso grupo tava vestido assim, a maioria dos visitantes estava de bermuda e com roupas confortáveis. Eu e a mestra percebemos que eles pareciam um pouco assustados com a gente. Talvez só admirados também, vai saber. Aí o mestre parou e falou com a gente: "Devotos! Nosso grupo é muito mais energizado que os demais e certamente teremos toda a energia do local somente para nós".

Aquela história estava ficando cada vez mais esquisita.

— Comecei a achar que ele tava exagerando um pouquinho, mas a nossa procissão continuou em direção ao cume. Tava cheio de seguranças lá. Comecei a notar que o pessoal da segurança tava de olho na gente.

Fiquei imaginando a cena. Eu sabia que Machu Picchu era considerada uma das maravilhas do mundo e por isso era fortemente protegida. Por isso, a chegada do estranho grupo de branco certamente deveria ter feito a segurança lhe dedicar uma especial atenção. Resolvi não interromper, e Luana continuou sua descrição:

— A mestra foi falar com um dos seguranças: "Por que tudo isso? Tem algum perigo pra nós?". Daí ele respondeu: "Pra vocês, não. Mas para as nossas edificações milenares, sim. O coronel Cresto precisa falar com o responsável pelo grupo. É aquele ali, de vestido branco estranho, que parece que tomou muita coca?".

Luana fez uma pausa para tomar fôlego e continuou:

— E aí a coisa complicou, o tal do coronel Cresto chegou com segurança reforçada. Pararam nossa procissão, e o coronel virou pro nosso líder como se estivesse num interrogatório. Falou que estavam monitorando a gente desde o início. Perguntou por que estavam todos de branco num lugar onde todo mundo usava roupas esportivas. Queria saber quais eram os nossos objetivos com a viagem e até a qual seita a gente pertencia, vê se pode.

— E aí?

— Todo mundo no grupo estava preocupado, né, já que o líder continuava em profunda meditação, com os olhos parados, talvez absorvendo a energia dali, não sei. Ele disse bem assim: "Eu e os discípulos estamos caminhando em busca da luz e da paz, destruindo todas as aflições e os temores".

Resolvi interromper de novo a história:

— Mas e aí? O coronel entendeu alguma coisa do que ele falou, mesmo em português? Ou ele falou em espanhol? Ou inglês? Não entendi.

— Acho que ele não entendeu foi nada. O coronel ficou ainda mais tenso. A única coisa que ele pareceu entender foi a palavra "destruir". Aí o caldo entornou de vez. O homem tava brabo mesmo e falou com os seguranças: "Soldados! Deste ponto, eles não devem passar. Não entendi o que pretendem fazer, mas não deve ser nada bom".

— Preocupante, hein?

— Pois é. Eu e a mestra logo vimos que nosso sonho de chegar ao cume estava perto do fim. Olhamos com esperança pro líder, esperando que ele resolvesse a situação. Perguntamos: "O que a gente faz agora?". Quer dizer, não iam deixar a gente entrar na área turística principal, né!

— E ele?

— Ele de repente pareceu despertar do torpor em que se encontrava e respondeu, todo calmo: "Não entrarmos é um pequeno problema. Na verdade, o grande problema, o maior de todos, já aconteceu! Ocorreu um desequilíbrio na energia do grupo. Os mantras, as vestimentas e as meditações não estão funcionando para estabelecermos a unidade energética".

Sempre fui calmo por natureza, mas aquele líder despertava em mim os mais básicos instintos só de ouvir a história. O que seria pior que não subir ao cume?

Luana retomou a história e imprimiu um tom dramático na voz:

— Começamos a ficar preocupadas com tanto esoterismo. Daí perguntei pra ele: "Mas a ideia não era chegar ao cume e a Machu Picchu pra justamente obter essa energia?". Você não vai acreditar no que ele respondeu, Júlio!

— Não é possível! O quê?

— O mestre levantou os braços como se fosse abençoar a gente e respondeu, dramático: "Não. O nosso objetivo sempre foi a egrégora. E ela foi quebrada... no lago!".

— Não acredito! Ele falou isso mesmo?

— Foi! Então ele abaixou os braços, sentou no chão e começou... a chorar! Pode?!

Pelo tom de voz de Luana, percebi que ela estava bem chateada. Com carinho, evitei expressões do tipo "não falei?". Engoli até a minha raiva.

— Bem... Pelo menos foi uma aventura, e você tem uma boa história pra contar.

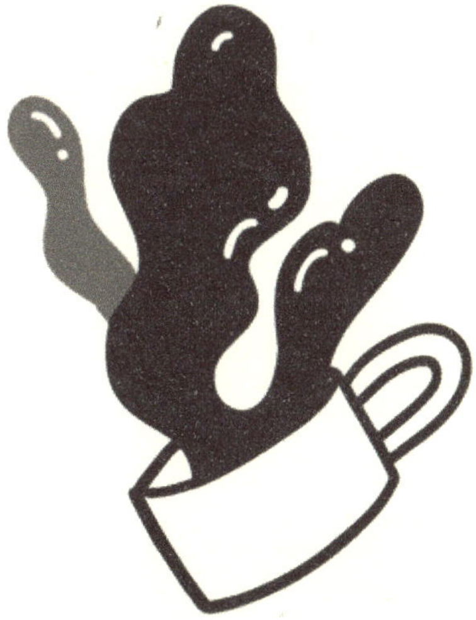

VODU

— Vamos ter que cortar muito pra ficar bom!
— Mas você sabe que, quando termino um conto, é quase como um filho. Difícil me separar...
— É por isso que você me contratou: pra ter uma análise crítica do texto. Não adianta só escrever, você deve ter um objetivo claro. Saber que seu conto vai pro mundo, pra vários leitores.
— Eu sei... Estou aprendendo, mas, como escrevo sobre histórias que vivi, é difícil ser muito direto. Tem que dar o contexto, explicar alguns personagens. Eles vão ler o livro, né? Olha a responsabilidade!
— Mas não precisa de tanta introdução; aqui, por exemplo, talvez seja melhor entrar direto no assunto. Se começar a filosofar muito, você pode perder o leitor. É o pior que pode acontecer com um escritor.
— É... Acho que consigo reduzir um pouco o contexto. Tentar ser mais direto.
— Exatamente. Nunca vou mexer no seu texto, só passo as sugestões. Por exemplo: além de muito contexto, não está

claro por que você quis contar esta história, e ela termina sem um fim.

— Reminiscências da minha vida não são importantes? Eu contei a história por causa disso!

— Se for pra guardar em casa, reminiscências são importantes. Se pretende que alguém leia, tem que ser interessante. Já viu quanto material escrito existe na face da Terra? É muita coisa! Um livro compete com outras formas de entretenimento fortes, como games, TV, cinema... As pessoas não têm tempo de sobra: se não pegar o leitor de cara, já era.

— E quanto ao final? Usei o estilo do final aberto. O leitor pode pensar o que quiser...

— Ficou aberto demais, e o leitor vai pensar que você interrompeu o conto no meio. Ele vai ficar frustrado, e talvez não leia outro texto seu.

— Ô leitor chato! Tá bom, vou trabalhar nesse tema e te mando de novo.

— Ótimo. Você evoluiu muito na sua escrita, e agora tenho expectativas maiores. Sempre dá pra melhorar. Use o recurso de contar várias histórias no mesmo conto. Você tá ficando bom nisso.

— Como por exemplo?

— Lembra do conto em que você incorporou o vodu pra ameaçar a dentista que não acertou o seu dente? Essas analogias funcionam para o leitor. O conto fica mais interessante.

— Na verdade, eu falei que tenho um boneco vodu em casa e, quando fico bravo com alguém, começo a enfiar agulhas nele. Segundo a mística de New Orleans, as pessoas começam a sentir dores. Eu tenho um boneco desses, mas é só brincadeira.

— Então use essas ilustrações, pra que o conto fique menos burocrático. Eu sei que algumas vezes sou meio carrasca, mas vou insistir nisto: naquele conto, o vodu funcionou.

— Você é a mestra da escrita, mas hoje tá exagerando na sua porção carrasca.

— E você vai ver que vai ficar bom no final. Agora tenho que desligar. Hoje não tô muito bem, uma dorzinha chata no ombro.

— Só no ombro?

— Agora que falou, também tá nas costas, um pouco. Estranho. Não tava sentindo nada…

— E no pé, tá sentindo alguma coisa?

— Opa. Você não tá usando o boneco comigo? Tá?

— Claro que não! Deve ser psicológico. Eu tenho um boneco aqui na minha mesa, mas não entendo nada dessas coisas. Melhorou agora?

— Tô normal, acho que era psicológico mesmo…

— Ou talvez dor na consciência por destruir o meu conto. Cuidado, hein?!

— Você continua com o boneco aí na sua mesa?

— Ele fica sempre aqui como enfeite.

— Você não tá me ameaçando… certo?

— Não, só disse que ele fica na minha mesa.

— Ahã, até parece… Mas não adianta, vai ter que cortar!

O MAREMOTO

— Que tal comemorarmos a sua promoção no Havaí? — Marolla olhou com animação para mim, seu amigo recém-promovido. Carioca da gema, sempre gostou de curtir as coisas boas da vida. Aos cinquenta anos, sócio sênior de uma empresa multinacional, já tinha conhecido o mundo todo ao lado da esposa, Vilma. Sabia que o amigo, agora também um sócio — no caso, júnior —, devia ampliar os horizontes, sair da tríade Disney-Miami-Nova York.

— Não sei, não, Marolla. Agora que estamos no meio da construção da casa nova, vai ser complicado acompanhar o seu padrão de viagem — falei na defensiva, sabendo que os compromissos orçamentários da nova residência poderiam ser comprometidos por viagens caras, como só Marolla sabia planejar.

— Não se preocupe. Faremos um mix de programas! Você escolhe alguns passeios e eu, outros. O que mais vale na vida além de celebrar com amigos? E se for numa ilha paradisíaca como o Havaí, melhor ainda, certo? — Não sei por que cariocas sempre usam a palavra "certo" em tudo que falam. Se não falar "cerrrto" (bem espichado!), para mim não é carioca.

Mas num ponto Marolla tinha razão: o Havaí era um lugar que merecia ser conhecido. Apesar da proximidade do Japão (uma economia de Primeiro Mundo, o que sempre inflaciona os preços), valia o risco. Sempre fomos bons amigos, e viajar com ele era bem divertido. Com a devida cautela nos custos, acabei me convencendo de que valeria a pena.

Nosso plano era passar uma semana em Honolulu, a principal cidade do local, e descansar de verdade. Tudo tranquilo, sem estresse. Nada de trabalho e muita praia! Celebrar a vida, a promoção, a amizade... Quem poderia imaginar as fantásticas aventuras que teríamos naquela ilha?

Chegamos pela manhã ao hotel Waikiki-Alguma-Coisa, que ficava em uma praia do mesmo nome, a mais famosa de Honolulu. Marolla, com a experiência de um cidadão do mundo, assumiu, como deveria ser, o comando da programação.

— Eu cuido do check-in do hotel com as esposas para pegarmos bons quartos, e você vai buscar nosso carro, certo?

Como diria um carioca, aquilo não era muito a minha praia, pelo menos naquela época. Quer dizer, sair sozinho, em um país estranho, para fazer uma reserva e depois dirigir tudo de volta até o nosso hotel, ainda por cima em um carro automático? No Brasil, naquele tempo, a maioria dos carros tinha câmbio manual.

Tomei um táxi, me entretendo com as lindas paisagens pela janela. Como sempre, não prestei atenção no caminho. Com o taxista, aprendi a palavra mais pronunciada no Havaí: *Aloha*, a saudação tradicional e mística do local. Naquele tempo, não havia as facilidades do aplicativo Waze, mas, como era uma ilha, imaginei que seria difícil me perder. Estava mais preocupado com o mecanismo do carro automático: apesar de possuir dois pedais, sabia que nesse tipo de veículo só se utilizava o pé direito. E o que eu faria com o meu pé esquerdo, coitado, tão útil nos carros manuais com três pedais?

A reserva transcorreu sem problemas. Aproveitei para perguntar ao locador onde ficava o tal hotel Waikiki.

— Qual hotel Waikiki o senhor gostaria de ir?

— Não sei, acabei de chegar e me recordo somente desse nome.

Ele me olhou de forma curiosa e informou que existiam pelo menos uns trinta hotéis Waikiki de uma rede famosa naquela praia. Gentilmente marcou em um mapa todos os hotéis com aquele nome e, após três horas de busca, brecando constantemente porque não conseguia eliminar o pé esquerdo, cheguei finalmente ao hotel: Waikiki House, era este afinal o nome completo do danado.

Encontrei meu amigo, o cidadão do mundo, e as esposas no bar, conversando e bebendo agradavelmente, enquanto eu chegava todo suado da minha aventura maluca.

— Onde você estava? — Luana quis saber, preocupada. — Aconteceu alguma coisa?

— Nada. Só me distraí um pouco neste lugar maravilhoso.

Achei melhor não revelar que tinha me perdido logo na primeira saída, e, pior, em uma ilha. É sempre bom evitar bullying de carioca.

— Escolhemos quartos excelentes no décimo oitavo andar, com *ocean view*. Não dá pra ficar sem vista pro mar aqui, certo? Tive que trocar seu voucher, imagina, era no terceiro andar!

— Marolla, aquele era um quarto para sócio júnior, muito mais barato que o seu. Lembra das suas promessas de preservar a construção da minha casa?

Enfim lá fui eu, suado, fazer as trocas, mas ainda bem que foi tudo rápido. Salvei uma parte do orçamento da casa.

Pelo nosso combinado, naquela noite o Marolla definiria o programa. Ele escolheu um tradicional (e caro) luau, uma festa típica com muita dança, na qual um porco é preparado na areia com brasas e servido com outras iguarias exóticas. Luana estava um tanto preocupada, pois jamais gostou de porco. Já eu estava preocupado com o preço mesmo. A festa aconteceu à noite, com a iluminação natural de várias tochas dispostas simetricamente na praia. Os locais, em suas roupas típicas, cantavam e dançavam em um palco na areia, enquanto os espectadores se aglomeravam em volta de maneira bem pouco organizada. Parecia que toda a ilha estava presente.

— Não sei, não. Parece que tem muita gente, e não estou vendo a infraestrutura para um jantar com tantos convidados — falei com receio.

De repente a música cessou, e, com muita pompa, um porco temperado foi trazido, pendurado em varas que os havaianos carregavam sobre os ombros. Minha preocupação só aumentou ao notar que o porco era bem pequeno perto da turba a postos para consumi-lo. A cerimônia do enterramento do porco em brasa demorou trinta minutos, e mais duas horas seriam necessárias para o quitute ficar pronto. Uma longa fila se formou para o jantar. Precisávamos de muita sorte para conseguir comer algo.

Marolla deu seu jeitinho carioca e conseguiu mudar para uma fila menor, apelando para a idade e o fato de ter feito uma cirurgia no coração. Chegou a abrir a camisa e mostrar a cicatriz para os locais. Não sei como acreditaram, mas acabou que fomos todos para a fila VIP.

Quando finalmente chegou a nossa vez de sermos servidos, nos deparamos com um homenzinho mal-humorado, que nos serviu uma massa disforme, supostamente o tal porco enterrado. Pagamos muito caro e comemos muito pouco. Lembrei imediatamente da construção da casa. Quanto teria custado aquele porco? Uma das paredes do meu banheiro, talvez?

No dia seguinte, o passeio também ficou por conta da escolha do Marolla.

— Este restaurante aqui é muito bem recomendado. Tem uma cozinha futurística e fica no topo de um dos prédios mais famosos da ilha! — falou ele, com ares de experiência.

O que é combinado não é caro. Tínhamos acertado que os dois primeiros dias ele iria escolher. No restaurante, fomos recebidos pelo maître, que consultou as reservas e felizmente logo encontrou o nosso nome.

— Viram? Conseguimos vir aqui porque fiz essa reserva com bastante antecedência. Nada como planejar bem uma viagem! Certo? — Marolla disse com entusiasmo.

Fomos então conduzidos à nossa mesa; estávamos sozinhos no restaurante. Certamente os preços deviam ter assustado os demais clientes. O pianista pareceu contente em ter alguém para quem tocar e, ao ser informado pelo maître da nossa procedência, iniciou uma seleção de músicas brasileiras. Discretamente colocou um vaso transparente sobre o piano, onde pude visualizar uma nota de cem dólares. A caixinha seria alta.

Os pratos do menu, não posso dizer se eram futuristas, mas definitivamente eram bons e bem caros. Novamente pensei na construção da casa. Algo teria que ser cortado no nosso orçamento doméstico. Talvez a cozinha? Os quartos? Quem precisa dormir num quarto, não é mesmo? Eu e Luana poderíamos muito bem dormir na sala, aconchegados, toda noite seria uma aventura, um acampamento etc.

No outro dia, felizmente era minha vez de escolher. Fomos à praia e a Pearl Harbor, atrações gratuitas. Para comer, ficamos mais na linha hot dog e hambúrguer, pratos nada futuristas mas baratos, e mesmo assim constatei com tristeza que compensamos muito pouco os custos dos dois primeiros dias.

Após o dia mais econômico, dormimos com a consciência um pouco mais tranquila no nosso quarto no terceiro andar, mas logo às seis da manhã uma sirene começou a tocar, e uma voz no alto-falante disse para todos descerem para o café, para darem uma importante notícia. Era bem estranho que alguém obrigasse os hóspedes a descer em um horário específico para o café. Certamente alguma coisa grave precisava ser anunciada.

Os hóspedes foram chegando aos poucos, alguns com expressão de quem preferia estar na cama, dormindo. Outros pareciam irritados pelas horas de sono privadas, mas todos visivelmente apreensivos em vista do que seria anunciado. O café foi servido como sempre, mas havia uma tensão no ar.

Após a refeição, o gerente-geral do hotel se dirigiu lentamente a um pequeno palco. Ele se vestia com as roupas descoladas do Havaí e transmitiu num sorriso a serenidade que todos apreciavam. Falou pausadamente, considerando que a maioria dos hóspedes eram estrangeiros e poderiam ter dificuldades com o inglês.

— Aloha, caros hóspedes! Ocorreu um terremoto no Japão, e como consequência se formaram algumas ondas que podem atingir a nossa ilha. O hotel está preparado para enfrentar esse tipo de ocorrência, e estamos totalmente seguros. Por favor, continuem suas atividades tranquilamente, e ao longo do dia passaremos mais informações.

Apesar da aparente calma do comunicado, me pareceu que não era uma situação tão tranquila assim. Olhei para o Marolla, buscando sua experiência naquele momento.

— O que você achou?

Marolla, apesar de ser o típico carioca que leva a vida numa boa, sempre teve uma personalidade pragmática, e eu diria até uma visão mais trágica de certos acontecimentos. Ele nos encarou e falou de forma catastrófica:

— Acho que, utilizando palavras mais leves, ele quis dizer que o terremoto no Japão desencadeou um maremoto e certamente vamos ter um tsunami aqui na ilha. Certo?

Vilma, que sabia bem como era o marido, reagiu furiosamente:

— Você sempre brincando com situações sérias. Não vê que não é hora de piada? Precisamos analisar. E, se for o caso, deixar a ilha!

Procurei manter a calma. Nós, brasileiros, não estamos acostumados com esse tipo de fenômeno e sempre achamos que nada vai acontecer. Temos o dom de enfrentar crises e desastres dos mais variados tipos, mas, quando se trata de fenômenos da natureza, nos limitamos às enchentes, que na verdade nem são exatamente naturais, mas resultado de muitas ações e decisões humanas, quase sempre questionáveis. Vulcões, terremotos, maremotos e furacões não fazem parte do nosso cotidiano.

Na mesa ao lado havia um jovem casal japonês, aparentemente em lua de mel, discutindo na sua língua difícil para nós, brasileiros, o que o gerente do hotel havia comentado. Estavam debruçados sobre um mapa da região, bastante agitados, apontando determinados locais. Notei com preocupação que não apontavam passeios na área de Waikiki, mas sim o posicionamento do Havaí em um mapa-múndi.

Nessas situações é sempre bom falar com gente da região, com mais experiência com fenômenos da natureza daquele tipo:

— Tudo bem com vocês? Como estão as notícias do Japão? Suas famílias estão bem? — comecei a falar com solidariedade.

— Lá no Japão todos os familiares estão bem, mas nós moramos em São Francisco. Pelas notícias que temos, eles estão preocupados com a onda gigantesca que vai chegar por lá.

— Mas São Francisco fica a mais de oito mil quilômetros do Japão! Não deve ter nenhum problema, não é? — observei, tentando me convencer de que não havia perigo real.

— Foi o que pensamos também, mas nossos amigos estão se preparando para a onda que vai chegar lá. — O homem me mostrou no mapa o que estavam discutindo. — Olha só, aqui está o Japão e aqui fica São Francisco, e neste ponto bem entre os dois locais, que não dá para ver bem por ser muito pequeno, está o arquipélago do Havaí, onde estamos.

Olhei para eles e entendi imediatamente o motivo de tanta agitação. Afinal, o Havaí estava a seis mil quilômetros do Japão e bem no caminho da onda gigantesca que preocupava São Francisco.

Como o hotel não dera novas notícias, fomos para o apartamento do Marolla com sua excelente vista para o mar. Vilma continuava com a firme disposição de deixarmos a ilha. Eu preferi ficar por ali mesmo, já que, como todo bom brasileiro, não podia acreditar que fosse algo tão grave. Luana estava em cima do muro, enquanto Marolla renovava a visão catastrófica de que não havia nada a ser feito a não ser se submeter às forças da natureza.

Na hora do almoço, houve outro comunicado também presencial do gerente do hotel. Continuava com seu discurso calmo, mas a tensão só aumentava.

— Aloha. Caros hóspedes, realmente existe uma onda considerável dirigindo-se à nossa ilha, e as autoridades vão iniciar a evacuação para regiões mais altas. No hotel, provavelmente faremos uma evacuação vertical, ou seja, todos que estiverem abaixo do décimo andar devem migrar para apartamentos superiores, que estarão acima da onda.

Um tumulto se estabeleceu com tal notícia, uma torre de babel com perguntas em várias línguas. O gerente-geral permaneceu impávido, tentando responder às dúvidas.

Nosso grupo se reuniu novamente no "bunker", ou seja, no quarto do Marolla, para discutir o que fazer.

—Vamos deixar a ilha já! Direto pro aeroporto enquanto há tempo! — disse Vilma, apavorada.

— Melhor ficar por aqui e confiarmos nas medidas de segurança do hotel — ponderou Luana, bem impressionada com a calma do gerente do hotel.

— Vamos obter mais informações com o nosso gerente. Ele parece muito enigmático nas suas considerações — sugeri, tentando semear serenidade, mas desconfiado do comunicado do hotel.

— Vamos nos submeter às forças da natureza — arrematou Marolla, sem explicar exatamente o que significava aquela frase que ele tanto repetia.

Ligamos a televisão. Estavam transmitindo de São Francisco. As autoridades depositavam sacos de areia em todas as praias. Pensei na hora no mapa dos japoneses: éramos um ponto minúsculo no meio do mar, pelo qual a onda passaria antes de chegar a São Francisco. Os sacos de areia não resolveriam nada naquele lugar.

Na época, a melhor e talvez a única referência para obter informações era a televisão. Um tempo que parece tão distante agora... Nos dias de hoje existem transmissões ao vivo acompanhando a trajetória da onda através de satélites, mas antes não era assim. Assistindo àquilo, pensei que o diretor da TV só podia ser um sádico, já que uma tarja vermelha na tela mostrava o tempo estimado para a chegada da onda em Honolulu. Além disso, mencionavam de forma bastante sensacionalista que a onda tinha doze metros de altura.

— Vamos sair agora para o aeroporto! — insistiu Vilma.

Comecei a acreditar que aquela poderia ser mesmo a melhor alternativa, mas eu não via como haveria aviões para todos com a mesma ideia. Só de degustadores do porco no luau havia algumas centenas de pessoas. Foi então que recebemos mais um chamado do hotel para uma reunião, agora no lobby, com novas informações. Todos novamente juntos, o clima de tensão aumentando. O gerente-geral parecia cada vez menos descontraído. Olheiras que não havíamos percebido antes estavam mais pronunciadas agora, e algum suor brilhava na testa do homem. Nem falou "Aloha" antes de começar o pronunciamento:

— Senhores, vamos iniciar agora a evacuação vertical. Todos que estiverem abaixo do décimo andar devem migrar para cima, conforme as instruções que vamos passar.

— Não falei?! Olha aí como foi bom eu ficar na cobertura! Não é porque tem *ocean view*. É uma questão de sobrevivência! Eu tinha razão! — falou Marolla, inflamado.

Concordei com ele, mas não entendi toda aquela euforia. Precisávamos de um maremoto só para provar que ele estava certo? *Certo?* Enquanto isso, o gerente continuava com as notícias ruins:

— A previsão é de que talvez fiquemos parcialmente inundados por três dias, e é importante que todos armazenem água e comida para esse período.

Debandada geral no hotel, todos correndo para o supermercado. Vilma ainda tentava nos convencer a ir para o aeroporto. Na saída, um clima de guerra: o Exército americano nas ruas, helicópteros em voos rasantes e o anúncio de que em três horas seria dado o toque de recolher. As pretensões de Vilma em relação ao aeroporto morreram naquele momento. Chegamos ao supermercado e nos dividimos por setor para ganhar tempo: Luana e Marolla ficaram responsáveis pelas comidas, Vilma pelas bebidas e eu pelas demais necessidades.

O ambiente no supermercado lembrava muito as liquidações da Black Friday americana. Em momentos como esse, você entende os instintos mais básicos do ser humano quando se trata de sobreviver: eu, por exemplo, garanti uma caixa de cerveja e duas garrafas de uísque após alguma luta com um australiano que queria levar todo o estoque do mercado. Se íamos ficar presos por causa da água, pelo menos podíamos afogar as mágoas no álcool! Nos reunimos longe da turba com nossos suprimentos. Nosso grupo se dirigiu aos caixas, mas logo notamos que ninguém estava pagando, já que os funcionários também tinham deixado suas posições, talvez buscando lugares mais altos na ilha. Com nossa carga preciosa, voltamos ao hotel, que estava um caos. Na TV, o apresentador sádico mencionava que faltavam apenas duas horas e dois minutos para a chegada da onda.

— Bom, temos aqui comida e bebida e estamos protegidos no décimo oitavo andar. Vamos relaxar e aguardar que esta onda passe — disse eu, tentando transmitir calma ao grupo.

Vilma resolveu fazer as perguntas desagradáveis, nas quais ninguém queria parar para pensar:

— Mas como saberemos que o prédio vai suportar uma onda de doze metros de altura? E se ele cair? Será que essa altura do décimo oitavo andar é maior que uma onda de doze metros?

— Nós ouvimos o gerente, não existem esses riscos. Estes hotéis são construídos já prevendo ondas grandes — falei, evitando o termo "tsunami" que assustava por si só e esperando semear alguma serenidade, mas nada convicto sobre qualquer uma das palavras que saíam da minha boca. — Temos que confiar no que o gerente-geral nos falou.

— Mas você notou que ele sumiu? Deve estar em algum desses morros que existem pela ilha, em segurança — questionou Vilma com sagacidade.

Enquanto isso, a TV continuava divulgando notícias ruins:

— Faltam exatamente sessenta minutos para a onda! — dizia o jornalista, como se estivéssemos em uma contagem para o Ano-Novo.

Todos nos reunimos na sacada. Vimos uma parte dos barcos que estavam ancorados deixar lentamente o porto e, após um quilômetro mais ou menos, parar com as quilhas de frente para a onda que logo chegaria. Marolla fez mais uma das suas considerações dramáticas:

— Eles decidiram salvar os barcos e vão tentar pular a onda! Quem permanecer no porto terá seu barco destruído. Por isso, alguns preferem correr o risco de morrer, no pressuposto de que a onda poderá ser superada com os motores!

Parecia que ele estava certo, já que escutamos o ronco forte dos motores aquecendo para a desafiante tarefa de enfrentar uma onda de doze metros de altura. O sádico da TV anunciava agora que faltavam apenas quarenta minutos. Helicópteros voavam pela ilha, desembarcando soldados e retardatários nos prédios mais altos, todo um clima de guerra instalado. Servi doses de uísque e cerveja. Todos preferiram o uísque, e nos sentamos para apreciar o que estava por vir. Estranhamente eu estava bem calmo, me preparando para aquele espetáculo inimaginável: um tsunami varrendo uma ilha e o nosso hotel, firme, bem no centro das águas.

O cenário estava armado: barcos acelerando no mar, helicópteros cruzando os céus, centenas de pessoas nos prédios em lugares mais altos, sirenes tocando por toda parte, todos observando atentos o horizonte, onde já se conseguia enxergar alguma coisa parecida com a grande onda.

E então...

... nada aconteceu.

A onda não chegou. Olhei para a TV, que confirmava que, afinal, ela chegara e varrera as ilhas, mas não a nossa. Felizmente ela se dividira em duas, atingindo as ilhas que ficavam ao lado de Oahu, muito menos habitadas, e que àquela altura já tinham sido evacuadas.

Estávamos salvos! E com muita bebida e comida extra. Resolvemos fazer uma festa. Todos os hóspedes organizaram um carnaval. O gerente-geral apareceu (segundo Vilma, retornando dos morros onde estava escondido). Festas, rezas, celebração da vida!

No dia seguinte, a ressaca da vitória, com todos bem-comportados, tomando chá e conversando sobre nossas aventuras na ilha. O hotel comunicou que as diárias não seriam cobradas em função do abono para catástrofes que existia na ilha.

Sorvendo o meu merecido chá, refleti sobre aquela viagem e a vida.

Tivemos uma aventura insólita, da qual sempre iríamos nos lembrar. Conseguimos nos salvar do maremoto e ele salvara a construção da minha casa, já que os custos do hotel foram cancelados. E o mais importante: eu ganhei uma história para contar, *certo?*

HISTÓRIA DE PESCADOR

Todos os anos, por uma semana no mês de setembro, vinte amigos de longa data se reuniam para a tradicional pescaria no Pantanal. Para muitos deles, era o evento mais importante do ano. Tinham se conhecido de várias formas: na mesma empresa ou no mesmo time de futebol, ou ainda eram parentes e amigos de alguém que participara da fundação do grupo inicial dos autodenominados *Pescadores Pantaneiros*. Sim, este era o nome impresso em camisetas azuis utilizadas nas viagens ao Pantanal por mais de vinte anos. Eram pescadores uniformizados.

Mais do que uma pescaria, o encontro representava uma ruptura no dia a dia de cada um deles. Tinham regras muito claras, algumas delas inflexíveis: nunca conversar sobre trabalho, não revelar o que acontecia durante a pescaria fora da confraria (os Pescadores Pantaneiros eram quase uma seita religiosa), não criticar nenhuma atitude dos integrantes (por mais exótica que fosse) e não convidar outros pescadores para o grupo seleto (a não ser com expressa aprovação das lideranças).

Mas com o que trabalhavam os Pescadores Pantaneiros? Nesse aspecto, a diversidade imperava. Havia presidentes de empresas, diretores de comunicação, donos de padaria, repórteres famosos, aposentados, construtores etc. Na verdade, o que faziam fora dali não interessava; o que valia mesmo era o companheirismo em situações de adversidade (no Pantanal, adversidades aconteciam a toda hora!), a presença nos jantares com muito peixe e regados a cerveja, a participação nas partidas de truco — todos estes, requisitos essenciais. No passado, alguns foram desligados do grupo por não terem tais características, e por isso atualmente o time estava bem mais depurado. Podia haver divergências, mas no final prevalecia a amizade construída ao longo de muitas pescarias.

Outra peculiaridade era que raramente usavam nomes. Ao longo de tantas jornadas pantaneiras, apelidos foram se consolidando até que todos se chamassem por eles, pelo menos durante aquela semana.

Naquele dia de setembro, chegaram pontualmente às oito da noite, como faziam há vinte anos, para mais uma aventura pantaneira. O evento da partida foi memorável: ônibus confortável para enfrentar dezesseis horas de viagem, motorista experiente e conhecido pelo grupo (sendo sua principal virtude não beber), espaço amplo para bagagens, isopores para os muitos peixes pescados (todo pescador é pretensioso) e, principalmente, transporte de bebidas para serem consumidas durante o trajeto. As quatro últimas fileiras, como em todo ônibus pantaneiro, foram convertidas em mesas de truco para o campeonato que seria realizado durante a viagem.

A maioria dos pescadores estava acompanhada das esposas, e alguns dos filhos. Por todo lado no ponto de encontro viam-se comoventes cenas de despedida, inclusive com alguns chorando pela saudade antecipada da família. Na verdade, as pescarias, além de prazerosas, eram também uma forma de conquistar a independência por uma semana: um momento para quebrar os paradigmas e virar quase um avatar do que se gostaria de ser, mas que, no dia a dia, a sociedade e o politicamente correto impediam.

Na entrada do ônibus se encontrava o líder oficial, Azulão Pantaneiro, recebendo os pescadores. O apelido se devia ao fato de que ele gostava de usar uma camiseta azul velha com o desenho de um tuiuiú (um tipo de jaburu do Pantanal). Dizia que a camisa trazia sorte na pescaria, desde que não a trocasse e não tomasse banho nem um dia, tudo para não quebrar a magia. Alguns anos antes, no entanto, ocorrera um motim do grupo no quinto dia de expedição, e a camisa foi incinerada e jogada no Rio Paraguai. Diziam as más línguas que alguns dos amotinados também foram atirados no rio pelo Azulão, mas tudo terminou bem, e ele ganhou o apelido.

— Bem-vindos, pescadores e familiares. Podem visitar nosso transporte e checar as comodidades — falou Azulão, tal qual um verdadeiro guia turístico.

— Azul — começou Golbery —, não é melhor você já cobrar a taxa final da pescaria agora na entrada? Depois que o pessoal começar a jogar e beber, vai ficar complicado. E chegando lá, a gente ainda vai ter que comprar as iscas vivas, você sabe que elas não são nada baratas. No Pantanal tem que ser tudo em dinheiro.

Golbery era a eminência parda que efetivamente detinha o poder no grupo. Mesmo que Azul fosse o líder oficial, as grandes decisões eram tomadas pelo Golbery — uma alusão ao famoso ministro do Brasil que tinha essa peculiaridade.

— Acho que é melhor mesmo — concordou Azul. — Gancho! Trouxe aí o valor em dinheiro que combinamos?

Gancho estava entrando no ônibus, acompanhado da esposa e de dois filhos pequenos. Por mais que já tivesse vivenciado a experiência de pescar, continuava enroscando os anzóis em árvores, barcos, piloteiros (o nome que se dá ao condutor do barco; não existe no dicionário, mas é assim) e até mesmo em outras varas. Ou seja, ele dificilmente conseguia colocar sua linha na água, e seu *score* de pesca era muito baixo. Um apelido bem apropriado.

— Calma, Azul — disse Gancho, com lágrimas nos olhos. — Não tá vendo que tô aqui na emoção da despedida? Deixa eu mostrar o ônibus pra família. A gente é muito apegado, sabe como é... a separação é difícil.

Outros pescadores chegavam à porta, todos efetuando o pagamento requerido por Azulão. Uma pescaria no Pantanal era cara, e existia uma espécie de banco financiador no grupo. Se por acaso alguém da confraria não conseguisse pagar, essa pessoa não era privada da viagem — quase uma irmandade.

Naquele momento, chegou à porta Menino do Rio, apelido mais charmoso do grupo (na versão dele, é claro), mas que começou a ser chamado assim por usar um calção muito curto, próprio para a juventude (ambos já se foram). O calção também foi lançado nas águas do Rio Paraguai pelo Azulão, na ocasião da vingança pela perda da camiseta malcheirosa. E a juventude... bem, já deu pra entender.

— O dinheiro das iscas tá aqui, mas você ainda me deve um calção novo — falou Menino.

— Tá aqui comigo, vou te entregar lá no Pantanal — o outro respondeu.

A verdade era que ele comprara um calção de couro com lantejoulas, usado em algumas boates famosas em São Paulo. A entrega estava programada para ser feita com toda a pompa na presença de todo o grupo — possivelmente outro candidato a ser incinerado e jogado no rio.

Outros da irmandade continuavam aparecendo, como Lúcifer, um repórter famoso. Na maior parte do tempo, ele tinha uma personalidade muito calma e ponderada, que no entanto se transformava em uma entidade alucinada logo após o ônibus fechar as portas. Já Schwarzenegger, que surgia logo atrás, fazia musculação todos os dias e costumava erguer beliches com pescadores deitados como pesos. Também ingressaram no ônibus Carneirinho, War, Vinho e Prato. Com a tropa completa a bordo, todos correram para as janelas a fim de acenar para as famílias, alguns ainda com os olhos molhados. A clássica "Valsa da despedida" ecoava, enquanto o veículo lentamente deixava o ponto de encontro, ingressando na Marginal Tietê.

Foi quando se iniciou a transformação radical. Trocou-se a valsa por sertanejo de raiz, e o pessoal começou a deixar seus lugares, apesar do ônibus em movimento. Sem nenhuma coordenação, mas com grande eficiência, os passageiros assumiram funções específicas. Carneirinho e Paco (por ser espanhol) se encarregaram das entrevistas e das filmagens, com direito a depoimentos, expectativas sobre a viagem e confissões de todo tipo. O material seria revisado pela liderança antes de ser divulgado — existiam muitos cortes a serem feitos. Lúcifer e Menino se concentraram na distribuição de bebidas, o primeiro já com sua camiseta amarrada na cabeça. A entidade chamada Felicidade já havia se apossado dele. A Liderança (Azulão e Golbery) se dirigia ao final do ônibus para organizar as partidas de truco, dedicando mais atenção a situações propensas a conflitos. Quem joga truco sabe que é coisa séria, por isso é essencial a supervisão dos líderes. Outros irmãos se encarregaram da farta distribuição das comidas. Gancho (agora sem nenhuma lágrima no rosto) soltou o brado de guerra:

— Agora vale tudo!

Durante todo o trajeto, a festa a bordo continuava. Um dos principais mandamentos da confraria foi solidamente mantido: ninguém conversava sobre trabalho!

No dia seguinte, enfim o Pantanal. Desta vez, ficariam em um tipo de hotel flutuante chamado no lugar de "botel", na foz do rio Aquidauana no encontro com o rio Miranda. No Pantanal, um lugar encantado com a maior diversidade de aves do mundo, a pescaria era apenas um acessório na experiência impactante do contato com a natureza na sua plenitude. Com certeza, um local para recarregar as baterias, mesmo que nada fosse pescado.

Lá, além do ambiente majestoso, a rotina era totalmente diferente. Acordava-se às cinco da manhã, antes de o sol nascer, para embarcar meia hora depois com o piloteiro, uma entidade reverenciada no lugar: se o piloteiro era bom, a pescaria também. A competição era acirrada entre os pescadores, e quem não pegava nada tinha que aguentar as gozações. Os barcos também recebiam apelidos: havia o barco Funeral, quando os dois pescadores não pegavam nada e estavam sempre tristes; o barco Carnaval, com muita alegria e pouco samba no pé (isto é, muita propaganda e poucos peixes!), e o barco Secreto, onde nunca se sabia o que estava acontecendo — ou era muito peixe ou nenhum.

Aquela seria só mais uma semana de pescaria entre amigos, não fosse por uma mudança nos planos — e não, essa não é mais uma história de pescador.

Apesar da amizade do grupo, é próprio do ser humano gerar conflitos, e estes surgem com maior frequência quando rotinas são alteradas, papéis não estão claros ou a autoridade não é determinada: o exato ambiente no Pantanal.

Agora, na segunda noite da viagem, é quando o primeiro deles acontece.

Uma parte do grupo quer ir até uma ilha próxima acampar e, após algumas discussões, convence a maioria.

Vinho (uma vez, em uma parada do ônibus, ele comprara um vinho caríssimo, que todos dividiram em uma das viagens) não está tão convencido de que seja uma boa ideia, já que estão bem instalados no botel.

— Vamos ficar por aqui, que tá ótimo. Pra que perder tempo fazendo isso? A gente nem sabe se vai dar certo. Imagina só, acampar em barracas!

— Mas todo mundo preferiu ir para a ilha — diz War, muito aguerrido e algumas vezes até agressivo em tais discussões (não à toa tinha aquele apelido).

— Toda unanimidade é burra, já dizia o poeta — enfatiza Vinho.

— Você tá me chamando de burro? — War, que já tinha bebido bastante (como todos na festa da noite, na verdade), se encrespa. — Eu sou essa imuni... burro?!

A situação se complica. Felizmente, a liderança atua nesses casos e julga no ato.

— Ele chamou o War de imunidade burra! — fala Azul, exaltado (e também com efeitos etílicos).

— Nada disso, ele citou Nelson Rodrigues — contrapõe Golbery, salvando a situação.

Ânimos acalmados, todos decidem ir para a ilha no dia seguinte. Uma operação de guerra é montada. Como Vinho não tem barraca, se alia com MacQueen (isso mesmo, ele era uma cópia malfeita do astro norte-americano), que alardeia ser dono de uma ótima barraca que será fundamental na ilha. Partem de manhã e, após duas horas de viagem, chegam à famosa ilha, onde se inicia o festival de instalação de barracas.

— Olhem a minha! — diz Carneirinho (aquele cabelo deveria ser tosquiado!). — É só apertar esse botão, e ela se arma sozinha!

— E a minha que eu trouxe da China? — Prato se gaba (claro que ele comia muito, por isso o apelido). — Tem até um quarto a mais!

Vinho agora está mais motivado, já imaginando como seria a tal barraca de MacQueen. Encontra-o com uma mochila minúscula em mãos, de onde sai a tão famosa tenda. No entanto, é um acessório rudimentar; requer tempo para a montagem e é muito pequena. Além disso, não está bem esticada, e, apesar dos esforços dos dois, o interior transmite uma sensação de sufocamento. Eles precisam ficar lado a lado dentro dela, e o colchão parece muito incômodo. Vinho percebe que na verdade não é o colchão que é duro, mas que há um facão na cintura do amigo.

— Sabe, Vinho, sempre durmo com esse facão aqui. É simpatia de proteção.

Vinho nota que o amigo também tinha bebido bastante e com certeza os três não cabem ali, isso porque o facão também ocupa um espaço razoável. Vinho pega a lanterna e abre o zíper da barraca, tentando pensar numa alternativa para aquela confusão; também precisa respirar, já que falta ar em um espaço tão pequeno. Um enxame de mosquitos é atraído pela luz e invade o pequeno espaço, começando a devorar os dois. O amigo não reage, o que comprova que está bem anestesiado. Vinho desliga a lanterna e luta com coragem contra os insetos. Aparentemente, ele e o amigo estão salvos, mas a carnificina não permite que continue ali. Sai da barraca, agora sem cometer o ato imprudente de ligar a lanterna, e segue na direção de uma fogueira acesa pelo pessoal do local que acompanha o grupo. No caminho, milhares de olhinhos maldosos o observam: são jacarés que utilizam a ilha como dormitório. No Pantanal, jacaré é mato, mas os pescadores estão sempre embarcados e não existe proximidade, muito menos o terror de enxergar seus olhinhos no escuro. Após desfilar na passarela dos jacarés, Vinho consegue chegar (bem amedrontado) à fogueira e felizmente encontra um dos guias.

O homem está bem tranquilo, sentado ao lado da fogueira, e diz que vai dormir ali mesmo. Vinho também acha que é um ótimo lugar (comparado com a barraca do amigo com seu facão gigantesco, os pernilongos mortais e longe do olhar dos jacarés). Os bichos continuam lá, mas a fogueira faz com que os olhinhos maldosos desapareçam. O que não se vê, não se teme. Estranhamente, o guia dá boa-noite e cobre a cabeça com o braço.

— Interessante essa forma de dormir. É alguma simpatia?

— Não, é proteção. A onça ataca sempre na cabeça. Como tô cobrindo aqui com o braço, ela não vai me atacar.

— Mas tem muita onça por aqui?!

— Olha a marca do pé dela aí do seu lado. Mas com a fogueira e o braço na cabeça vai ficar tudo bem, entendeu?

Vinho entende muito bem. Decide ir pedir abrigo na barraca chinesa do outro amigo, aquela com o quarto, mas passa a noite acordado, vigiando…

No outro dia, ao raiar do sol, acontece a pescaria da ilha. Vinho e Prato são parceiros no mesmo barco; tiveram azar no sorteio dos piloteiros e foram agraciados com Hardy. Ele é um ótimo piloteiro, mas sempre vê o lado negativo das coisas. Parece que atrai o azar e está sempre falando que as coisas não vão dar certo. Recebeu esse apelido como homenagem ao desenho antigo da televisão: "Lipi, o Leão, e Hardy Har Har, a Hiena". Vinho, logo na saída do barco, adota um tom otimista, tentando contagiar o ambiente:

— O dia tá lindo, né? O tanque do barco tá cheio, as iscas perfeitas. Hoje ninguém segura nosso time!

Hardy está sentado ao lado do motor. Ele é um matuto de meia-idade com um chapéu velho na cabeça e um cigarrinho de palha na boca. Como sempre, tem uma expressão de profundo desânimo no rosto.

— Não sei, não, doutor. O rio tá alto, a lua não tá boa e a água tá fria. A gente pode tentar, mas não sei se vai dar certo, não.

Vinho de imediato pensa na hiena que atuava com Lipi no desenho. Será que ele também vai falar "Ó céu... Ó vida... Ó azar..."? Tenta manter o espírito elevado.

— Pois acho que a gente vai se dar muito bem hoje! Tô sentindo as vibrações positivas no ar. O que você acha, Prato?

— Acho que deveríamos tentar por aqui perto da ilha mesmo, já que o rio não tá pra peixe hoje.

Ele também não ganharia nenhum concurso de motivação.

Ficam horas em volta da ilha e não pegam nada, a não ser piranhas. Tentam de tudo, mas nenhum peixe bom é embarcado.

Hardy continua o seu trabalho diligente de ajudar os dois em tudo, mas suas palavras continuam bastante desanimadoras:

— Além da lua e da água fria, o rio tá cheio de piranha pra comer os peixes tudinho. Vai ser difícil pegar alguma coisa!

Vinho resolve apelar para todos os cursos de motivação que frequentou. Ele é um líder do ramo empresarial, e não vai ser um piloteiro desanimado que vai roubar seu prazer da pescaria.

— Tenho uma premonição. Hoje a gente vai pescar o peixe mais esportivo do Pantanal, o matrinxã! Quero ver essa água ferver quando descobrirmos o cardume e os pulos no ar pra se livrar dos anzóis!

Não demora, e Hardy joga água fria na fervura da história de Vinho:

— O matrinxã mora longe daqui, mais de duas horas de barco, e a água tá fria...

— Já sabemos! — interrompe Vinho, um tanto agressivo. — A lua, a água etc. Mas vai dar certo! Acreditem, eu vi o que espera a gente!

Prato não parece muito convencido, mas decide acreditar na premonição de Vinho.

Viajam por duas horas e chegam à morada dos peixes, segundo o piloteiro. Ele continua com o olhar desanimado e o cigarrinho de palha na boca. De novo, a profecia:

— Falei pro doutor, hoje o rio não tá pra peixe.

Vinho não se conforma. Pede silêncio total no barco e coloca na cabeça seu chapéu da sorte (utilizado só em situações extremas). Varre o rio com olhos atentos. De repente, acontece o milagre. As águas a poucos metros do barco começam a se agitar, a ferver de peixes — na linguagem dos pescadores.

— Não falei? Olha aí o cardume de matrinxã. Eu sabia que a gente ia encontrar um!

Hardy continua impassível.

— Não é cardume de matrinxã. É chuva bem forte correndo o rio, e vai pegar a gente!

Por pouco o barco não afunda, mas pelo menos a chuva apaga o cigarrinho irritante de Hardy.

Felizmente todos sobrevivem à fauna agressiva da ilha, e Vinho também sobrevive à barraca de MacQueen e à pescaria de matrinxã. Estão de volta ao abençoado botel, um ambiente muito mais seguro. Claro que ainda há alguns pequenos riscos, como a ponte entre o botel e o rio, que é meio bamba, sempre um desafio para atravessar. O risco ali é maior, considerando que piranhas vorazes habitam em grande quantidade as águas naquele trecho. Elas se beneficiam dos restos de comida atirados pelos pescadores, mas não desprezariam os próprios como refeição. A ponte também é frequentada por outros usuários, como uma jiboia bem grande que apareceu lá numa tarde. No entanto, são riscos pequenos comparados à ilha dos olhinhos maldosos.

Após uma semana de peripécias, na qual a amizade e também a integridade física dos pescadores foram colocadas à prova várias vezes e os conflitos foram todos administrados, é hora de retornar. O grupo agora parece muito diferente daquele que havia partido de

São Paulo: todos estão barbudos e não tomaram banho por vários dias. Conviveram bem em um ambiente lindo, mas inóspito, onde o dinheiro e a posição social não valem quase nada, e o que importa são as necessidades básicas. As regras de convívio da confraria dos Pescadores Pantaneiros foram desafiadas e permanecem sólidas.

Agora, uma nova transformação tão radical quanto a que ocorrera no ônibus na saída de São Paulo acontece: barbas são feitas, roupas limpas são colocadas, cumpre-se a tradição do Pantanal e todas as vestimentas usadas nas pescarias são doadas para os guias que lá trabalham. Os integrantes já adotam outro tipo de atitude: palavrões são evitados, o linguajar fica mais sofisticado. Apelidos deixam de existir. Alguns títulos voltam a ser utilizados. Estão prontos para o retorno às famílias. Mais uma pescaria de sucesso e mais um recorde do Gancho em lançamentos errados. Desta vez, ao fazer mais um lançamento perfeito, conseguiu derrubar um tuiuiú na água, uma notável coincidência, considerando-se que o bicho é o símbolo do Pantanal. A ave foi salva, mas a sina do Gancho continua.

Prato e Vinho, já barbeados e vestindo suas roupas civilizadas, estão sentados juntos no ônibus que retorna a São Paulo. A discussão está acalorada.

— Não entendi direito a parte dos peixes pulando dentro do barco — fala Prato. Ele é um sujeito pé no chão, que sempre precisa de uma motivação extra para entrar no clima fantástico de uma pescaria. Como antes estavam no mesmo barco, a história dos dois tem que bater, sem nenhum furo.

— Vou repetir do começo: não era um peixe qualquer, era o matrinxã! A gente não estava pegando nada — enfatiza Vinho, tentando ter paciência. — O Hardy contaminou a pescaria com o azar dele, e tivemos que apelar pros nossos talismãs. Eu saquei o meu chapéu da sorte, e você usou a sua mandinga.

— Minha mandinga? Ah, é mesmo, aquilo que eu sempre faço no truco, de jogar todo o baralho pra cima e pedir as cartas.

— Isso! Só que no barco é jogar a rede e todas as varas pra cima e pedir peixe.

— Tá, tá. E aí... Do nada a água começou a fervilhar, e os matrinxãs pularam pra dentro do barco, que nós, pescadores experientes que somos, colocamos direitinho na posição para eles virem. Hum... Acho que vai funcionar pra turma da empresa. Mas aquela história da sereia que você falou... não sei, não.

— A sereia, eu tinha bebido muito quando falei. Tá bom desse jeito que tá!

Eles se olham com cumplicidade. Agora, sim, a pescaria está completa. Finalmente têm uma boa história de pescador para contar.

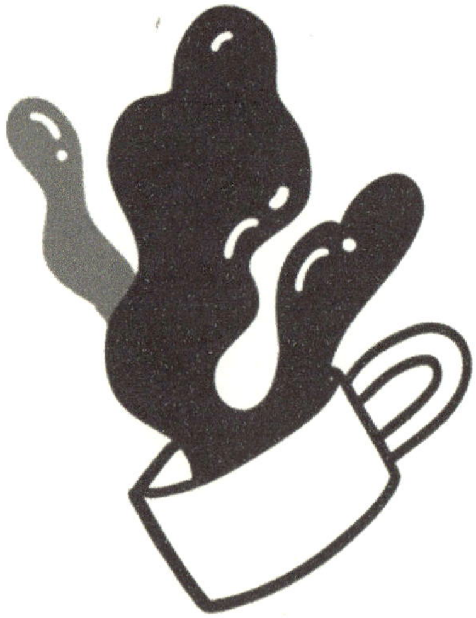

BICHO DE ESTIMAÇÃO

— Chegamos!

Euforia geral no grupo. Éramos seis (nada a ver com o famoso livro). Dois casais, com uma filha cada, chegando para a aventura do fim de semana prolongado: um hotel flutuante paradisíaco no meio da mata, longe de qualquer civilização.

— Aqui vamos nos encontrar com a essência do ser humano. O que realmente interessa! — Claudionor está emocionado. O grupo todo lança olhares de desconfiança. As filhas com dúvidas reais, já que adolescentes ainda não entendem "o que realmente interessa", muito menos a "essência do ser humano". Estão mais preocupadas com o sinal de celular, que parece próximo ao evento fatal de sumir.

— Olhem, estou vendo o hotel! — Aponto na direção do horizonte, e todos percebem um pequeno porto que rapidamente se aproxima na velocidade do barco, que já está navegando há mais de três horas partindo de Manaus. Tenho altas expectativas, já que Bill Gates, Príncipe Charles e outros famosos se hospedaram no hotel reconhecido internacionalmente por fauna e flora exuberantes.

— É mesmo! — comenta Luana, minha esposa. As mulheres estão animadas, sempre com o pressuposto de que, além do convívio com a natureza, devem existir outras coisas interessantes para ver no local.

Chegada triunfal!

O lugar está cheio de havaianas, com seus trajes típicos, entregando colares aos visitantes. Resolvi não perguntar a razão, já que estávamos no Brasil, mas creio que fazia parte do pacote. Turistas costumam adorar esse tipo de coisa.

Percebi com algum receio uma grande quantidade de macacos fazendo parte do comitê de boas-vindas. Não sei por que sempre vejo os macacos com um ar ladino e preparados para aprontar alguma pilantragem.

— Vejam! — comenta Rosana, esposa de Claudionor. — Aquele animal, eu nunca vi. É algum chipanzé?

O animal está a uma distância considerável, mas rapidamente alcança nossa visão. Fica claro que na verdade se trata de um turista que está com pelo menos dez macacos pendurados no corpo e, por incrível que pareça, o homem está adorando.

— Very well, very well.

— É alguém famoso? — pergunta Luana, animada.

Tento enxergar algo por entre os macacos, mas certamente não vejo o Bill Gates.

— Nossos macacos são selvagens, mas muito amigos dos turistas e adoram passear agarrados ao corpo — comenta o gerente do hotel.

Noto claramente o medo no nosso grupo e reflito que, por mais que se tente vender o Brasil lá fora de outras maneiras, o país ainda está muito vinculado ao estereótipo de lugar com vida selvagem; ainda se tem a impressão de que as principais atrações turísticas são coisas exóticas, como um turista transportando macacos.

— Na ilha, dinheiro não é importante! O que queremos é este contato forte com a natureza — menciono. Noto certa decepção nas esposas, já que as duas sempre gostaram de comprar lembrancinhas onde quer que fossem.

Tento imediatamente salvar o momento. O barco ainda está atracado, e, se eu não agir depressa, parte do nosso grupo pode debandar.

— Pessoal, vamos explorar a ilha! Com certeza tem muita coisa pra fazer. Vocês sabiam que esta área é famosa pelo artesanato dos moradores da região? — Como o sinal de celular é muito baixo, dificilmente tais palavras poderiam ser questionadas pelo Google.

Para descansar da viagem, nos sentamos em palhoças bem simpáticas. Minha filha, Amanda, pergunta sobre os pequenos insetos que ficam embaixo da mesa.

— Formigas, filha. Temos muitas lá em São Paulo.

— Mas, pai, as formigas de São Paulo têm rabo?

Prefiro não responder e me concentro nos amendoins distribuídos a todos os turistas.

Nesse momento, um dos macacos, com pinta de chefe, se aproxima das nossas mesas, olhando fixamente para os amendoins.

— Filha, joga um pra ele. — Ela atende, mas o bicho não dá a mínima atenção.

Noto claramente que se trata de um tipo ambicioso.

— Se você não quer, azar! Não pretendo dividir meu precioso saquinho de amendoim!

Percebo, mais uma vez com algum receio, que a turba dos macacos transportados pelo americano agora se aproxima de vários lados, como se posicionando estrategicamente para nos atacar.

Mulheres em debandada geral, homens de olho nos macacos. Claudionor está impressionado.

— Olha, Jamil, como eles se organizaram para pedir os amendoins!

Encaro o macacão chefe. Parece-me claro o ar irônico na sua face; aquele ali realmente não está com cara de quem quer *pedir* qualquer coisa.

O bicho levanta os braços e solta um grito de guerra. Toda a horda ataca os amendoins, graças a Deus. Melhor perder amendoins que a vida.

Eu e Claudionor voltamos derrotados para o quarto, mas ainda mantendo o pique.

— Alimentamos os bichinhos e eles ficaram agradecidos. — Na verdade, fora mais como um arrastão de praia, mas ninguém precisava saber.

Dormimos pouco, particularmente em função do silêncio total e dos cantos fantasmagóricos de algumas espécies da região. Relembro-me com saudade do trânsito barulhento da Avenida Paulista.

Manhã do segundo dia, e seguimos com a programação de passeios na região. Todos apertados em uma canoa para conhecer os ribeirinhos.

Claudionor se emociona novamente:

— Olha essas crianças, tão novinhas e já nadando no rio! Essa é a essência da vida, Jamil. Os seres vivos se adaptam às circunstâncias. Essa garotada já nasce nadando.

Apalpo o meu colete e me sinto mais seguro, afinal sou um ser vivo que ainda não aprendeu a nadar.

— Barqueiro, pare naquela casa! Vamos curtir a vida na sua essência. Entender as necessidades básicas e o que realmente importa! — Claudionor parece mesmo muito empolgado.

Nós nos aproximamos com algum receio, mas a família ribeirinha é só sorrisos.

Para nossa surpresa, um dos garotos, de no máximo cinco anos, está com um bicho-preguiça no colo. Para turistas, é algo fantástico. Todos chegamos mais perto.

Claudionor logo interpreta a cena:

— Vejam, assim como nós criamos cachorros e gatos, que são nossos animais de estimação, este garoto cria uma preguiça desde pequenininha. Ei, garoto, podemos tirar uma fotografia com o seu bichinho?

Ele se mostra meio receoso, mas oferece o bichinho de estimação. Claudionor logo se voluntaria para a primeira foto.

— Caprichem!

Noto que a preguiça aparenta ser um bicho simpático, mas ao mesmo tempo é bem grande e pesada. Claudionor começa a suar e tem dificuldades de carregá-la.

Um pouco assustado, noto também que o animal, apesar do ar indolente, parece não estar gostando nada de ser carregado e fotografado. A pata, que tem garras longas e fortes, começa a se deslocar na direção do dedo do meu amigo na velocidade de um bicho-preguiça, ou seja, em câmera lenta.

— Claudionor, cuidado que ele tá chegando perto do seu dedo.

— Jamil, sem problemas, este é um animal doméstico, ele deve até dormir com essa criança. Estou certo, garoto?

— Moço, quando vi vocês se aproximando da casa, peguei esta preguiça na árvore porque os turistas gostam de ver e deixam caixinha pra nós. Agora, botar no colo eu nunca vi ninguém fazer. Se ela pegar seu dedo, corta fora.

— Eita! Segura o bicho, garoto.

— Agora que ela está braba, não posso. Não posso, não, senhor.

— Solta ela no chão! — sugiro, já apavorado.

Meu amigo se salva a tempo de ver o simpático casal ribeirinho se aproximar com uma cobra e um jacaré recém-capturados para os turistas.

— Peguem estes aqui também, que são maiores do que a preguiça — sugerem.

Olhares furtivos são trocados entre nós seis. Ninguém comenta nada. Carla, filha de Claudionor, quebra o silêncio:

— Que dia vamos embora mesmo, pai?

O TÊNIS DA TRANSFORMAÇÃO

— Acho que vai dar W.O. — profetiza Canhoto.
— O Doutor nunca falha. Este é o jogo do ano. Ele não vai perder a chance de bater na dupla azul. Vai dar branco — fala Fominha, mostrando seu uniforme todo daquela cor, representando o time.

— É, mas daqui a pouco nossa dupla vai entrar na quadra e esperar perto da rede por cinco minutos. E aí, você sabe... se a dupla adversária não aparecer, o juiz vai dar a vitória pro time na quadra. Ou seja: W.O. — resume Nórdico, orgulhosamente vestindo a camisa azul.

Os quatro são grandes amigos — amizade iniciada e forjada nas quadras de tênis. São tenistas amadores, e há mais de vinte anos jogam juntos nas mesmas duas quadras de saibro, alugadas quase de forma vitalícia. Não são "jogadores de tênis", são *tenistas*. Ser jogador de tênis é fácil: regras e contagem simples, uma raquete que pode ser alugada, os tênis (o calçado mesmo) existem aos milhares e sempre se pode achar alguém para bater uma bola. Agora, ser *tenista* é outra coisa e requer trabalho árduo: a iniciação no esporte precisa ser com um professor profissional, e pelo menos cinco anos de jogos com uma frequência mínima de três vezes por semana. Calçados e roupas exclusivas e, principalmente, a raquete, com alma própria. Ela escolhe o tenista, e nunca, em nenhuma hipótese, é emprestada. É como uma escova de dentes. O uso é restrito ao dono.

Tenistas precisam escolher o grupo certo para jogar. No tênis, não há espaço para piedade. Quando se reúnem para jogar, é fundamental que estejam no mesmo nível de habilidade, e isso não dá para fingir. Do outro lado da quadra há um adversário, e, se ele não estiver na mesma categoria, não existe competição e o jogo fica chato. Na linguagem figurada do tênis: "Adversários têm que morrer na quadra".

O grupo foi formado com convicções que garantem sua longevidade, afinal vinte anos não é para qualquer um. O princípio mais importante é a fidelidade total ao grupo, que se reúne todo domingo às nove da manhã. Nas raras vezes que faltam, um aviso deve ser enviado previamente. Falta injustificada é imperdoável. Outro princípio é não haver conflitos durante os jogos. Eles são competitivos, querem sempre destruir o adversário, mas em todos aqueles anos nunca ocorrera uma única desavença: são amigos e, além disso, também são pessoas amistosas e justas — e este talvez seja o principal fator para a harmonia da turma.

O Doutor é uma referência médica na sua área de especialidade. No trabalho, gravita entre o hospital-escola e o consultório. É muito ocupado, mas sempre está disponível para os amigos. Se alguém tem uma dúvida de saúde ou outro problema qualquer, o Doutor resolve. Porém, quando pisa na quadra, ocorre a transformação. É como se fosse o personagem principal do famoso livro *O médico e o monstro*. Quando o "Doutor Jekyll" entra na quadra, acabou a bondade: ali ele quer exterminar os adversários.

Já Fominha, parceiro do Doutor no desafio de hoje, é um executivo importante na área de consultoria empresarial. Baseado em São Paulo, viaja frequentemente para todo o Brasil e também para vários países no mundo. Ele é o fundador do time e quem organiza as partidas, bem como resolve os problemas que possam impactar a confraria dos amigos tenistas. Facilidade de relacionamento é seu principal atributo, mas em quadra quer ganhar tudo, e sempre. Como já diz o apelido, naquele ambiente o mais *fominha* do grupo se transforma em alguém intenso, de poucas palavras e muita adrenalina.

No time azul, Canhoto é um dos maiores especialistas do país em empresas alimentícias. Também é um viajante, sempre fora do Brasil vendendo produtos, mas mesmo assim não perde uma partida. Mestre churrasqueiro, convida frequentemente os amigos para confraternizações regadas a muita carne boa. Ninguém sabe receber e servir melhor um amigo do que o Canhoto. Porém, todas essas qualidades são substituídas pela rivalidade quando entra em jogo. Na quadra, não serve ninguém. Além disso, aqueles que gostam de tênis sabem que os canhotos deveriam ser proscritos do esporte; com um deles em quadra, é um novo jogo, impiedoso e brutal. Como os destros, que representam cerca de noventa por cento da população mundial, podem jogar contra alguém que responde sempre ao contrário do esperado? Só o fato de um canhoto estar em quadra já sugere um adversário tóxico.

Nórdico é um executivo com grande experiência nos países escandinavos, mas agora trabalha no Brasil, em empresas internacionais e também como representante da embaixada; além disso, é um atleta que até já correu maratona. Tipicamente um ser de bom coração, sempre pronto para ajudar os amigos, acompanha toda manhã as corridas que Fominha pratica. Nesses treinos, Nórdico atua quase como um *personal trainer*, motivando o outro a não desistir das corridas, com um trote leve de uma hora só para ajudar o amigo. Está sempre zen e não se sabe se alguma vez já esteve irritado na vida. Na quadra, porém, vira outro tipo de animal. Mantém um ar de bondade dissimulada, mas tem sempre um risinho sarcástico no canto dos lábios quando ganha um ponto. Ele mesmo não percebe a pequena zombaria, mas todo mundo nota.

Todos os anos, fazem um desafio entre as duas duplas. É sempre no mesmo dia: o feriado do Dia do Trabalho. Os times não mudam: branco com Doutor e Fominha, azul com Nórdico e Canhoto. E é neste jogo que o Doutor está a ponto de receber o W.O.

— É muito estranho que o Doutor ainda não tenha chegado. Se eu fosse apostar, diria que ele seria o último a faltar. Este é o jogo mais importante do ano — comenta Fominha, aflito.

— Também estou preocupado. Já tentei falar várias vezes no celular, mas você sabe: regras são regras. Vamos entrar na quadra, aguardar os cinco minutos e depois... W.O. — fala Nórdico, já celebrando uma vitória fácil.

Nesse momento, uma sirene de ambulância começa a tocar. Os amigos ficam apreensivos e saem correndo para a entrada. A ambulância para em frente ao portão, e dois enfermeiros se dirigem rapidamente à traseira do veículo. Os amigos se entreolham, sentindo que algo grave ocorreu. O Doutor então desce da ambulância, agitado, todo de branco, ainda com algum sangue na roupa, provavelmente do centro cirúrgico onde se encontrava, mas os tênis já nos pés. Fala, apressado:

— Tive uma cirurgia agora de manhã que atrasou muito, mas consegui uma carona com meu amigo da ambulância que mora aqui perto. Nove em ponto. Vamos começar o jogo?

Fominha olha com ironia para os adversários de azul. O Doutor nunca falha.

Passado o susto, os amigos se dirigem à quadra principal. E ela está perfeita, o saibro milimetricamente assentado, as faixas brancas, limpas e fixadas com maestria. A rede verde nova — homenagem do dono da quadra, Tugo, ao grande desafio — combina com as proteções de lona da mesma cor, que ficam no final de cada lado, para proteção do vento e das bolas perdidas. As árvores que margeiam a quadra completam o ambiente exuberante.

Todo o trabalho de preparação impecável foi feito com carinho por Bochecha e Daniel. Eles eram os pegadores de bola — indispensáveis no tênis — quando o grupo iniciou as atividades. Tinham sete anos na época. Agora, adultos e casados, têm outras atividades, mas fazem questão de estarem presentes nos confrontos decisivos. A torcida também é muito qualificada, e as duas pessoas mais importantes para os tenistas estão lá: Lórus, o primeiro professor de tênis para a maioria deles, e Tugo, o professor atual. Tenista precisa estar sempre treinando.

A responsabilidade da partida aumenta com a presença dos mestres e dos antigos pegadores de bola. Todos sabem que a rivalidade está em jogo.

A partida decisiva está prestes a se iniciar e será muito equilibrada. São amigos, mas agora a transformação está completa. A competitividade impera: vão jogar para ganhar, sem misericórdia! As duplas entram em quadra. O Doutor tira a fita métrica para aferir a altura da rede. Ele é um detalhista. Convencido de que a altura está correta, checa minuciosamente as linhas demarcatórias, retirando fragmentos que só ele parece ver na quadra. Do outro lado, a dupla azul faz a mesma averiguação. Tenistas, sempre tão minuciosos.

Antes de se posicionarem para o início da partida, Fominha abre um novo tubo de bolas, que gera o estampido característico pela liberação do ar: música pura para os ouvidos, mais motivante até do que abrir um champanhe. Tenistas são assim mesmo, apaixonados.

O Doutor se reúne com Fominha no fundo da quadra, e os dois discutem secretamente as estratégias para o jogo. Cobrem a boca com as bolas, como todo bom tenista deve fazer — existe o risco da leitura labial. No final da discussão, o Doutor diz, preocupado:

— Não estou vendo o falcão aí hoje. Isso não é bom sinal. Tem que jogar muito sem ele aqui pra apoiar.

— Verdade, e reparou que o leão também não tá rosnando? Outro mau presságio.

Perto da quadra, existe uma área para animais aposentados do zoológico, e sempre que o leão está rosnando o time branco ganha. O falcão, outro morador do local, também aparece de vez em quando, e o Doutor atribui as vitórias a ele. Mística de tenistas.

Apesar da partida muito equilibrada, os estilos dos jogadores são bem diferentes. Fominha é um jogador de fundo de quadra: ele se posiciona bem e bate com firmeza na bola, e só vai para a rede quando as circunstâncias são muito propícias; corre feito louco e é o melhor apoio no fundo para alguém agressivo na rede como o Doutor. Este é um matador; tenta interceptar as bolas e volear o tempo todo. Os estilos se complementam, o que torna a dupla branca muito dura de ser batida.

Já na azul, Canhoto é outro competidor difícil de enfrentar. Domina todos os fundamentos do esporte e, por usar a mão esquerda, o adversário precisa mentalizar para passar as bolas sempre no inverso do que de costume. Bolas na esquerda, sempre matadoras para um jogador destro, significam ponto para a dupla azul. Enquanto isso, Nórdico se movimenta pela quadra inteira e nunca se cansa. Na rede, dificilmente perde. Tem reflexos muito rápidos e perfil de atleta. *Lobbies* são sua especialidade.

Começa o jogo, e Canhoto vai sacar contra Fominha. Ele manda uma daquelas bolas marotas e cheias de efeito, como só canhotos sabem fazer. Fominha se salva como pode, retornando uma bola fraca para o fundo da quadra. Ela, por uma desgraça, vai para o lado esquerdo do Canhoto, o que é mortal. Ele manda uma cruzada impossível de deter. Primeiro ponto do jogo para o time azul.

Novamente Canhoto no saque. Fominha se concentra. Ele precisa melhorar a resposta. Novamente é um maligno, mas dessa vez Fominha responde com força. Canhoto mal consegue devolver a bola na linha da quadra. Ela sobe, e o Doutor se aproxima, *babando* para liquidar o ponto na rede — é sua especialidade. Nórdico, sabendo disso, começa a fazer uma série de movimentos próximos à rede, posicionando-se bem na frente do Doutor, que já está com a raquete levantada. Ele sabe que é uma bola fácil para o *smash*, quando ela é batida com violência para baixo. Como Nórdico está muito próximo da rede, fazendo suas mímicas com a raquete, uma tática de dispersão não muito ética, o Doutor resolve preservar o amigo de uma bolada e bate levemente com a raquete para a bola apenas passar do seu lado.

Ele erra! A bola vai para fora da quadra. Era um ponto fácil, e, além da própria frustração, ainda tem que aguentar o risinho sarcástico que, sem perceber, Nórdico expressa. Por um momento, o Doutor se deixara levar pelo médico dentro da quadra, mas agora o monstro fala:

— A próxima vai dentro da tua boca! Se ficar de marionete na minha frente, vai na boca!

Como ele se transforma no tênis, igualzinho ao livro! O lance desequilibra o time branco. No tênis, isso é muito comum: desestabilizou, perdeu. Os azuis fecham o set por seis a três, um placar incomum, considerando o equilíbrio entre as duplas. A torcida VIP dos professores não faz comentários. Eles entendem o clima tenso do jogo e não vão passar dicas que privilegiem qualquer um dos contendores. Os pegadores também se mantêm em silêncio absoluto. Normas do tênis: ninguém fala durante a partida.

O segundo set começa também com vantagem para os azuis. Fominha não está acertando as bolas do fundo, e o Doutor está um pouco mais nervoso do que o habitual. Quando o placar está três a zero para os azuis, os brancos se reúnem para discutir.

— Hoje eles estão demais — fala o Doutor, irritado. É ace, cruzada, paralela. Entra tudo, e o Canhoto está insuportável. Eu não acerto nenhum voleio e, depois da marionete do Nórdico na rede, nem smash acerto mais.

Fominha concorda, coça a cabeça, toma um gole de Gatorade (talvez preferisse algo mais forte naquele momento) e pensa no que fazer. Também não se conforma com o jogo do Nórdico, que não erra nada:

— Você viu como ele acerta todos os lobbies... e aquela risadinha sarcástica dele está me irritando demais. Temos que mudar de estilo. Vamos ao limite e arriscar, é tudo ou nada!

Quando tenistas jogam no limite, a possibilidade de erro é maior, porém, se os deuses do tênis ajudarem e acertarem, dificilmente o adversário reage. Eles também decidem mudar de posição na quadra. Doutor ficará no fundo da quadra, e Fominha vai para a rede, brigar com Nórdico. De maneira extraordinária, a inversão funciona, e eles conseguem empatar o set. Esse é aspecto fascinante no esporte. Como diria o famoso Guga: "É um jogo de detalhes, em eterna alternância, e às vezes um deles se transforma em algo imponderável e muda a partida".

Eles já vinham reagindo ao utilizar a estratégia de arriscar tudo, e de repente outro fenômeno místico acontece: por trás das árvores que margeiam a quadra, surge o falcão deslumbrante. Imponente, ele dá duas voltas no lugar. O Doutor acena com a raquete. Ele entende e escolhe pousar nas árvores atrás da quadra deles; era só isso que faltava, o falcão prefere o time branco. O Doutor vibra e começa a acertar tudo. Os voleios voltam a ser mortais. A dupla adversária não entende a mudança. Fominha fica impressionado com o novo posicionamento do amigo na quadra, mas se concentra, pois agora é sua vez de sacar.

Nesse instante, como num concerto bem orquestrado, o leão começa a rugir. Agora ninguém mais segura o time branco. Eles fecham o set em seis a três.

Com o empate, tudo será decidido no último set. Eles fazem um intervalo maior desta vez. As duas duplas se mantêm afastadas. No tênis, ninguém conversa com o adversário nos intervalos. É uma batalha mental; falar pode expor fragilidades.

O Doutor está bem cansado, já que estão jogando há quase três horas de forma muito dura. Ele tira suas joelheiras, que mais parecem pedaços de pneus. Fominha também remove seus protetores de panturrilha, que os amigos chamam maldosamente de "ligas femininas". Do outro lado, Nórdico nem parece que jogou: continua se movimentando e não senta para descansar. Canhoto, como todo ser humano normal, também parece um pouco cansado.

O jogo vai ser retomado, e o Doutor já colocou de volta seus pneus. Nesse momento, os dois professores resolvem intervir e vão até o grupo. Lórus fala com cautela:

— Jogo muito bom, bem competitivo. Tenho orgulho dos meus alunos, mas... se continuarem, vão se machucar. Não vale a pena decidir essa partida aqui e depois perder semanas sem jogar. Parem agora e no ano que vem vocês decidem.

A dúvida está no ar. O argumento de ficar semanas sem jogar por estar contundido é o mais aterrorizante para um tenista. Quem vai ceder? Fominha, que não gosta de perder mas também é o sócio-fundador do grupo, se sente na obrigação de se pronunciar com prudência:

— Eu preferiria continuar, mas os professores têm razão. Passamos do limite.

Canhoto e Doutor concordam imediatamente, e Nórdico, após alguma reflexão, faz o sinal de positivo com o polegar. É, ele tem mesmo um bom coração...

Acaba o jogo, e ocorre uma nova transformação: os amigos retornam ao seu normal. Todos se abraçam, falam da família, voltam à tranquilidade que os caracteriza. Nenhuma tensão, nenhuma guerra, e Canhoto os convida para mais um dos seus famosos churrascos; não lembra nada a figura agressiva que queria matar a dupla branca minutos atrás. Já Nórdico, sem nenhuma ironia, elogia o Doutor pela virada no jogo, a ameaça de engolir uma bola de tênis já esquecida.

Na volta, Fominha dá carona ao Doutor, já que a ambulância obviamente foi embora. Reflete com carinho sobre ele; de fato, é uma pessoa que vale a pena ter como amigo. Mais do que seu parceiro nessa dupla, ele é o catalisador do grupo. Uma personalidade que faria muita falta se não estivesse com eles. Resolve comentar sobre a partida e a decisão de prorrogá-la:

— Nós estávamos jogando muito. Você arrasou no fundo. Se o jogo continuasse, nós ganharíamos.

— Também acho. Mas... você percebeu que o falcão foi embora e o leão foi dormir? Em uma decisão *pedreira* como essa, eles têm que estar com a gente. Não dá pra arriscar.

— É, pensando bem, foi bom mesmo parar o jogo — concorda Fominha. — Na decisão do ano que vem, vamos combinar melhor com os bichos...

Os amigos se olham; a transformação para o perfil amistoso já ocorreu, mas ainda existe uma decisão a ser jogada, e falar sobre isso sempre exacerba um pouco os ânimos — afinal, tênis é competição pura. Fominha continua:

— Doutor, e se mudássemos a decisão pra semana que vem? Com ou sem os bichos, acho que podemos ganhar.

Os olhos do amigo faíscam por alguns segundos, e Fominha vê ali mais uma vez o Doutor Jekyll em conflito. No reflexo, o outro responde:

— Acho que dá, sim, pra acabarmos com os azuis.

Porém, no mesmo instante, ele parece se arrepender da resposta. Tem mais a ver com o monstro do que com o médico. Volta à sua serenidade ao responder:

— Depois pensamos nisso... Agora vamos ao churrasco com nossos amigos.

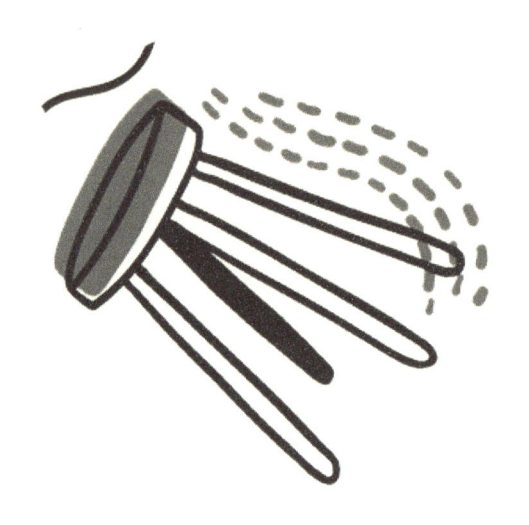

NO JAPÃO

Historicamente, o Japão permaneceu fechado por muito tempo às demais nações e preservou uma cultura forte, que certamente surpreende a quem visita o país.
Quando decidimos ir ao Japão, tínhamos altas expectativas, mas realmente, no dia a dia, convivendo com as pessoas, sentimos o impacto da cultura japonesa e das diferenças marcantes entre nossos povos. Não dá para exagerar e pressupor que todos agem da mesma forma em todas as situações, mas, na experiência que tivemos naquele país, encontramos um povo educadíssimo e muito atencioso com os turistas.

Desembarcamos em Narita, um aeroporto extremamente sofisticado, perto de Tóquio. Na chegada, constato que as malas da minha esposa (como sempre, bem grandes) não podem ingressar no trem e têm que ser despachadas para a cidade por um trem cargueiro.

Aqui, um tema importante a ser observado: a maioria dos japoneses de meia-idade não fala inglês, e tudo precisa ser comunicado através da linguagem de gestos.

Tento conversar com o eficiente guardador e transportador de malas:

— Esta mala é para este hotel. — Mostro o nome.

O transportador sorri bastante, faz várias reverências e pronuncia a palavra que mais se ouve no Japão:

— Hai! — Que significa "sim".

Ou seja, ele parece ter entendido, já que está colocando as malas no carrinho e marcando uma série de ideogramas e silabários japoneses nas etiquetas. Mostra a etiqueta e mais uma vez diz "hai!", aguardando a confirmação de que está tudo certo. Também repito "hai!", mas tenho a convicção de que possivelmente não veremos as malas de novo.

Minha mulher pergunta, ansiosa:

— Tudo certo?

Ao que respondo, sem convicção:

— Hai?

Perdidas as malas, que desaparecem por um túnel, seguimos para o trem e depois, já em Tóquio, tomamos um táxi. No hotel, somos muito bem recebidos.

— Welcome — diz o recepcionista ao nos ver, todo solícito e sorridente. Fico contente que ele fala um bom inglês; já estava um pouco cansado das mímicas que tinha feito durante a viagem.

— Suas malas já estão no quarto, aguardamos apenas sua chegada para auxiliar na abertura.

— As malas da minha mulher já estão aqui? — pergunto, incrédulo.

— Chegaram duas malas bem grandes.

Não acredito. De que forma mágica o trem cargueiro tinha chegado antes de nós? Como haviam identificado nosso hotel?

Nesse momento procuro meus óculos e constato, para minha tristeza, que os perdera em toda aquela confusão. Comento de forma despretensiosa com o recepcionista do hotel que era uma pena, já que gostava muito deles.

— Mas o senhor tem o tíquete do trem, do ônibus e do táxi, certamente vamos localizar seus óculos.

Olho os papéis que tenho, cheios de ideogramas e silabários ininteligíveis para mim, e passo tudo para ele, que analisa com cuidado toda a papelada e depois me passa um veredito:

— Teremos agora o cerimonial do chá de boas-vindas; enquanto vocês participam, cuidamos dos óculos.

Penso comigo que, em uma cidade com milhares de pessoas e com toda a logística necessária para funcionar, certamente ele só quer fazer uma gentileza e nunca mais verei os meus queridos óculos. Bem, males da vida...

Minha esposa e minha filha estão cansadas por causa do fuso horário, com doze horas de diferença em relação ao Brasil. Eu, no entanto, fico com vontade de participar da cerimônia do chá, que é sempre bom para relaxar.

Eles me levam até uma sala reservada e pedem para eu tirar a calça, a camisa e os sapatos, me entregando um quimono e um chinelo floridos para vestir no lugar.

Ato contínuo, ingressa na sala uma linda mulher, acompanhada de um ajudante com uma bandeja gigantesca. Ela agacha no chão de joelhos, sorrindo o tempo todo, e me mostra vários tipos de chá e bolachas preparadas com esmero. Descubro que, diferentemente do recepcionista, ela não fala nada de inglês.

Com um gesto, mostra dezenas de chás disponíveis e pergunta através de sinais qual eu prefiro. Novamente, não consigo ler nada do que está escrito nos sachês.

Nesse momento, tenho uma ideia infeliz e, também por gestos, peço que ela mesma escolha.

Uma preocupação imensa aparece na face dela, e certo rubor emana por trás da maquiagem perfeita. Acabo me sentindo um pouco mal pelo pedido, mas não fazia nem ideia de como voltar atrás agora, então ela não tem alternativa e timidamente escolhe um sachê entre dezenas.

De uma vasilha lindamente decorada, a mulher obtém a água quente. Coloca um termômetro ou algo parecido na xícara, aguarda alguns instantes e, ao consultar novamente o objeto, serve o chá. Olha o relógio e cronometra o tempo de infusão. Depois, com grande cerimônia, me oferece a xícara de chá fumegante.

Preparo minha melhor reação. Sinto que, se eu não gostar da escolha dela, será uma ofensa enorme.

Sorvo o chá devagar. Ela continua me olhando intensamente, observando minhas menores reações.

Dou meu melhor sorriso e faço o gesto mundial de aprovação.

É uma alegria: ela joga os braços para cima, bate palmas e agradece várias vezes. Também estou bem feliz e agradeço muito (pelo menos isso sei falar em japonês); além do chá delicioso, acho que não fiz (tão) feio na frente dela.

Nesse momento chega o recepcionista, acompanhado por um homem. Surpreso, reconheço o motorista do táxi.

Ele entra de forma cerimoniosa, com as duas mãos estendidas à frente, e, por incrível que pareça, meus óculos estão ali!

Recebo-os com a mesma cerimônia dele e pergunto ao recepcionista:

— Onde vocês os encontraram?

— No aeroporto. Com base nos seus papéis, localizei o táxi, avisei o que tinha acontecido, ligamos para o aeroporto e este senhor foi buscar.

A viagem do aeroporto de Narita até o hotel, de táxi, demorava mais de uma hora. Agradeço muito, mas sinto também que devo gratificá-lo, afinal os óculos são bem caros. Abro a carteira.

O assistente e o motorista ficam constrangidos na mesma hora. O recepcionista rapidamente explica:

— No Japão não existe gorjeta. Foi uma honra achar seus óculos, e já estamos gratificados pela sua reação de felicidade.

Fico surpreso e novamente agradeço muito ao motorista; ele parece feliz e, após várias reverências, deixa o local.

No dia seguinte, saímos para caminhar, felizes por estarmos em uma das maiores cidades do mundo: Tóquio.

Minha esposa diz que gostaria de trocar a bateria do relógio. Ela se dirige a um transeunte e pergunta em inglês. Ele não entende, e ela mostra o relógio. Ele parece entender e dessa vez fala "hai!", e em seguida nos convida a andar com ele. Agora eu que não estou entendendo nada; como assim, ele saiu do caminho dele para levar a gente aonde deveríamos ir para comprar a bateria?

Após dez minutos de caminhada paramos, e ele todo feliz nos mostra uma loja que na vitrine tem o mesmo relógio japonês que minha esposa está usando. Males da comunicação. Procuramos uma bateria, achamos o relógio.

Mas não falamos nada a respeito. Após várias reverências, nossas e dele, o rapaz vai embora. Como é possível uma pessoa na rua mudar de rota só para ajudar um estranho?

Finalmente, encontramos a bateria. Eu me preocupo com o pagamento, já que a moeda no Japão tem muitos zeros e para mim é muito complicado fazer as conversões e saber quanto vale. Por exemplo, no hotel bebi um copo de vinho e paguei dois mil ienes! Sempre me confundo na conversão, e fico em dúvida se são dois ou vinte dólares (para referência, são vinte mesmo).

O dono da loja, também com um sorriso aberto e muitas reverências, pede a carteira da minha mão, conta as notas, o troco, coloca-o dentro da minha carteira e a devolve com as duas mãos espalmadas. Uma das nossas idiossincrasias no Brasil é manter o olho vivo na carteira, e confesso que não estava nada confortável dela estar em posse de outra pessoa. Constato em outras compras que todos os vendedores fazem o mesmo; é uma gentileza, sabendo que temos dificuldades com o número de zeros.

No outro dia, vamos a Kyoto e agora temos um novo desafio: pegar um trem para essa cidade.

De novo, temos problemas com os ideogramas e os silabários. A estação está cheia deles, e tampouco existem os famosos vendedores de bilhete, pois tudo é feito com máquinas. Estamos na terra da tecnologia.

Eu me aproximo de uma delas, mas está tudo em japonês, claro. Como descobrir qual botão apertar para comprar a passagem para Kyoto?

Após três tentativas e de comprar algo que até hoje não sei o que é, busco ajuda. Vejo um quiosque que vende algo que certamente não é o tíquete.

A simpática vendedora me atende com alegria:

— Kon'nichiwa!

Pergunto em inglês como comprar um tíquete para Kyoto. Ela não entende e começa a fazer vários gestos.

— Kyoto, quero ir para Kyoto! — digo, desesperado. Finalmente ela entende e mostra a máquina.

Começo a gesticular para que ela entenda que não consigo usar a máquina.

Ela espera pacientemente.

Olho para trás, e já se formou uma fila de umas dez pessoas por minha causa. Começo a ficar desconfortável, já que eles parecem saber exatamente o que comprar nesse quiosque. E eu ali, atrapalhando o fluxo.

Ela continua, gentil e paciente. Mostra um mapa e aponta Kyoto. Tenta o inglês:

— Go to Kyoto?

— Hai! — respondo, esperançoso.

Surpreendentemente, ela deixa a cabine, vai até a máquina, pede minha carteira (àquela altura, já estou acostumado) e mostra que Kyoto é a terceira na ordem da máquina.

A máquina emite os bilhetes. A atendente me convida a acompanhá-la, junto com minha esposa e a filha. Olho disfarçadamente para a fila, agora com cerca de vinte pessoas ainda esperando, mas nenhum sinal de alguém reclamando.

Ela nos guia na direção da plataforma. Passamos próximos à fila, e, constrangido, tento não ser reconhecido como o causador do problema.

Uma velhinha no fim da fila lê calmamente seu livro. Para meu azar, ela me reconhece na hora. Faz uma reverência e fala toda alegre:

— Kyoto, good trip!

Não acredito. A moça da bilheteria então me leva à plataforma, espera pacientemente o trem chegar e nos coloca no vagão, faz várias reverências, bate palmas e acena na saída.

Em Kyoto, visitamos um fabricante de carimbos. Eu tinha prometido à minha fisioterapeuta que faria um para ela. No Brasil, ela havia marcado num papel exatamente o que queria.

Chegamos à loja, que tinha três andares. Lá me dirijo ao atendente, que também não fala inglês, e mostro as anotações da minha fisioterapeuta.

Ele analisa, elogia a caligrafia (pelo menos, acho que elogiou) e vai buscar o carimbo entre milhares existentes ali. Retorna feliz e me entrega com as duas mãos.

Nesse momento, tenho outra ideia infeliz; lembro-me do meu ortopedista e amigo Takemura, e falo que gostaria de um carimbo com seu nome. Afinal de contas, pelo menos para mim, o nome Takemura, no Japão, me parece igual a Silva, no Brasil, um sobrenome relativamente comum. Escrevo-o em letras garrafais.

Desespero total no semblante do assistente, que parece tomado de angústia. Ele imediatamente chama o supervisor, que também não parecer entender como fazer aquele carimbo. Fazem várias ligações, e escuto o nome Takemura sendo repetido.

Já estamos há pelo menos uma hora ali, e eles estão agora em conferência discutindo o nome do meu amigo.

Vou até o comitê Takemura (já são quatro debatendo) e digo que está tudo bem, não é nada tão importante. Não concordam. Aqueles homens precisam achar entre três andares de carimbos o bendito Takemura.

Sou salvo por um dos mais antigos vendedores, que foi chamado e consegue localizar algo similar. Não estão contentes, mas preparam uma carta em japonês para meu amigo, justificando as razões por que não conseguiram achar o nome exato.

Como último passeio, resolvemos ir a uma famosa loja de departamento em Guinza, popular bairro de Tóquio, que se chama "Mitsukoshi". Resolvemos ir bem cedo e chegamos cinco minutos antes de a loja abrir. Na porta, só a gente. No entanto, noto uma movimentação grande dos funcionários internamente.

Às nove em ponto, as portas são abertas. O gerente-geral, em um smoking impecável, cercado por duas lindas recepcionistas com seus trajes típicos lindíssimos, nos recebe. Ingressamos no hall, e ele faz um discurso de agradecimento pela nossa visita e sobre a importância de estarmos ali. Óbvio que falou tudo em japonês, mas, pelo número de reverências, certamente esse era o enfoque do discurso. Em seguida, ficaram ao lado, se inclinaram e nos convidaram com cerimônia para adentrarmos a loja.

Já constrangidos, entramos rapidamente. Era uma loja de departamento gigante, com uma passarela central de aproximadamente dois quilômetros e lojas muito bem montadas e sofisticadas em cada lado.

Não temos como recuar e assim iniciamos nossa caminhada pela passarela central no mesmo momento em que é feito o ritual de boas-vindas. Nesse ritual, que acontece todos os dias, os lojistas deixam suas atividades e ficam na porta da loja para reverenciar os clientes.

À medida que caminhamos, todos vão se curvando, numa imensa sessão coordenada de reverências progressivas. O interessante é que, assim que passamos, eles voltam à posição normal, mas ainda se mantêm na frente das lojas durante o ritual.

No meio do percurso, paro para consultar minha mulher. As lojas ao nosso lado têm as pessoas inclinadas, e as demais permanecem em pé.

— Não seria melhor voltarmos? Temos pelo menos mais um quilômetro de caminhada real com essas inclinações.

Simulamos um retorno, mas as pessoas voltam a se inclinar à nossa passagem.

Desistimos e retomamos a caminhada, agora com sorrisos no rosto e agradecendo às centenas de reverências, reverenciando-os também. Eles adoram a atitude, e todo mundo parece muito feliz.

Voltamos ao Brasil, após a viagem maravilhosa. A maior colônia japonesa do mundo é a do nosso país. Eles trouxeram muito de seus costumes, o que foi ótimo para o nosso caldo cultural por aqui, mas também se adaptaram muito bem à nossa cultura.

Na chegada, me liga Okamura, um bom amigo. Ele é *sansei*, o que significa que é a terceira geração de japoneses no Brasil.

— E aí, como foi lá no Japão?

— Muito bem. Você deveria ir mais lá.

— Pode ser, mas tô te ligando pra algo mais importante: sábado não esquece do evento lá em casa. Nosso grupo de pagode vai arrepiar, e quero você lá, hein?!

Confirmo a presença. Nosso grupo de pagode tem sete integrantes, e quatro são descendentes de japoneses. As culturas são muito diferentes, mas no samba todo mundo fala a mesma língua. É o Brasil!

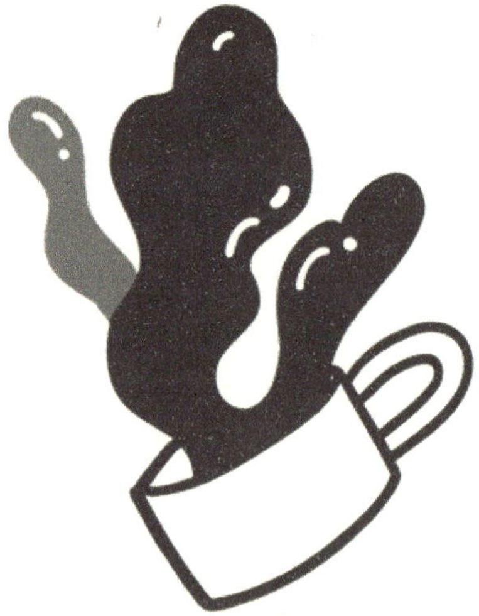

REFORMA

Na sala atulhada de cimento, madeiras e outros materiais de construção, o grupo se reúne e divide entre seus componentes o peso da responsabilidade. Discutem a execução daquela que é uma das missões que mais afligem o homem moderno: a execução de uma reforma em um apartamento. As duas líderes do projeto, como deveria ser, estão na ponta da mesa de madeira improvisada, que se destaca como um dos poucos móveis no caos reinante do apartamento.

Luana é a dona do apartamento, e como sempre, quando o tema é reforma, seus olhos brilham e antecipam tudo o que será executado e o resultado final perfeito. Sim, ela adora esses ambientes e vibra toda vez como se fosse sua primeira reforma (e já participou de várias). A seu lado está a arquiteta contratada e amiga, Wance, a artista que torna realidade os sonhos desafiadores da dupla. Pode-se dizer que são almas gêmeas quando se trata do assunto. Além da dupla dinâmica na liderança, estão presentes os responsáveis principais pela execução do projeto: o empreiteiro Lazinho, o pintor Chaves, o encanador Toninho e o faz-tudo

Geraldo (existem tantas coisas a fazer que alguém precisa cuidar do que sobra). Eles já estão com suas fardas de guerra, apesar de o serviço ainda não ter começado. Todos vestem roupas bem velhas e repletas de manchas de tinta e massa corrida. É o padrão da atividade: se não tiver roupa carimbada, não é bom profissional.

Mais ao fundo da sala e totalmente fora do contexto da reunião se encontra quem vai pagar a implantação de todas aquelas ideias brilhantes: o marido de Luana, Júlio, que permanece em silêncio na maior parte do tempo. Como não entende nada do que discutem, espera obter somente duas informações singelas: quando o projeto terminará e quanto vai custar. Ele sabe que a dupla vai deixar o apartamento lindo, mas custo e tempo sempre lhe interessam. Esses temas, porém não estão em discussão no momento, e Luana dá o tom da reunião.

— O nosso foco é qualidade! Rapidez não combina com qualidade, não adianta fazer nada mais ou menos. Tudo definitivo, seguindo o projeto. Não é, Wance?

— Sim, Luana. Além de deixar o ambiente lindo, queremos o apartamento pronto para venda, se assim um dia os donos desejarem. Gastar no que possui valor agregado. Mal planejado ou malfeito, o barato sai caro. Vou monitorar periodicamente o andamento do projeto. Escolhemos vocês porque já se conhecem e fica mais fácil coordenar o trabalho.

Wance é uma pessoa agradável, de perfil delicado, mas, quando está na função, ela cresce e ganha autoridade, o que é fundamental para operar em seu ramo de atividade. Os profissionais acenam com a cabeça, concordando; eles gostaram bastante do foco em qualidade, o que significa que não serão pressionados pelo tempo. Nesse ramo, é bom não ter essa pressão, já que várias obras podem ser conduzidas em paralelo. Quanto ao resto, só vendo para crer; todos já trabalharam juntos, mas nunca foram um exemplo de harmonia.

Luana volta a falar, consultando uma pasta abarrotada de papéis e desenhos:

— O desenho feito pela Wance está excelente, e todos vocês já examinaram e concordaram que o projeto está claro. O que queremos agora é que façam suas propostas e mandem para analisarmos.

Júlio se preocupa. A coordenação está boa, mas não foi dada ênfase ao tempo, nem ao custo. Resolve então, timidamente, fazer uma observação:

— Seria bom todos mandarem no máximo em uma semana as propostas, já que estamos fazendo uma concorrência pra avaliar o melhor preço. — Ele olha com respeito para a esposa e continua: — Claro que a qualidade é essencial, mas o preço e o tempo de execução também. Não queremos uma reforma cara que nunca termine.

O silêncio responde às suas considerações. É como se tivesse proferido um sacrilégio dentro de uma igreja. Todos o encaram de cima a baixo como se o avaliassem, até enfim concluírem que é inofensivo.

A reunião do projeto continua, acalorada. Cada um quer discutir sua parte, e uns já insinuam que podem ser atrapalhados pela ineficiência de outros. Não parece haver uma grande harmonia entre eles. Após um longo debate, sem grandes conclusões, a reunião termina. Quando estão sozinhos, Wance resume:

— Este time já conhecemos, e bem vigiados darão um bom retorno. Acho que foi uma ótima reunião.

A esposa concorda, mas Júlio não entende bem em que fase estão agora. Resolve esquecer e dar sequência à sua vida; ainda bem que mora em uma casa que já fora reformada várias vezes e de novo não ficará no olho do furacão. À noite, liga para um amigo, um famoso cirurgião cardíaco, para bater um papo. Faz tempo que não se falam, e ele lembra que um ano antes o médico estava todo empolgado com uma reforma que se iniciava. Vai que ele tem alguma boa ideia sobre o tema.

— Tenho novidades! Vamos começar a reforma do apartamento que compramos. A Luana tá toda entusiasmada. Você sabe como ela é quando se trata de reformas, não é?

Do outro lado da linha, o amigo suspira e parece estar passando mal.

— Wellington... Você tá aí? Aconteceu alguma coisa? — pergunta Júlio, preocupado.

O amigo, após alguns instantes, parece se recuperar e fala com a voz apertada:

— Você tem certeza que falou... *reforma*? Meu analista pediu pra evitar essa palavra.

— Sim, reforma... Reforma do apartamento que compramos. O que tem de estranho nisso?

— Reforma é loucura! — fala o amigo com uma voz aterrorizada. — Foi a pior coisa que já fizemos! No início, parecia que tudo era um mar de rosas, mas depois veio a catástrofe. Ainda não terminou, e estou quase me separando da minha mulher. Na semana passada, cancelei todas as minhas cirurgias cardíacas. Minhas mãos... tremem... Posso até matar um paciente assim! Esse pessoal de construção vive em outro mundo. Os valores são diferentes dos nossos, e, se alguém desprevenido quer trabalhar com eles, não sobrevive!

Júlio percebe que o amigo, sempre calmo e animado, está transtornado. Tenta consolá-lo e obter as razões que o afetaram tanto. Muitas vezes, uma visão de fora minimiza o problema. As pessoas, quando imersas nos traumas, tendem a dramatizar demais as situações:

— Vai ver você deu azar na escolha dos profissionais, ou faltou planejamento. Eu, por exemplo, hoje mesmo acompanhei a discussão em detalhes, e temos tudo organizado. Você fez isso? O que aconteceu que te afetou tanto?

— E você acha que não fizemos isso também? Fizemos várias reuniões, mas nada se resolveu! Aconteceram uns eventos bizarros também, como um encanamento de esgoto que se perdeu e não chegou à rede da Sabesp, um transtorno, a maior sujeira! O empreiteiro recebia religiosamente o pagamento semanal, mas deu um calote nos funcionários e aí todos eles vieram tomar satisfações... *comigo*! Imagina só! Eu, que nunca atrasei nada na minha vida!

— Minha nossa, e como você resolveu isso?

— Antes que me atacassem, ele reconheceu que tinha ficado com o dinheiro e deu o carro para os trabalhadores como garantia. Não sei como isso funciona... mas foi assim...

Júlio agora entende o amigo. As circunstâncias foram realmente graves. Tenta motivá-lo.

— Foi de uma forma estranha, mas o pagamento se resolveu, não é? Agora, bola pra frente!

— Não! Isso foi só o começo! O termostato da caixa de água quente pegou fogo e despejou um monte de água pela casa. Troquei três vezes a equipe de construção, mas no final ainda fui processado na Justiça do Trabalho, já que a obra demorou demais e gerou vínculo trabalhista! Quase paguei *outra* reforma só com os custos dos advogados e de todas as multas... É uma experiência pela qual nenhum ser humano deveria passar.

Júlio se despede do amigo, ainda tentando confortá-lo, mas está preocupado. Se um cirurgião acha mais estressante uma reforma do que mexer no coração das pessoas, é melhor tomar cuidado. Mas se anima por saber que não vai precisar estar presente no dia a dia da obra.

No entanto, já precisa se envolver logo no início para negociar com a síndica do prédio. A esposa sabe que Júlio tem habilidades para convencer pessoas. Numa reforma, todos são convocados para a guerra.

— Não é bem uma reforma que o senhor está fazendo — diz a síndica de forma agressiva. — É uma integração de dois apartamentos, e só de olhar a planta já encontrei várias infrações ao estatuto do nosso condomínio.

Ser síndico, afinal, não é tarefa fácil. Tem que saber dizer não, e ela parece uma autoridade nesse quesito. A via-crúucis das aprovações requeridas demora várias semanas. O piso maravilhoso que ficaria na frente do elevador não atende ao estranho padrão do prédio. A quantidade de aparelhos de ar-condicionado projetados para o apartamento infringe uma norma que data de 1990, quando não existiam tais equipamentos modernos. A porta glamorosa, desenhada pela arquiteta, não poderá ser colocada, já que o prédio utiliza como padrão portas externas sem nenhum tipo de decoração. Uma pequena mudança no interior de uma janela agride a fachada do prédio, quebrando a harmonia do conjunto. Júlio está acostumado com disputas no mundo corporativo, mas essa é uma das mais intensas de que já participou. Gasta muito tempo com ligações e reuniões. Contrata até um advogado especializado no assunto. Ao final de todo o embate é celebrado o armistício, com as partes cedendo em alguns pontos e vencendo em outros. Acabam mantendo boas relações com a síndica, mas a disputa foi feroz. O lado bom da história é que, com uma síndica com aquele perfil, provavelmente não terão problemas no condomínio com moradores negligentes.

Ainda se restabelecendo da batalha com a síndica, começa a reforma. Júlio só a acompanha de longe e recebe com surpresa o cronograma de execução de seis meses (bem razoável) e o orçamento da obra com bom custo. Como é um consultor de negócios, e precavido após a experiência aterrorizante do amigo médico, desenvolve um estudo para melhorar o desempenho na execução, o que se chama no mundo de consultoria de PERT/CPM. Em linhas gerais, esse método organiza o tempo e as ações entre o empreiteiro, o encanador, o pintor e o faz-tudo. Júlio exibe à esposa, orgulhoso, o gráfico que impedirá que as equipes atuem descoordenadas. Talvez aquele seja o primeiro PERT/CPM de uma reforma doméstica!

— Vamos conseguir aqui pelo menos um mês de economia de tempo. Peça pra eles colocarem o gráfico exposto na sala, para que todos o vejam. Minha contribuição ao bom trabalho que vocês estão fazendo.

Ele também tem outra tarefa importante na reforma: os pisos da sala serão comprados de um amigo, que os importa diretamente do Canadá. No dia da entrega, o amigo comparece pessoalmente no local com as madeiras, tão sensíveis que estão embaladas cuidadosamente em papel bolha. O amigo canadense deixa instruções claras sobre as precauções para preservar a qualidade das madeiras.

— É importante que fiquem armazenadas nas bolhas até a colocação final, que será feita pela minha equipe assim que a base do piso estiver pronta. Não deixe ninguém mexer nessas madeiras. Depois de colocadas, elas vão receber a resina especial que as protege dos riscos. Agora estão muito sensíveis.

Após organizar as tábuas na sala, um cordão de isolamento é preparado, e uma placa em inglês com a palavra "fragile" é colocada em destaque. Júlio, com alguma descrença, garante ao amigo que todos os cuidados serão tomados. Aproveita para percorrer a obra e nota com alegria que o PERT/CPM está afixado em lugar de evidência na sala. Fica curioso para saber como eles o estão utilizando, já que a sequência das atividades deve ser preenchida pelo executor após cada fase. Desconsolado, porém, nota que a placa está invertida na parede e que na verdade eles usaram a parte de trás para escrever uma mensagem: "Dona Luana manda que as bitucas sejam colocadas aqui". Uma seta desenhada aponta para abaixo, indicando um grande cinzeiro onde se podem ver várias guimbas. Que seja, ainda não estão preparados para essa tecnologia... (Mas que magoa o consultor... magoa.)

Seis meses se passam, e a obra não parece avançar. Júlio constata isso ao visitar o apartamento, quando comparece à sua primeira reunião de condomínio. Apresenta-se para algumas pessoas simpáticas, já se preparando para possíveis reclamações sobre o barulho, porém não ouve nenhuma crítica. Quando menciona o número do apartamento, no entanto, sua nova amiga, uma velhinha que é a mais antiga moradora do prédio, pergunta:

— O encantado? Você que é o morador do encantado?

Que será "encantado"? Júlio começa a se preocupar.

— Por que "encantado"? Alguma reclamação de barulho?

— Não, encantado porque ninguém mora lá, e a reforma já está com mais de seis meses. Só pode ter um encantamento que impede que termine!

Ele sabe que é uma brincadeira, mas de fato já se passaram meses e a obra não evoluiu quase nada. Resolve adotar uma tática mais direta e falar secretamente com os trabalhadores. Vai que conseguem alguma aceleração? O tempo previsto havia acabado, e o orçamento definido também se esgotara.

Quando chega ao apartamento, onde imaginara uma grande concentração de trabalhadores, encontra um único funcionário. É um homem baixinho, com uma touca na cabeça, coberto de gesso. Ele transporta material pesado da sala para os quartos, onde há um buraco no chão. Júlio considera aquilo no mínimo estranho;

onde já se viu um buraco dentro de um apartamento? Ele observa o funcionário utilizar um carrinho de mão para fazer a travessia com o material, conduzindo-o sobre uma ponte improvisada com um pedaço de madeira.

— Já atendo o senhor — o homem fala educadamente. — Deixa só eu terminar essa última viagem. Foram mais de vinte pra trazer tudo! Ainda bem que achei essas tábuas fortes pra ajudar.

Aterrorizado, Júlio pensa no amigo canadense e constata que a ponte é o piso especial ainda enrolado no plástico bolha. Através delas percebe as marcas das rodas, que vão ficar gravadas para sempre.

— Companheiro, mas você não viu uma placa dizendo que não era pra tocar nesse material?

— Tava escrito "fragile", que eu não sei o que é, mas mantive as bolhas pra evitar qualquer problema.

Júlio fica pensando que o gesseiro provavelmente seria agredido pelo amigo canadense se ele visse aquilo, mas resolve não polemizar e apenas adverte mais uma vez para que ele não mexa nas demais, explicando que são materiais frágeis. O que está feito não pode ser desfeito, infelizmente.

A obra completa um ano, e Júlio não consegue acreditar que ainda não terminou. Surgem detalhes não previstos no cronograma inicial. Wance e Luana passam cada vez mais tempos juntas para tratar de todos esses temas. Júlio entende que existe muito trabalho, mas não se conforma que vai acender a primeira velinha da reforma. Dia desses, observa a esposa conversando com a arquiteta:

— Como você falou, Luana, nada de paredes lisas. Vamos trabalhar com as molduras, que ficam muito melhores. Vai dar mais trabalho pro Chaves, mas ele é bom e vai resolver... Lembra na sua casa? Ficaram ótimas — fala Wance, com entusiasmo.

— Pode demorar mais um pouco, mas é definitivo — concorda Luana.

Júlio encara as duas. Estão em um completo estado de euforia. Cada detalhe é minimamente pesquisado e elaborado. Ele sabe que vai ficar bom no final, mas alguém pode morrer pelo caminho. E pode ser o pintor. Lembra-se da sua casa, onde já existiam muitas molduras, e agora parece que elas vão se superar.

Após mais um mês, Júlio recebe uma ligação de Chaves. É uma pessoa muito agradável, além de ótimo pintor. Foi o único de toda a turma a ser elogiado pela síndica, e tem que ser um anjo mesmo para ganhar essa honra. Júlio estranha; apesar de conhecê-lo bem, não é normal Chaves ligar diretamente para ele. A voz no telefone está sorumbática e não lembra em nada o perfil do pintor genial e sempre alegre.

— Seu Júlio... As molduras, seu Júlio! O nível de detalhes é demais. Por mais que eu trabalhe, não consigo entregar. Não é só pintar uma parede... é pintar um quadro espalhado pela casa toda. Todo lugar tem moldura! Eu sonho com moldura... e olha que eu sou caprichoso, hein? Mas algumas tenho que lixar com a escova de dentes! Imagina passar a escova de dentes no apartamento todo?

Júlio se lembra de um filme, no qual os soldados, quando cometiam alguma falha, tinham que limpar os vasos sanitários com a tal escova. Esse castigo parecia agora pequeno perto da tortura do Chaves.

— Ô, Chaves, você tá exagerando. Sei que elas gostam de molduras, mas você vai resolver. Na minha casa deu tudo certo e ficou maravilhoso. — Júlio tenta contornar a situação, pois sente na voz do pintor evidências claras de depressão.

— Seu Júlio, elas agora querem muito mais do que da outra vez! Pro senhor ter uma ideia, outro dia, assim que acabei a cozinha, que demorou duas semanas, fui lá falar com elas pra saber o que acharam do trabalho. Demorou, mas ficou bom. Foi quando elas começaram a conversar...

— Conversar o quê?

— A dona Luana, olhando a cozinha perfeitinha e terminada, falou: "Você sabe, né, Wance? A nossa nova ideia aqui pra cozinha...". Daí a dona Wance não respondeu, mas deu um sorrisinho que eu achei bem misterioso.

— Sorrisinho sarcástico, Chaves? — pergunta Júlio, agora mais preocupado.

— Não sei, não, senhor, mas parecia que elas iam mudar tudo de novo!

— Calma, Chaves. Você tá quase terminando, e eu não acredito que logo agora elas vão mudar mais alguma coisa! — fala Júlio, porém sem nenhuma convicção.

— O senhor tem que ajudar... Eu já tô com depressão, seu Júlio. Tô até tomando remédio de tarja preta, olha só!

Júlio não consegue ajudar muito, mas os problemas são contornados. Completados dois anos, a obra é finalizada, e formalmente é celebrada a inauguração do apartamento "encantado". Com certeza, as duas se superaram em todos os detalhes. Nas molduras, nos móveis milimetricamente desenhados, no bom gosto em tudo no apartamento. Um espaço funcional, elegante e prático.

Júlio dá parabéns às líderes do projeto:

— Realmente, o resultado é espetacular. Demorou, estourou o budget, mas valeu a pena. Agora vamos curtir o apartamento!

Fazem um brinde com champanhe, celebram, mas... Luana olha para Wance com aquele jeito misterioso descrito por Chaves.

— Você sabe, né, Wance? Das nossas novas ideias de reforma.

Wance não responde, mas também dá um sorrisinho enigmático, ao que Júlio questiona imediatamente:

— Mas quais são esses planos?

— A nossa casa, claro.

— A casa em que eu fico a maior parte do tempo?

— Ela mesma. Você não acha que devemos reformar também? Aproveitando a sinergia... E olha que aprendemos muito aqui!

Júlio olha para a esposa. Não mostra reação, mas certamente preferiria não ter que sobreviver a outra reforma, não antes que as feridas cicatrizassem. Fala que vai pensar, mas certamente a dupla dinâmica vai acabar ganhando e ele vai ter que encarar mais uma.

À noite, faz uma ligação para Chaves. Ele responde prontamente, parecendo recuperado após dois meses da finalização do trabalho.

— Chaves, vamos ter outra reforma! — comunica com contundência.

— Se tiver moldura, eu não topo! — fala o outro, também com contundência, mostrando que na verdade ainda não está totalmente restabelecido.

— Calma... Este é o seu trabalho, Chaves, e você é muito bom nele. Escuta... preciso te fazer duas perguntas, uma fácil e uma difícil.

— Manda a difícil primeiro.

— Você me ajuda nesta nova reforma mesmo com molduras? Sem você, isso não vai funcionar...

Ele é uma pessoa bacana, e Júlio sabe que, no final, sempre vai ajudar. Além disso, o consultor é um bom cliente.

— Eu vou ajudar, mas o senhor fica de olho nelas. Se começarem a ir pro mundo da lua de novo, o senhor segura. E... qual é a pergunta fácil?

— Qual remédio de tarja preta você tomou na última reforma? Melhor estarmos preparados...

O MONGE, O EXECUTIVO E OS GATOS

Oh, os gatos! Uma das coisas boas da vida é adotá-los. Eles não são apenas bichinhos de estimação ou uma nova companhia — são místicos: entendem e surpreendem você o tempo todo. Na verdade, inteligentes e independentes que são, eles *mandam* em você. E você nem percebe!

Estávamos em processo de mudança para uma casa maior e na época tínhamos cinco gatos. Os siameses comprados, Fofo e Chaninha (nomes escolhidos pela minha esposa) e os vira-latas adotados, Rambo, Hércules e Minerva (nomes que eu escolhi — e, modéstia à parte, são bem mais criativos e vibrantes, não?).

Os gatos siameses ficavam sempre no interior da casa, arriscando sair muito pouco. Já os vira-latas eram os andarilhos do condomínio, mas sempre presentes no nosso dia a dia. Quando eu saía para jogar tênis nas quadras a um quilômetro da minha casa, sabia que, apesar de os gatos não me seguirem de imediato, eles certamente estariam por lá, assistindo às partidas. Quando o jogo terminava, desapareciam de novo e depois eu já os encontrava em casa. Como sabiam a hora em que eu ia sair e quando retornaria? Pois é, gatos são animais místicos!

Qualquer que seja a raça, esses bichanos têm algumas características muito fortes, comuns a toda espécie. Por exemplo, por mais que lhes ofereçam as mais refinadas rações e outros tipos de alimento, eles vão sempre exercitar uma de suas habilidades inatas: *gatos são caçadores por natureza.*

Estou em casa, dormindo em um sábado pela manhã, quando escuto a campainha da porta tocar com insistência. São seis da manhã! Quem é o maluco que está me incomodando a essa hora? Abro a porta e encontro um homem de meia-idade, trajando um pijama vermelho, descalço e com os cabelos desgrenhados. Em seus olhos consigo ver um ódio enorme e fico receoso com o que possa ter acontecido. Ele me encara tão ensandecido que nem consegue falar direito:

— O seu gato… o seu gato… ata… atacou o meu passarinho! — fala, gaguejando de raiva.

Nesses casos, é melhor concordar e, com essa atitude, tentar desarmar o sujeito, evitando que a situação se torne mais crítica.

— Nossa, que terrível! E como está o passarinho? Onde ele está agora?

Ele parece surpreso com essa abordagem de assentimento, sem sequer questionar se o gato meliante realmente era o meu.

— Em casa, abatido e bastante depenado.

Resolvo não entrar em detalhes e proponho ações mais urgentes:

— Vamos então pra lá, socorrer o passarinho e ver o que podemos fazer nessa emergência!

Ele concorda de imediato, esquecendo por um momento a fúria de antes, quando parecia que ia matar alguém. Fico preocupado se seria o gato ou eu.

Pego o meu roupão e nos dirigimos à sua residência, que fica a aproximadamente quinhentos metros da minha. É uma casa bem grande, com muro alto e quintal espaçoso, com uma varanda externa.

— Puxa, mas com uma varanda tão protegida por um muro alto desses, como foi que o danado do gato conseguiu atacar o passarinho? — pergunto, tentando não caracterizar qual seria o tal gato, ainda demonstrando total apoio à irritação do vizinho.

— Não foi aqui na varanda! — disse ele, indignado. — O meu passarinho sempre dorme na sala, muito bem protegido. Acordo cedo aos sábados para ler os processos mais importantes da semana. Normalmente abro a porta para arejar o ambiente, e, quando estava lendo, o seu gato se aproveitou e invadiu a sala sem eu perceber. Aliás, já tinha visto o elemento rondando minha casa várias vezes essa semana.

— Lendo processos? O senhor trabalha com quê? — Tento demonstrar interesse, uma ótima estratégia para criar maior proximidade.

— Sou juiz criminal e trabalho com os processos mais críticos da cidade — diz ele com seriedade.

Resolvo mudar de assunto, farejando o perigo; será que existe algum tipo de processo criminal para o dono de um gato que atenta contra a vida de um passarinho? Nós nos dirigimos então para a sala onde estava a vítima; de fato, bastante abatida, mas, felizmente, viva. A cena do crime era bem clara: a gaiola estava no chão e parecia ter sido derrubada de um suporte fixado na parede a uns três metros do piso.

Rambo tem esse nome por ser o terror dos pet shops que fazem o banho dos gatos na região. Como quase todo gato, não gosta de banho, e vários dos profissionais exibem as marcas das unhas do felino nessa difícil e nobre missão periódica. No entanto, ao analisar a altura da gaiola, concluo que, afinal, pode não ter sido ele o culpado.

— Mas o senhor tem certeza que foi um dos meus gatos? A altura é grande, mesmo para um gato — comento com cautela.

— Sim, foi o seu gato. Aquele branco e preto com cara de malvado que sempre passa te acompanhando para o tênis. Já vi esse aí várias vezes.

Depois disso, me rendo às evidências. É uma descrição muito clara do Rambo, afinal. Percebo também que, além de depenado, o passarinho tem um problema na perna.

— O bichinho não consegue mais ficar no poleiro. Acho que seu gato quebrou a perna dele! — acusa o juiz com agressividade.

Sinto que estou em um tribunal, mas tento manter a postura inocente.

— Acho que não, mas hoje a ciência veterinária está muito desenvolvida, e certamente eles vão resolver o problema. Vamos levar o bichinho agora no meu veterinário. Com certeza ele vai dar um jeito nisso.

Troco depressa de roupa, constato que o juiz felizmente trocou o pijama vermelho e saímos juntos. Antes, ligo para o meu amigo Clayson, veterinário de todos os meus gatos, e peço que me ajude a aplacar a ira do juiz e resolva aquele problema. Ele menciona que não entende muito de passarinhos, mas vai tentar ajudar.

Como já desconfiava, não existe gesso para passarinho, mas o veterinário consegue uma solução paliativa e garante ao juiz que o bichinho vai voltar ao normal com algum tempo de tratamento. Agora ele parece mais calmo, voltando à dignidade do cargo que ocupa. Fala de forma mais pausada, mas me obriga a prometer que o Rambo não vai mais aparecer por lá.

Volto para casa e encontro Rambo dormindo como um bebê inocente na minha churrasqueira. Chamo a atenção dele, e ele me retorna um olhar indolente.

No dia seguinte, levo-o no colo até a casa do juiz. O gato, malandro, mostra um ar afetuoso e parece incapaz de qualquer maldade. Fazemos uma visita ao passarinho, e na frente do dono chamo de novo sua atenção. Ele demonstra entender e faz um ar de arrependido. Estranhamente, o juiz parece compreender que a solução está dada, enquanto cruzo os dedos e tento acreditar. Rambo olha para mim e para o passarinho de forma enigmática, como se me dissesse: *gatos são caçadores por natureza*.

E gatos são também inteligentes. Eles sempre têm um artifício para se dar bem. Em outra ocasião, minha esposa me conta que mais um morador do condomínio está reclamando do fato de Minerva dormir toda noite em cima do seu carro americano novo, que, claro, está arranhado. Ela aproveita o calor do capô e fica lá deitada até ele esfriar.

— Por que ele não coloca uma capa como a que temos aqui em casa?

— Acho que ele não quer ter esse trabalho.

Azar. Depois resolvo isso. Esqueço o assunto, já que estou focado na aquisição de um carro novo. Para mim, não para o vizinho.

Em uma loja especializada em São Paulo, o vendedor, que também é o dono da agência, me mostra vários modelos. Um carro da Chrysler me chama muita atenção. É um modelo novo, de design arrojado, mas que tem como desvantagem aparente o fato de ser muito baixo.

— O carro é perfeito, exceto que é muito baixo e no nosso condomínio temos muitas lombadas.

— Não tem problema; tenho um carro igual e também moro num condomínio assim, e roda muito bem. Posso garantir que você vai ficar bem satisfeito. Esse carro é muito forte, e a suspensão elimina o problema das lombadas. A única coisa que a Chrysler não conseguiu resolver — completa, em tom brincalhão — é unha de gato. Mas aí nenhum carro é imune.

"Será possível?", penso comigo. "É muita coincidência com o que a Luana contou! Não pode ser!"

Pergunto despretensiosamente se ele mora no mesmo condomínio que eu.

— Moro, sim! Como você sabe?

— É porque eu moro lá também — e digo o nome da minha rua. — Bem na esquina. Aquela casa grande, amarela...

— A casa dos gatos! Não acredito!

Não sabia que minha casa era tão conhecida assim no condomínio, mas aproveito a ocasião para resolver dois problemas de uma vez.

— Isso mesmo, a Minerva, minha gata, tem feito visitas à sua casa, mais especificamente ao seu carro.

— Tá todo riscado — fala ele, certamente exagerando.

— É uma grande coincidência morarmos no mesmo condomínio e nos encontrarmos aqui, negociando esse carro, não? Significa que devo fazer o negócio com você! Por outro lado, como bons vizinhos, você bem que poderia colocar uma manta sobre o carro, e aí resolveremos o problema com a Minerva...

Ele reflete, pensa no inusitado da situação e também na oportunidade de venda.

Negócio fechado, carro novo na garagem. Recebo uma ligação do dono da agência uma semana após nosso encontro.

— Faltou você me entregar um documento. Por que não amarra no pescoço da Minerva, já que ela toda noite dorme em cima do meu carro? Assim você não perde tempo.

Entendo a ironia, mas contra-ataco:

— Mas agora tem uma mantinha no capô, certo?

— Conforme combinamos.

Nós dois rimos da situação, e Minerva leva vantagem de novo. Agora tem uma manta para dormir. Incrível como esses bichanos sempre conseguem o que querem! *Gatos são inteligentes*.

Apesar do carinho pelo dono, um gato não vai fazer o que ele quiser. Na verdade, ele age no mesmo estilo preconizado no best-seller *O monge e o executivo*: "O bom líder nunca dá o que você *quer*, mas sim o que você *necessita*".

Além disso, *gatos são independentes, donos do próprio focinho*. Algum tempo depois, de um dia para o outro, Hércules some. Não aparece há vários dias na nossa casa. Preocupação total. Fotos na administração do condomínio, perguntas feitas aos seguranças, recompensas oferecidas etc. Nada. Ele desapareceu mesmo. Penso logo no juiz, mas a bronca dele é com o Rambo e já está pacificada após uma nova visita ao passarinho, que se recupera bem. O dono da agência de carros também está contente com a venda, e Minerva foi autorizada a dormir em cima do carro, agora com a manta.

Quando nossas preocupações chegam ao pico pelo desaparecimento do Hércules, uma vizinha menciona ter visto um gato branco dentro de uma casa a aproximadamente oitocentos metros da minha residência. Hércules é branco, então vou lá de imediato procurá-lo. Sei que no local mora um casal um pouco estranho que não tem quase nenhum contato com os moradores do condomínio. Espio pela janela do quarto e vejo o danado do bicho deitado placidamente na cama do casal. Ele me reconhece e vem me olhar na janela. Toco a campainha e me preparo para enfrentar os sequestradores do meu gato. O marido me atende, um homem de meia-idade, calvo, usando uma bermuda muito comprida e uma camiseta cor de abóbora. Uma roupa muito esquisita, e, sendo ele uma pessoa meio confusa, demora para entender o que estou falando. Tento ser o mais claro possível.

— Esse gato branco aí é meu. Ele se chama Hércules.

Chamo o Hércules, e ele vem todo faceiro falar comigo. Roça na minha perna e pula no meu colo, como está acostumado a fazer. Cara de pau! Do fundo da sala aparece a esposa, também com uma roupa no mínimo excêntrica e que parece muito preocupada, quase às lágrimas.

— Achamos esse gato há três dias e pensamos que estava abandonado. Ele é quase como o filho que não tivemos, aqui, na nossa casa!

— Mas a senhora não viu que ele tinha uma coleira ou as fotos na portaria? Se eu não tivesse olhado pela sua janela, não o teria achado. A senhora estava escondendo meu gato?

Nesse momento, o marido intervém:

— Meu amigo, nós vivemos bem isolados aqui e quase não temos contato com o pessoal do condomínio. Não vimos a fotografia, e ele não estava na nossa cama. Estava na cama dele, que acabamos de comprar. Por favor, deixe o Max com a gente. Se você levar o gato, minha mulher morre!

Que situação complicada. Noto claramente que Hércules, agora Max, é essencial para esse casal. Além disso, eu já tenho quatro gatos. No entanto, o bichinho é muito querido na minha casa. É uma decisão difícil.

Reflito e chego a uma conclusão: o gato deve decidir. Agendo com eles dali a três horas na frente da minha casa, levando meu gato para realizarmos uma audiência de conciliação de guarda. Quase penso em chamar meu vizinho juiz, mas talvez seja um pouquinho demais com aqueles pobres velhinhos. O casal, choroso, concorda.

Na hora marcada, estamos todos em frente à minha casa. Eu, minha esposa e minha filha. Os gatos, que raramente estão juntos, por alguma força sobrenatural estão todos postados em fila no quintal: Chaninha, Fofo, Rambo e Minerva. O casal chega pontualmente no horário combinado. O tempo parece parar, e o ambiente adquire certa magia de fim de tarde. A rua está deserta, como se somente os personagens envolvidos no drama fossem importantes. Como combinamos, o casal fica na calçada, do lado oposto à minha casa. Eu e a minha turma, incluindo os quatro gatos, nos postamos do outro lado. Hércules é colocado no centro da rua. Do nosso lado, chamamos pelo seu nome. O casal do outro lado da rua o chama por Max. Ele para, pensa, olha demoradamente para todos. Os gatos do nosso lado miam; continuamos a chamar por Hércules e o casal, por Max. O gato dá duas voltas ao redor de si mesmo e lentamente, olhando com carinho para trás na nossa direção, se dirige ao casal. Eles o colocam no colo e desatam a chorar. Do nosso lado há consternação, mas sabemos em nossos corações que ele será muito bem cuidado.

Hércules está certo: ele, um animal independente, decide ficar com quem mais precisa dele.

Ah, os gatos! *Caçadores por natureza, inteligentes... e donos do próprio focinho!*

Esta obra foi composta em Garamond 13 pt e impressa em
papel Pólen 80 g/m² pela gráfica Meta.